EDITORA AFILIADA

Dados de Catalogação na Publicação (CIP) Internacional
(Câmara Brasileira do Livro, SP Brasil)

---

Cameron-Bandler, Leslie.
  Soluções : antídotos práticos para problemas sexuais e de relacionamento / Leslie Cameron-Bandler ; [tradução de Maria Cláudia Coelho, Fernando Rebello]. — Summus, 1991.

  Bibliografia.
  ISBN 85-323-0064-2

  1. Programação neurolingüística 2. Psicoterapia de casal 3. Sexo (Psicologia) 4. Terapia sexual 1. Título.

CDD-158.1
-155.3
91-0329  -616-89156

---

Índices para catálogo sistemático:
1. Casal : Psicoterapia : Medicina 616.89156
2. Programação Neurolingüística : Psicologia aplicada 158.1
3. Psicoterapia sexual : Medicina 616.89156
4. Relacionamento conjugal : Psicoterapia : Medicina 616.89156
5. Sexo : Psicologia 155.3

**PROGRAMAÇÃO NEUROLINGUÍSTICA**

# LESLIE CAMERON-BANDLER

# SOLUÇÕES

ANTÍDOTOS PRÁTICOS
PARA PROBLEMAS SEXUAIS
E DE RELACIONAMENTO

*summus editorial*

Do original em língua inglesa
*SOLUTIONS*
Copyright © 1985 Future Peace Inc., por acordo com a

Tradução de:
*Maria Claúdia Coelho*
*Fernando Rebello*

Revisão:
*Heloísa Martins-Costa*

Revisão técnica:
*Renata Riecken*, psicóloga, master em NLP,
autorizada pela Future Peace Inc.
para divulgação deste material.

Capa:
*May Shuravel Berger*

Proibida a reprodução total ou parcial
deste livro, por qualquer meio e sistema
sem o prévio consentimento da Editora.

Direitos para a língua portuguesa
adquiridos por
SUMMUS EDITORIAL LTDA.
Rua Cardoso de Almeida, 1287
05013-001 — São Paulo, SP
Telefone (011) 872-3322
Caixa Postal 62 505 — CEP 01214-970
que se reserva a propriedade desta
tradução

Impresso no Brasil

## Dedicatória

Dedico este livro, afetuosamente,
a meu irmão, Wade —
que você viva feliz para sempre;
e
aos meus pais, Harry e Joyce —
por me ensinarem a ficar de pé sozinha
sem pisar nos pés dos outros.

# Agradecimento

Quero expressar minha admiração por Michael Lebeau. Sem ele, este livro não estaria em suas mãos. Além de torná-lo possível, sua editoração tornou-o mais fácil de entender e mais agradável de ler.

L.C.B.

# Índice

**Prefácio** .................................................................. 9

**Parte I: Preliminares**

**Capítulo 1: O enigma das dificuldades conjugais** ............ 13
Como compreender a disfunção sexual ......................... 20
Como compreender as desavenças conjugais .................. 21
As necessidades a serem preenchidas pelos casais ............ 23
Modelos para resolver o quebra-cabeça ....................... 25

**Capítulo 2: Os fatores importantes** ............................... 27
Um mapa a seguir ..................................................... 34

**Parte II: Como estabelecer o "rapport" e reunir informações**

**Capítulo 3: A importância do "rapport"** ....................... 39
Espelhamento .......................................................... 42

**Capítulo 4: Acesso a comportamentos cognitivos** ............ 47
Sistemas representacionais ......................................... 48
Pistas de acesso ....................................................... 52
Sistemas de conduta ................................................. 58

**Capítulo 5: Como utilizar os sistemas representacionais** ... 61
O emparelhamento ................................................... 61
Como traduzir ........................................................ 63
Quando o sistema de conduta e o principal sistema
    representacional diferem ........................................ 73
Estratégias internas .................................................. 76

**Capítulo 6: Como detectar a congruência e a
incongruência** ........................................................ 83

7

**Capítulo 7: Para estabelecer uma meta bem formulada....** 91

**Capítulo 8: Como surge um problema** ......................... 103
Estímulo-reação ..................................................... 105
Causa e efeito........................................................ 106
Problemas e estados desejados ................................. 115

**Capítulo 9: Apaixonar-se e desapaixonar-se** ................... 121
Como o amor começa...e permanece........................... 123
Como o amor começa a acabar.................................. 128
Desapaixonar-se ..................................................... 130

**Parte III: Técnicas para substituir problemas por realização**

**Capítulo 10: Ancoragem** ............................................. 137
Ancoragem com casais ............................................. 142
Além dos toques ..................................................... 145

**Capítulo 11: Como mudar a história pessoal** ................. 147
Como mudar a história pessoal com casais.................... 154

**Capítulo 12: Dissociação visual-cinestésica**.................... 157
Como associar-se à experiência ................................. 163

**Capítulo 13: Remodelagem**............................................ 165
Remodelagem em seis passos — como separar a intenção
do comportamento .............................................. 167
Remodelagem contextual .......................................... 169
Como comunicar-se com um sintoma........................... 175

**Capítulo 14: Sobreposição**............................................ 179

**Capítulo 15: Olhar para si mesmo através dos olhos de
quem o ama** ......................................................... 185

**Capítulo 16: Metáfora terapêutica** ............................... 189

**Capítulo 17: Como reavaliar os relacionamentos** ............ 201
Neutralizador do limiar ............................................ 201
Avaliador do relacionamento..................................... 206

**Capítulo 18: Ponte ao futuro**....................................... 213

**Conclusão** ................................................................ 215

**Apêndice I: O metamodelo**........................................... 221
**Apêndice II: Uma sessão terapêutica completa** ............... 233

**Notas** ..................................................................... 247
**Bibliografia** ............................................................. 251
**Nota ao leitor** .......................................................... 253

# Prefácio

Este é um livro sobre realizações e escolhas. As soluções práticas e eficazes apresentadas nas páginas que se seguem permitirão ao leitor, se o desejar, converter em realidade a promessa de satisfação e realização pessoais.

Embora o material deste livro seja usado por clínicos no campo da psicologia, todos os conceitos e métodos são discutidos em termos de uso cotidiano. Cada ponto importante é exemplificado com histórias e experiências reais extraídas da minha rica bagagem, com a qual tenho ajudado as pessoas a viverem de modo mais feliz e realizado. Muito embora a apresentação deste material seja feita com base em relacionamentos conjugais e funcionamento sexual, é importante saber que estas técnicas são igualmente eficazes na produção de mudanças desejadas em todas as outras áreas significativas da vida. *O conjunto de recursos apresentados a seguir é um guia para terapeutas que qualquer pessoa pode utilizar para resolver problemas e aproximar-se mais do seu ideal de uma vida feliz.*

Esta edição revista e ampliada deste trabalho (anteriormente intitulado *Eles viveram felizes para sempre*) contém todos os métodos e técnicas formulados por meus colegas e por mim durante o processo de desenvolvimento da Programação Neuro-Lingüística (PNL). Isto continua idêntico: do livro original, nada foi omitido, pois cada item provou seu valor na criação de mudanças positivas. Mas embora este livro tenha, ao longo dos anos, obtido uma reação generosa e entusiasmada, o tempo não parou, e mesmo um excelente produto do passado precisa de atualização e melhoramentos.

Além de revisões estilísticas, acrescentei algumas técnicas novas importantes que desenvolvi durante os últimos anos. Essas técnicas funcionam na resolução de problemas que em geral eram considerados insolúveis quando escrevi pela primeira vez este livro. Os novos capítulos sobre o padrão inicial em relacionamentos (capítulos 9 e 17) são especialmente relevantes para qualquer pessoa que queira entender o processo de apaixonar-se e desapaixonar-se e para todos os que desejarem saber como manter um relacionamento amoroso e estável.

Escrevi este livro para todos aqueles que desejam que a experiência de realização sexual e de amadurecimento das relações permaneça dentro do domínio da opção e do controle. As informações das páginas que se seguem destinam-se àqueles que BUSCAM e FAZEM, pessoas que não se contentarão com menos do que aquilo que sabem estar ao seu alcance.

Peço ao leitor que fique à vontade e esteja curioso ao ler este livro. Que reconheça a si mesmo e aos outros nas descrições e histórias. Pratique as técnicas — elas funcionam. Use o que vai aprender agora, e divirta-se.

10 de setembro de 1984
San Rafael, Califórnia

# I Preliminares

# CAPÍTULO 1

# O enigma das dificuldades conjugais

Era uma vez, na não tão mítica terra de Nom, duas pessoas muito agradáveis que se apaixonaram. Decidiram viver o resto de suas vidas juntas, para preservar os bons sentimentos que havia entre elas. Acreditavam que o amor poderia conquistar tudo e idealizaram um futuro de alegria contínua e crescente felicidade.

No entanto, com o passar do tempo, algum mal misterioso começou a espreitar furtivamente pelas frestas da sua alegria. Lenta, invisível e insensivelmente, começou a abrir caminho até o centro do relacionamento. De início, ambos supuseram tratar-se apenas de um estado de espírito temporário do companheiro. Mas com o correr do tempo cada um passou a suspeitar de que o outro estivesse, de alguma maneira, enfeitiçado. Tornava-se cada dia mais árduo manter qualquer semelhança com a felicidade que outrora florescera. As coisas pioraram, até tornar-se óbvio para ambos que mesmo fingir que ainda eram felizes constituía uma tarefa cansativa. Finalmente, começaram a acusar-se mutuamente de serem a fonte do mal, cada qual alegando a própria inocência. Recrutaram aliados entre seus amigos e parentes; escolhidos os lados, foram abertas as hostilidades.

A guerra continuou em sua escalada até que especialistas foram consultados. Três deles sustentaram que o problema seguramente era culpa do homem. Outros três sustentaram que o problema era seguramente culpa da mulher. Cada lado reuniu dados e elaborou sofisticadas teorias para fundamentar suas opiniões, e o resultado foi o acirramento das hostilidades. O homem e a mulher não conseguiam se olhar sem se sentirem irritados ou vazios. Às vezes também se sentiam culpados, porque em momentos ocasionais de solidão perguntavam a si mesmos: "Será que foi por minha culpa?", ou "Como eles não vêem que eu também sou responsável?". Mais tempo se passou, até que finalmente o problema foi levado a um tribunal de justiça.

Trocaram acusações e contra-acusações. A sessão era presidida por um juiz sábio e perspicaz, que num dado momento se inclinou sobre a bancada e disse: "Antes de prosseguirmos com este caso, há algo que devo lhes dizer. Quem quer que seja considerado culpado estará condenado a uma vida de total e absoluta infelicidade e será constantemente atormentado por uma terrível culpa. O outro estará livre para tentar reencontrar uma vida de alegrias. Embora as chances estejam contra vocês, não é impossível tentar recuperar a felicidade. Então, ofereço-lhes uma alternativa. Se ambos não têm qualquer dúvida de que estão com a razão, continuarei a ouvir o caso e tomarei uma decisão. No entanto, não sou perfeito, e posso tomar uma decisão errada. Assim, vocês estarão arriscando o seu futuro por causa da minha falibilidade e da veemência da sua reivindicação. Ou então podem optar por procurar a ajuda de um técnico da experiência indicado pela corte, que se encarregará de lhes oferecer formas alternativas de esclarecer quem está com a razão". Esta segunda alternativa era ao mesmo tempo assustadora e intrigante para o homem e a mulher. Nenhum dos dois estava realmente certo quanto a quem tinha razão, e todo mundo já ouvira falar dos poderes e dos mistérios dos técnicos da experiência. Depois de muita discussão, e contra o conselho dos advogados, especialistas, amigos e parentes, eles decidiram encarar o desconhecido técnico da experiência, ao invés de pôr em risco seu futuro ao sabor dos caprichos da corte.

Na manhã seguinte, chegaram ao laboratório e esperaram ansiosamente no escritório do supervisor técnico. Um assistente entrou e silenciosamente acenou para que o seguissem.

Caminhando através de longos corredores, passaram por salas cheias de enormes máquinas e de uma parafernália científica. Finalmente, entraram num pequeno quarto completamente escuro, exceto por uma suave luminosidade de cor vermelha. Na sala, aparentemente vazia, havia duas cadeiras. O assistente deixou-os sentados, olhando nervosamente ao redor. Uma porta na pequena sala abriu-se e um vulto entrou. O brilho avermelhado refletiu-se no jaleco branco, criando uma imagem sinistra. O homem e a mulher notaram que a luminosidade parecia irradiar-se de todos e de nenhum lugar ao mesmo tempo. O vulto apresentou-se como o Quarto Técnico e, a um movimento de sua mão, um pequeno terminal de computador emergiu do chão. Dedos ágeis deslizaram pelo teclado e surgiram palavras no monitor.

O Quarto Técnico voltou-se para eles e perguntou: "Sabem por que estão aqui?". O homem e a mulher hesitaram, trocando olhares de esguelha. "Deixem-me então explicar o mais brevemente possível. Vocês decidiram descobrir a qualquer custo, não o que houve de errado e quem foi o culpado, mas como criar um futuro satisfatório em si mesmo. Assim, não terão necessidade de saber o que houve de errado no passado. Segundo as informações que tenho, trata-se de um problema comum: já houve um grande amor entre vocês, mas agora ele se foi. Deixem-me fazer-lhes uma pergunta aparentemente simples: 'Para onde vai o amor quando acaba?'. Se existe uma resposta para esta pergunta, nela está a maneira de criar um futuro satisfatório". O homem e a mulher estavam muito confusos com tudo aquilo, e deram de ombros. O Quarto Técnico acrescentou: "Nós, do Instituto de Experiência Generativa, oferecemos uma variedade de futuros a pessoas que têm o mesmo problema que vocês. Gostaria de resumir rapidamente cada um deles, para que possam entrar em acordo sobre qual escolher".

Mãos ligeiras desenharam outro intrincado padrão no teclado do computador. A luz vermelha pareceu tremer por um momento. Então, começou a cristalizar-se na imagem de uma pirâmide vermelha e translúcida, suspensa no centro da sala. O restante do aposento permaneceu em absoluta escuridão.

O Quarto Técnico disse: "Quero que cada um de vocês pense em uma recordação agradável do passado — uma lembrança representativa da alegria que desejam recuperar". O homem e a mulher olharam fixamente para o holograma. Subitamente, ambos puderam ver suas recordações surgirem na pirâmide. Diante da visão de suas lembranças, sentiram-se tristes, pois a alegria que uma vez haviam compartilhado não mais existia. O técnico continuou: "Uma recordação tornou-se visível para cada um de vocês. Se entrarem na pirâmide, não somente assistirão ao acontecimento do princípio ao fim, como também poderão ouvir, sentir, cheirar e provar tudo o que ocorreu naquele momento, naquele lugar. Podem experimentar, se quiserem". Ambos deram alguns passos para dentro da pirâmide. Por um momento, apenas reluziram à luz trêmula. Então, foram suspensos e mergulharam na memória — primeiro na da mulher, depois na do homem. As recordações eram agradáveis, e satisfaziam-nos. O técnico digitou o comando "p-a-r-a-r" e "retorno".

A pirâmide desapareceu, e novamente brilhou na sala a luminosidade vermelha. O homem e a mulher permaneceram juntos, olhando-se como faziam no começo de seu amor. Suspiraram profundamente e voltaram às suas cadeiras.

"Nossa primeira alternativa", explicou o Quarto Técnico, "consiste em equipar sua casa com quantas dessas pirâmides quiserem. Cada pirâmide retém três acontecimentos, com aproximadamente seis horas de duração. São muito caras, por isso podem encomendar algumas agora e outras mais tarde." O homem e a mulher trocaram olhares de profundo interesse. "Contudo, devo preveni-los de que muitos dos nossos clientes tiveram problemas. Alguns cansaram-se de reviver sempre a mesma lembrança. Continuaram comprando pirâmides, até que o dinheiro acabou, e com ele as lembranças agradáveis. Mas houve um problema mais sério. Alguns casais permaneceram tanto tempo na pirâmide da memória que não conseguimos tirá-los de lá." O técnico fez uma pausa. "Se usada com critério, a pirâmide também pode oferecer uma alternativa para os desentendimentos".

O Quarto Técnico voltou-se para o console do computador. A luz tremeu novamente, mas dessa vez cristalizou-se na imagem cinzenta e pulsante de um cérebro, suspenso no mesmo lugar onde estivera a pirâmide. O segundo programa é simples e um pouco mais barato, mas na verdade dura bem mais. O cérebro que vêem à sua frente é um holograma vazio, que pode ser preenchido por qualquer pensamento ou crença. Não é nada mais que um elaborado banco de memória que armazena tanto informações como programas que processam essas informações. Simplificando, podemos preenchê-lo com fatos e sistemas de crença que processarão esses fatos." O técnico digitou uma seqüência e encarou o homem e a mulher. "Esse programa oferece a seguinte possibilidade: cada um de vocês acreditará firmemente que o outro é culpado, e terá a ilusão de que ele aceitou esse fato como incontestável. Vocês precisam apenas entrar no holograma para experimentar." O Quarto Técnico fez uma pausa e um gesto em direção ao cérebro. A mulher levantou-se e caminhou até a imagem. Repentinamente, recordou acontecimentos que nunca deixara transpirar. Teve certeza de que agira errado e de má-fé. Mesmo assim, sentiu-se completamente íntegra, embora isso não preenchesse o vazio que havia dentro dela. O homem a seguiu e teve a mesma experiência. "Naturalmente, essa escolha torna imperativo que vocês nunca mais voltem a se encontrar. Vejo que as outras desvantagens são evidentes para vocês. Ainda assim, esta é uma opção que muitas pessoas aceitam."

O cérebro desapareceu, deixando apenas a luminosidade vermelha na sala. "A terceira escolha que oferecemos é muito popular. Vocês podem ter um futuro com novas experiências juntos, sem nenhum risco ou sentimentos desagradáveis." Uma nova seqüência de teclas foi ritmadamente acionada. A luz vermelha tremeu mais uma vez, mas não apareceu qualquer holograma. Em vez disso, uma aura verde surgiu em volta do homem e da mulher, iluminando-os da cabeça aos pés. O Quarto Técnico pediu-lhes que revivessem o tipo de lembranças agradáveis que haviam desejado que permeasse seu relacionamento.

Começaram a rever, separadamente, as recordações do tempo em que se haviam apaixonado e decidido viver juntos. Recordações e sentimentos agradáveis tomaram seus corpos e pensamentos. O técnico instruiu-os então a interagir da forma que desejassem. Eles se encararam e começaram a falar, e coisas muito estranhas aconteceram. Não importa o que falassem ou fizessem, seus sentimentos eram comparáveis àqueles que tinham quando estavam apaixonados. Tentaram ser agressivos e mesquinhos, mas o efeito era sempre prazeroso.

Finalmente, o Quarto Técnico pressionou os comandos adequados e a luminosidade vermelha sobrepôs-se ao que restava do brilho verde. "Esta opção oferece um futuro de condutas variadas, mas com um alcance limitado de sentimentos. A vantagem, naturalmente, é que todas as arestas desagradáveis da relação são eliminadas. Por outro lado, a possibilidade de novos momentos inesquecíveis também é eliminada." Mais uma vez, o homem e a mulher trocaram olhares cheios de interesse.

Neste momento, o técnico levantou-se de sua cadeira e fez um sinal para que o seguissem. De novo atravessaram longos corredores, até que o técnico entrou bruscamente em uma sala. Nas paredes alinhavam-se cilindros com cerca de um metro de diâmetro e dois metros e meio de altura. Estavam dispostos em pilhas, colocadas lado a lado. Parecia haver dezenas de milhares pela sala. Todos pareciam ser feitos de algum tipo de vidro, e iluminados pelo brilho avermelhado.

O Quarto Técnico observou os rostos amedrontados do casal e falou sem qualquer emoção: "O que vêem aqui é a quarta e última opção. Se entrarem nestes cilindros, poderão viver a vida que acreditavam que teriam quando estavam apaixonados. Só precisamos decompor suas expectativas daqueles dias, programar um módulo e os sonhos de suas vidas se tornarão reais. Vocês apenas sentirão isso. Nada será real, mas vocês não serão capazes de perceber a diferença. Passarão o resto de suas vidas num estado semelhante ao coma, embora interiormente vivam uma vida plena. Cuidaremos para que permaneçam vivos, e qualquer excesso de energia que produzirem será canalizado para pagar os custos." O técnico fez um gesto com a mão, e dois cilindros abriram-se, preservando a luminosidade vermelha. "Estes dois estão programados para uma pequena demonstração." O técnico acenou para o casal.

O homem entrou cautelosamente e a porta se fechou com suavidade atrás dele. Foi tomado por uma sensação estranha, delirante. Viu a si mesmo na sala do supervisor tecnocrático, de mãos dadas com a mulher. Ouviu sua própria voz dizer com convicção, sentindo o fervor e a sinceridade que havia em cada palavra: "Decidimos que não precisamos de seus serviços. Vamos construir sozinhos nosso próprio futuro de satisfações". Então, enquanto saíam, olhou bem dentro dos olhos da mulher e soube, claramente, que ambos reencontrariam e preservariam o amor que haviam partilhado. Seguiram-se três dias de alegrias contínuas, ricos em momentos de amor e de carinhosa convivência, que fortaleceram no homem sua convicção. Subitamente, o mundo à sua volta dissolveu-se; esquecera-se de que estava dentro do cilindro, e, quando se recobrou, olhava para o técnico. Levantou-se ao mesmo tempo que a mulher, que estivera no cilindro ao lado. Olharam-se. Nada disseram. O técnico levou-os de volta ao escritório do supervisor tecnocrático e disse-lhes que agora deviam decidir seu destino. Saiu, deixando-os sós.

Uma hora depois, o supervisor técnico entrou no escritório e perguntou: "O que decidiram?"

Os dois entreolharam-se, e finalmente o homem disse: "Decidimos não utilizar seus serviços, por mais sedutores que sejam. Vamos tentar construir nosso próprio futuro a partir das alegrias do passado, e fazer desta vez o melhor que pudermos. Se falharmos, voltaremos; mas não nos esperem. Sabemos que não será tão fácil quanto seria com a sua ajuda, mas temos esperanças de que será melhor". Com isso, voltaram-se e saíram.

O supervisor técnico arqueou uma sobrancelha e virou-se para a parede às suas costas. A um movimento de sua mão, a parede desapareceu, revelando o Quarto Técnico. O supervisor técnico foi até ele e disse: "Você conseguiu mais uma vez. Merece ser condecorado por esta proeza. Agora pode voltar ao seu trabalho". O técnico sorriu, o supervisor técnico também, e o homem e a mulher viveram felizes para sempre.

E foram felizes para sempre. Será esta história apenas um conto de fadas escrito por um terapeuta? Certamente, seu desfecho é desejável. Ao invés de julgarem quem estava certo ou errado, refugiando-se no passado ou vivendo um futuro ilusório, essas duas pessoas adotaram a melhor das soluções. Cada uma deverá conduzir-se frente à outra de modo a despertar as mais agradáveis reações, bem como encarar as dificuldades como oportunidades de enriquecimento mútuo. Mais ainda, tomaram uma decisão por conta própria, sem se pendurarem na barra do jaleco de um terapeuta. É claro que isto é apenas uma história, pura ficção. Mesmo assim, como essas duas pessoas chegaram a esse final feliz? Por casualidade, graças a algum truque do técnico ou houve um plano deliberado? Se houve um plano deliberado, será possível descobri-lo?

O técnico desenvolveu instrumentos que produziram elaborados efeitos. De fato, hoje em dia esses elaborados e profícuos efeitos experimentais podem ser produzidos por meios não-mecânicos. Eu posso obtê-los, outras pessoas também, com os conhecimentos e técnicas apresentados neste livro.

A descoberta e o desenvolvimento do conhecimento e das técnicas apresentadas nos capítulos seguintes começaram nos primeiros anos da década de 70, quando Richard Bandler e John Grinder uniram suas notáveis técnicas de investigação e utilização de padrões de comportamento humano para propiciar mudanças e aplicaram essas técnicas no desenvolvimento de um útil modelo terapêutico da língua inglesa. Chamaram a isto metamodelo 1. Com ele, conseguiram criar com êxito uma série de estratégias lingüísticas que poderiam ser usadas como respostas aos padrões verbais usados por qualquer indivíduo. (Ver no Apêndice I um útil resumo do metamodelo.) O metamodelo é a base do material deste livro.

Minha ligação com Bandler e Grinder é anterior à época do metamodelo. Começou com uma longa experiência de treinamento e evoluiu para uma colaboração profissional. As descobertas que fizemos como resultado da padronização da experiência de várias pessoas levaram-nos ao desenvolvimento do campo da Programação Neuro-Lingüística (PNL).

Na minha opinião, a PNL reorientou grande parte da psicologia clínica para uma outra direção, muito mais produtiva. E oferece muitas perspectivas novas para velhas questões. Ainda mais importante, proporciona instrumentos que podem conduzir rápida e eficientemente a resultados específicos e desejados.

Como co-participante da PNL, especializei-me ao longo de muitos anos no trabalho com casais com problemas, bem como casais e indivíduos que sofriam de disfunções sexuais. Como resultado da minha experiência e do conhecimento anterior, desenvolvi modelos e técnicas terapêuticas para tratar problemas de relacionamento e disfunções sexuais. Esses modelos surgiram como resultado de estudos das obras de alguns gênios terapêuticos, como Fritz Perls, Virginia Satir e Milton Erickson; de meu trabalho terapêutico com incontáveis casais, indivíduos e famílias; e através de seminários com inúmeros conferencistas profissionais.

Meu propósito ao padronizar a experiência humana é superar limitações e abrir possibilidades de novas escolhas. O objetivo deste livro é tornar acessíveis ao público informações e técnicas que possibilitem auxiliar pessoas que desejem estabelecer relacionamentos conjugais enriquecedores e gratificantes, incluindo a expressão sexual mutuamente satisfatória. As técnicas descritas neste livro incluem opções de percepção e comportamento necessárias à transformação da experiência individual, convertendo uma série de limitações num conjunto de escolhas possíveis. Cada um dos modelos ou técnicas de mudança envolve modificações comportamentais que podem ser facilmente verificadas e comprovadas na *nossa* experiência sensorial, sem deixar dúvidas sobre sua validade.

Um modelo é uma representação da experiência, da mesma maneira que um mapa é a representação de uma área territorial, ou o protótipo de um avião é a representação de um avião em tamanho natural e em pleno funcionamento. Os modelos aqui apresentados são projetos que nos permitem passar de uma experiência indesejada para outra, desejada. Esses modelos de mudança satisfazem quatro condições: (1) produzem os resultados pretendidos; (2) são descritos ponto por ponto, a fim de que possam ser entendidos e aplicados; (3) são sintéticos, isto é, utilizam apenas o mínimo de passos necessários para atingir o resultado; (4) são independentes do conteúdo, pois lidam com a forma do processo, e portanto têm aplicação universal.

Os modelos de mudança apresentados aqui utilizam procedimentos claros e operacionais para conduzir uma pessoa de uma experiência específica a outra. É possível oferecer às pessoas indicações que, seguidas, as levarão ao estado desejado. Para isso, é necessário conhecer a situação atual, determinar a situação desejada e aprender os possíveis caminhos que levam de uma a outra. Dispondo-se de uma visão panorâmica do labirinto, é muito simples encontrar um atalho que leve do centro da confusão à liberdade. Sem essa visão, haverá um desperdício de tempo e energia, enquanto se caminha em círculos e se entra em becos sem saída. Este livro mostra como determinar o estado experiencial atual ou existente e como especificar o estado experiencial desejado; também oferece escolhas (com instruções) de como ir de um para outro. As instruções fornecidas para cada escolha incluem meios de garantir que o viajante experiencial seja capaz de chegar ao estado experiencial desejado sem ajuda.

Ajudar clientes a alcançar o destino escolhido é um pouco como armar um enorme quebra-cabeça. É útil olhar a figura na caixa, para saber como ele ficará quando estiver pronto. É muito mais difícil montá-lo quando não se tem idéia de como ele deve ser. É o mesmo que armar um quebra-cabeça de três mil peças sem qualquer idéia da figura completa. Se não temos nenhum molde, somos forçados a agir com enorme cuidado num processo de tentativa e erro, com uma certeza mínima de que estamos procedendo corretamente. É muito mais eficaz saber qual o objetivo visado.

Para alguém que quer resolver problemas humanos, as peças do quebra-cabeça são os elementos estruturais da experiência: atitudes (crenças), emoções (estados subjetivos), pensamentos (processos internos), ações (comportamento externo) e reações fisiológicas. O quebra-cabeça humano não é estático, mas dinâmico; move-se pelo tempo e pelo espaço como um conjunto de bonecos vivos. O número de peças que se encaixam e a dimensão do quadro são limitados, mas a variedade de objetos que podem ser construídos é infinita. Entretanto, há algumas leis. Certos princípios e combinações fazem com que as rodas girem, e se essas exigências não forem cumpridas, não haverá movimento algum.

## Como compreender a disfunção sexual

Antes de saber como é possível que algumas pessoas tenham experiências sexuais disfuncionais, precisamos saber como é possível que outras tenham experiências sexuais maravilhosas. Conhecer as variáveis da experiência subjetiva permite o entendimento. Simplificando: há um alinhamento de atitudes, emoções, pensamentos, ações e reações fisiológicas que culmina automaticamente em grandes experiências sexuais orgásmicas. Quando uma pessoa tem experiências sexuais disfuncionais, alguma parte da sua experiência está desalinhada. A tarefa é determinar que fator precisa de mudanças — crenças, estado subjetivo, processo interno, comportamento externo ou reação fisiológica — e ajustá-lo.

Por exemplo, se o diálogo interno de uma pessoa está perturbado ("Não vai dar outra vez", ou "Ele não se importa mesmo comigo") será difícil atingir uma experiência sexual gratificante. A mesma coisa ocorre quando há uma atitude do tipo "Isto está acontecendo comigo", ou se não há qualquer prazer sensual pessoal na simples porém profunda experiência de ser um homem ou uma mulher.

Uma mulher que me procurou em busca de ajuda para conseguir prazer sexual tornou evidente como uma crença desalinhada pode ser prejudicial. Percebi que ela sabia quase tudo o que se deve saber sobre sexo: o que fazer, no que pensar — isto é, que tipo de palavras dizer a si mesma e que fantasias formular. Seu marido era um bom amante, e ela o amava.

O que estava desajustado? Não era a sua atitude em relação ao sexo, mas sua atitude em relação ao ser mulher. Uma atitude é um filtro de percepção baseado em uma crença. A adoção de uma crença resulta principalmente em perceber e reagir a exemplos que a comprovem e se ajustem a ela. Quando são detectados exemplos contrários, eles são classificados como aberração. Ela acreditava que ser mulher significava ser fraca e submissa, papéis que a desagradavam. Isto tornou-se evidente quando eu a induzi a sentir as contínuas sensações corporais que lhe revelavam sua condição de mulher. Ao fazê-lo, ela apertou os dentes, franziu as sobrancelhas, tensionou o pescoço e os ombros e balançou a cabeça veementemente. Essas reações não-verbais alertaram-me para a necessidade de saber mais sobre a maneira como ela vivenciava o "ser mulher". Ela descrevia as mulheres como frágeis e submissas, características que considerava deploráveis. A cada vez que experimentava sensações corporais inegavelmente próprias de uma mulher, descrevia-se como frágil e submissa e sentia-se incomodada com isso. Ela nunca se sentira realmente frágil ou submissa, mas associava tão fortemente o "ser mulher" a essas características que sentir-se feminina lhe produzia uma sensação incômoda — como se tivesse sido realmente frágil e submissa. Ela se via forte e competente, características que associava ao comportamento masculino, e vestia-se de acordo com essa idéia. No entanto, sua maneira de movimentar-se era inegavelmente feminina.

Mudando a imagem que fazia das mulheres de forma a incluir qualidades de firmeza tipicamente femininas (o tipo de firmeza necessária para ser gentil, generosa, carinhosa, amorosa, bem como competente e tenaz), e depois associando essas qualidades à sua auto-imagem, ela pôde vivenciar o ser mulher como um atributo prazeroso. O próximo passo era relativamente pequeno: relacionar a nova imagem às sensações que ela associava ao ser mulher. Essa intervenção trouxe muitos outros benefícios à sua vida, além do prazer sexual almejado.

### Como compreender as desavenças conjugais
Como é possível que duas pessoas que se amem de verdade possam provocar uma à outra tanta dor? Um casal que se apresentou voluntariamente para uma demonstração durante um seminário de treinamento disse que ambos desejavam "ser felizes juntos e aperfeiçoar a relação". Ele descreveu o estágio que viviam como: "Ela me ataca e tenta fazer com que eu me sinta mal". A descrição que ela fez do estágio atual foi: "Ele me esconde coisas; não me conta o que preciso saber". Quando pedi que improvisassem uma situação típica — um método pelo qual

podem emergir os hábitos espontâneos do relacionamento —, as diferenças surgiram rapidamente.

O telefone tocou e foi atendido por ele. Era a filha adolescente, pedindo permissão para fazer compras à noite.

**Ele:** Está bem (*desliga*).
**Ela:** Quem era?
**Ele:** Ann.
**Ela:** O que ela queria?
**Ele:** Fazer umas compras.
**Ela:** O que você disse?
**Ele:** Que estava bem. (*Até aqui, tudo corria bem; mas é agora que os problemas começam.*)
**Ela:** Com quem ela foi?
**Ele:** Não sei.
**Ela:** Aonde eles vão?
**Ele:** Não sei.
**Ela:** Ela tem dinheiro?
**Ele:** Não sei.
**Ela:** Ela levou um agasalho?
**Ele:** Como é que eu posso saber?

O que ele vivenciava era: "Ela me ataca e me deprecia, e tenta fazer com que eu me sinta estúpido". O que ela vivenciava era: "Estou preocupada com a nossa filha, e se ele se interessasse por mim e pela família, teria conseguido mais informações".

Pela observação de sugestões não-verbais (mais tarde discutidas neste livro), a estrutura da dificuldade que havia entre eles tornou-se evidente. Ela necessitava ter um quadro interno completo sobre qualquer coisa que acontecesse a um ser amado, a fim de sentir-se segura. Todas as suas perguntas visavam completar o quadro. Um quadro incompleto gerava nela sentimentos de insegurança e medo.

Ele, no entanto, dava um crédito maior às palavras e ao tom de voz das pessoas. Como a voz da filha tinha *soado* bem, ele se sentia seguro de que não havia com que se preocupar. Mas já que também pensava que deveria sempre ter as respostas para as perguntas da esposa, desconhecê-las numa situação como aquela equivalia a ser estúpido — uma possibilidade terrível para ele.

Minhas intervenções removeram as conotações negativas de suas atitudes e restabeleceram os sentimentos de amor e consideração mútuos. Para complementar o quadro necessário à mulher, esboçamos juntos um questionário que incluía perguntas como "quem", "onde", "o quê" e "quando". Na última linha lia-se: "Porque amo você. Assinado: mamãe". Esses questionários eram colocados ao lado do telefone e no quadro de avisos da casa para que todos os membros da família pudessem preenchê-los. Todos passaram a usá-los constantemente e com boa vontade, a fim de fazê-la feliz.

Ao fim da sessão terapêutica, eu os coloquei (como um teste de comportamento) em uma situação de interação semelhante. Dessa vez, ambos se comportaram de forma mais proveitosa e amorosa. Ele fez o possível para fornecer informações suficientes para complementar o quadro de que ela necessitava; ao mesmo tempo mostrou-se atento e atencioso, até estar seguro de que ela se sentia tranqüila e confortada. Ela, por sua vez, concentrou-se mais nos esforços que ele fazia para tranqüilizá-la do que no seu quadro interno. Sentiu-se mais confortada com a evidente preocupação dele, mesmo quando o quadro não estava tão completo quanto ela gostaria. E, pela primeira vez em muito tempo, eles se sentiram unidos.

Em outra ocasião, um colega e eu tratamos de uma mulher que sofria de torcicolo. Descobrimos que a causa desse sintoma psicossomático era um incidente no qual ela fora forçada a praticar *fellatio* quando tinha oito anos. A torção da cabeça era uma manifestação do desejo inconsciente de evitar outro incidente semelhante. Conhecer a causa do sintoma foi importante para o tratamento e também para explicar seu estado atual de grave disfunção sexual. Embora esta não tenha sido a razão pela qual a mulher procurara terapia, tratar sua disfunção sexual foi essencial para o tratamento da manifestação sintomática do torcicolo. Este caso exemplifica a necessidade de instrumentos para a terapia sexual que possam ser integrados em um programa geral de tratamento.

Como viajo pelo país orientando seminários sobre mudança e comunicação, encontro muitos terapeutas sexuais. Alguns são altamente considerados por sua habilidade profissional, e de fato ajudam seus clientes a alcançar experiências sexuais mais gratificantes. No entanto, não é raro que mesmo esses terapeutas se aproximem confidencialmente de mim para pedir ajuda. Uma terapeuta sexual não conseguia atingir o orgasmo sem o uso de um vibrador; outra não conseguia atingir o orgasmo durante o coito. Um professor de uma escola de medicina e de um centro de treinamento de terapia familiar consultou-me sobre períodos de impotência que o acometiam.

Minha experiência indica que um número significativo de terapeutas e educadores sofrem do mesmo tipo de disfunção sexual de que tratam. Isto se deve em parte à suposição de que a reação sexual é algo separado e distinto do resto do comportamento. De fato, muitas pessoas ainda tratam o comportamento sexual como se ele não fizesse parte do comportamento humano global. No entanto, é uma grande distorção considerar a sexualidade como algo separado da totalidade do sistema humano.

## As necessidades a serem preenchidas pelos casais

Se a comunidade humana deve continuar a se formar e a viver nos grupamentos familiares como os que existiram no passado, precisamos encontrar maneiras de aprimorar a qualidade das relações básicas dos casais. Devido a importantes razões sócio-econômicas, tornou-se uma questão de escolha ser, ou continuar sendo, um casal. Portanto, é muito importante que a experiência de estar ligado a outrem seja enriquecedora de fato, não apenas idealmente. Já que as pessoas freqüentemente procuram alguma forma de aconselhamento quando precisam tomar decisões importantes ligadas aos seus relacionamentos, a comunidade terapêutica tem a oportunidade e a responsabilidade de ajudá-las a obter o tipo de experiência que desejam.

Contatos sexuais satisfatórios contribuem significativamente para o sucesso de um relacionamento. O prazer é inerente à experiência sexual e momentos compartilhados de intimidade física, nos quais duas pessoas satisfazem uma à outra, podem estabelecer a base para um relacionamento capaz de resistir a pressões externas potencialmente destrutivas. O comportamento sexual pode exprimir paixão, intimidade, amor e ternura. Ainda que as palavras possam realçá-las, a vitalidade e a profundidade do sentimento na comunicação se expressam através de vivências sensoriais imediatas. Os toques, odores, sons e olhares trocados durante a relação sexual são formas de comunicação profundas. A relação sexual é uma experiência humana natural e intensa que a ninguém deveria ser negada desnecessariamente.

É vital para os terapeutas ter à sua disposição, e adotar, métodos efetivos de lidar com a disfunção sexual. Segundo Masters e Johnson, em *Human sexual inadequacy*: "Uma estimativa cautelosa indicaria que metade dos casamentos (...) apresenta atualmente disfunção sexual ou está na iminência de apresentá-la no futuro"[2]. A atividade sexual ocupa uma posição única nos domínios da psicoterapia. Ao contrário de outros problemas psicológicos, perante os quais o terapeuta tem a responsabilidade de interpretar o comportamento como um progresso ou uma recaída, o sucesso ou o fracasso na atividade sexual é definitivo. A reação fisiológica manifesta do cliente demonstra claramente se as mudanças desejadas foram ou não alcançadas. Os terapeutas podem visar à satisfação resultante das respostas definitivas.

Ao apresentar os padrões, métodos e técnicas contidos neste livro, omiti longas definições sobre o que constitui clinicamente a disfunção sexual. Muita coisa já foi publicada sobre o assunto. Evitei igualmente enfocar técnicas sexuais explícitas. Também há muitas fontes de informação sobre esse assunto, se forem necessárias.

O que *ofereço* aos leitores nas páginas seguintes são soluções. A psicologia dispõe de uma imensa massa de conhecimentos referentes a diagnósticos, mas quase nada sobre o que fazer com os problemas diagnosticados. As soluções apresentadas neste livro são um remédio parcial. A apresentação de cada técnica de mudança inclui instruções detalhadas, que acompanham passo a passo as reações que cada uma delas provocará no cliente. São oferecidos exemplos de comportamento que indicarão qual das várias técnicas será a mais adequada. Clientes específicos cujo comportamento é especialmente revelador — aqueles que expõem a estrutura subjacente significante — serão discutidos em detalhes. Isto será útil no reconhecimento do que prende o cliente ao estágio atual, impossibilitando-o de alcançar o estado desejado sem a assistência do terapeuta.

## Modelos para resolver o quebra-cabeça

Muitos terapeutas evitam o trabalho com casais. Acham opressivo tratar de mais de uma pessoa ao mesmo tempo e tendem a considerar a disfunção sexual como uma área recomendável aos especialistas. Esses terapeutas poderiam vir a gostar e a sentir-se gratificados com a terapia de casais se aceitassem primeiro um fato simples: o tipo de informação que é necessária quando se trabalha com casais é diferente da que é requerida no trabalho individual. Também é freqüente que terapeutas obtenham dois conjuntos diferentes de dados quando trabalham com duas pessoas. Ao invés disso, a atuação se deveria concentrar na natureza da interação que ocorre entre as duas pessoas.

A complexidade do trabalho com mais de uma pessoa precisa ser reduzida a proporções controláveis. Isto pode ser feito estudando-se quais aspectos da experiência dos clientes são importantes e quais são irrelevantes para o propósito de facilitar as mudanças. Uma vez que se saiba o que é importante, será fácil orientar a percepção na procura e na descoberta dessas informações. Também será necessário um repertório adequado de técnicas de mudança para poder lidar com a variedade de situações que os clientes apresentarão. Os capítulos seguintes estão estruturados de modo a proporcionar esse aprendizado, para ajudar o terapeuta a reorientar suas percepções e para dar-lhe o repertório adicional de técnicas necessárias a fim de que possa se transformar num agente efetivo de mudanças.

Para mim, a aplicação desses modelos de mudança do comportamento a problemas aparentemente insolúveis é um processo fascinante. Minha inclinação pessoal quanto ao que constitui uma solução satisfatória me leva a apresentar a aplicação desse material no contexto do relacionamento entre casais e da terapia sexual. Essa inclinação, bem como minha experiência profissional, convenceu-me de que todos os profissionais das várias categorias terapêuticas precisam de um instrumento adicional para lidar com o relacionamento de casais e com a expressão sexual.

Minha intenção é tornar compreensíveis e enriquecidos pela experiência padrões e técnicas relevantes, através de descrições detalhadas e de exemplos clínicos significativos. Cada técnica é apresentada passo a passo, e muitas delas são apropriadas à auto-análise.

No entanto, é preciso estar alerta para o fato de que a integração dessas técnicas acarreta certas liberdades e responsabilidades: a liberdade de mudar a si mesmo e aos outros e a responsabilidade de escolher as mudanças mais adequadas para todos os envolvidos. A fim de facilitar o entendimento e a assimilação do material deste livro, é aconselhável que cada capítulo seja lido, estudado e relido. Dessa maneira, o livro poderá ser integrado à experiência, às crenças e à filosofia de vida do leitor. Cabe a cada um de nós, através do estudo e da prática, incorporar esse conhecimento à nossa experiência.

Este livro oferece uma base teórica, bem como práticas terapêuticas específicas. Da maneira como são examinadas aqui, essas técnicas têm aplicação universal no âmbito do comportamento humano e apenas implícita no âmbito sexual. Portanto, são úteis para qualquer tipo de problema. Recomendo, sinceramente, que seu uso seja estendido a outros contextos. Elas proporcionarão noções de organização e métodos de intervenção que podem ser usados por qualquer pessoa, em qualquer contexto, sem necessidade de um treinamento prévio.

Em resumo, embora haja um corpo de conhecimentos referentes ao comportamento sexual, e normas de tratamento da disfunção sexual e do relacionamento conjugal, ainda há espaço para aperfeiçoamento. Os procedimentos existentes não podem ser usados frente a um sério distúrbio individual, ou em alguém que não esteja envolvido num relacionamento conjugal. Os procedimentos existentes são especialmente inadequados quando a experiência gerada internamente interfere na seqüência natural das reações fisiológicas durante uma experiência sexual.

Isto não é uma crítica aos procedimentos dos tratamentos atuais. O corpo de conhecimentos já existente reduziu com sucesso a necessidade de novas práticas nessa área, mas não a aboliu de todo. Duvido que qualquer pessoa possa dizer que já sabemos o suficiente para parar. Pelo contrário, espero que todos fiquem ansiosos em acrescentar novas opções aos procedimentos já existentes. Uma forma de realizar isto é reconhecer em primeiro lugar que o comportamento humano e a expressão sexual não estão separados do resto da experiência humana, e então integrar o sexo e a terapia conjugal aos programas de tratamento geral. Outra forma é modificar a prática da terapia, afastando-a das teorias e aproximando-a de modelos experimentais que forneçam métodos específicos, para que se saiba o que fazer com os problemas apresentados pelos clientes.

É possível acrescentar as técnicas da PNL às escolhas úteis que já são parte do nosso comportamento. É preciso ter em mente que a ficção científica de ontem é a ciência de hoje e que nem toda tecnologia é feita de máquinas. A partir das páginas seguintes será possível iniciar o caminho para se tornar um "tecnólogo da experiência".

# CAPÍTULO 2

## Os fatores importantes

"*Há alguns anos, na cidade Grand Lake, Colorado, situada num declive coberto de neve, do lado oeste das Montanhas Rochosas, havia uma tradição segundo a qual, no inverno, todos tinham que utilizar esquis para se locomoverem. Professores transferidos para a escola da região tinham que aprender a esquiar, e mesmo o diretor e a banda escolar usavam esquis. As crianças aprendiam a esquiar tão logo começavam a andar. Quem observasse aquelas pessoas movendo-se para lá e para cá pensaria que os esquis, na verdade, eram uma extensão de seus pés, um órgão de locomoção altamente adaptado. Cada pessoa desenvolvera seu próprio estilo, altamente individualizado, assim como cada um tem sua maneira particular de andar. Quando eram promovidas competições de esqui, alguns dos moradores revelavam-se melhores que outros, enquanto muitos sequer competiam.*

"*( . . . ) Ao mesmo tempo, havia em Denver e em outras cidades vizinhas algumas pessoas ousadas que costumavam andar de esquis por diversão, como uma atividade recreativa. ( . . . ) Algumas delas tinham realmente muito talento, outras não eram tão habilidosas. ( . . . ) Não tinham muita consciência de como esquiavam, que técnica empregavam, ou de que se pudesse ensinar a esquiar. Diziam: 'Olhe para mim', ou 'Faça assim', e isto era o máximo a que podiam chegar. Nunca esquecerei o dia em que um de meus amigos, que estivera observando essas caminhadas semanais às montanhas, decidiu finalmente me acompanhar. Ele era um excelente atleta, que uma vez fora campeão da Golden Gloves, portanto não lhe faltavam coordenação e autocontrole. No entanto, quando calçou os esquis pela primeira vez, o resultado foi cômico e desastroso. Tão logo tentou dar um passo, caiu. Estorvado pelos próprios esquis, mal conseguia levantar-se. O recém-chegado foi acossado por toda a sorte de problemas que, para serem resolvidos rapidamente, exigiam perícia e análise técnica. Infelizmente, o máximo que aqueles esquiadores de domingo puderam fazer foi algo como: 'Dobre o joelho e vá em frente. Você vai ver como consegue pegar o jeito da coisa'.*

*"(...) Ao mesmo tempo (...) milhares de metros de filme eram rodados nos Alpes, registrando esquiadores magnificamente hábeis descendo ladeiras, fazendo curvas, subindo e parando. Esses filmes foram analisados e todos os movimentos divididos em cada uma de suas partes componentes. Também seus padrões gerais foram analisados. Depois de algum tempo, concluiu-se que a arte de esquiar não estava restrita aos talentosos. Qualquer pessoa que tivesse paciência e um pouco de coordenação motora podia aprender a esquiar, pois as partes componentes haviam sido tão bem identificadas que podiam ser explicadas e descritas tecnicamente. Além disso, o padrão de habilidade conquistado por esses novos esquiadores tecnicamente treinados foi tão impressionante que tornou possível a enorme popularidade posterior do esporte."*[3]

Edward T. Hall,
The silent language.

Como observou Edward Hall, decompondo-se a ação de esquiar em cada um de seus movimentos constitutivos e identificando-se seus padrões significantes, foram criados métodos de ensino capazes de proporcionar um alto nível de competência para virtualmente todos os que estivessem interessados em aprender. Similarmente, meus colegas e eu identificamos os componentes e padrões significantes das inúmeras interações terapêuticas bem-sucedidas que estudamos. Isto nos permitiu criar métodos pelos quais, com técnica, se pode adquirir o talento necessário para, sobre uma base consistente, tornar bem-sucedidas tais interações. Esses componentes experienciais e esses padrões de comportamento foram organizados em procedimentos que, seguidos, levarão a resultados específicos — no caso que aqui apresentamos, proficiência nas terapias sexual e de casais.

Os componentes desses procedimentos estão baseados nos cinco sistemas sensoriais: visão, cinestesia, audição e olfato/paladar. Ver, sentir, ouvir e cheirar/provar são experiências primárias. Vivenciamos cada uma, ou cada combinação delas, diretamente pelos sentidos. Há uma diferença entre esses componentes da experiência primária e representações da experiência tais como a linguagem e os números. Palavras e números são "abstrações" da experiência primária. Na qualidade de símbolos, são significativos apenas na medida em que estão "ligados" à experiência primária. Daí a falta de sentido em ler um livro escrito numa língua desconhecida. Não quero dizer com isso que as palavras não tenham importância, mas sim especificar a função das palavras na geração da experiência. Algumas propriedades da linguagem (palavras) não são propriedades dos componentes sensoriais básicos e vice-versa.

Cada componente básico opera de três maneiras ao moldar a experiência: (1) como um sistema através do qual percebemos o meio que nos cerca; (2) como um sistema interno de representação/processamento que usamos para dar sentido aos dados obtidos, bem como para desempenhar atividades tais como pensar, fazer escolhas, aprender, fantasiar, etc.; e (3) como um sistema utilizado para manifestar externamente nossas reações comportamentais ao meio ambiente.

A experiência humana é resultado da interação entre o mundo externo e o que nossos sentidos percebem; das imagens geradas subjetivamente, do diálogo interno, de cheiros e gostos, sons e sentimentos que nossa mente produz; e dos vários comportamentos externos gerados para atuar diretamente no mundo. A compreensão de que o comportamento humano (incluindo, é claro, o comportamento sexual) é apenas um aspecto de um sistema em funcionamento envolve mais do que meramente reconhecer a importância de uma abordagem sistêmica da terapia. Pensamos através de imagens, sons, sentimentos e palavras. Quando esses processos gerados internamente não estão alinhados com a experiência sensorial do mundo, surge uma certa incongruência, que pode ser útil em muitos contextos. Por exemplo, podemos sonhar acordados em reuniões longas e chatas, ou concentrar-nos em uma lembrança ou fantasia agradável durante uma visita ao dentista. Esses processos internos nos permitem fazer planos, recordar o passado e projetar para o futuro, mas também limitam nossa habilidade em obter experiências desejadas.

Estou certa de que todos conhecem pessoas que não se permitem fazer nada de novo porque pensam que parecerão bobas. Mais especificamente, imaginam-se desempenhando o novo papel insatisfatoriamente e sentem-se constrangidas — como se as imagens geradas internamente tivessem ocorrido de fato. Ao reagir a esses acontecimentos imaginários ao invés de relacionarem-se com o que ocorre de fato com elas, essas pessoas inibem o seu comportamento e não se arriscam a vivenciar o possível constrangimento imaginado.

Os terapeutas estão muito familiarizados com um outro exemplo de processo interno que perturba e limita a experiência desejada: a supervisão do seu trabalho nos diversos estágios de treinamento. Nessas circunstâncias, o terapeuta sob supervisão fica freqüentemente tão perturbado por projeções internas das determinações do supervisor que a qualidade de seu trabalho cai radicalmente. Considerando-se que o sucesso de um terapeuta depende da sua completa disponibilidade para experiências sensoriais, isto não chega a ser surpreendente.

Os processos internos desempenham um importante papel no contexto da experiência sensual. Se uma pessoa está recitando a tabuada de multiplicação ou entabulando um diálogo interno sobre a lista de compras do dia seguinte, a intensidade da experiência sexual será drasticamente diminuída, a despeito da qualidade das preliminares e da expressão sexual. A mesma coisa acontecerá se, enquanto faz amor, ela imagina uma cena conflituosa (vamos dizer, uma discussão com a mãe) ou ouve vozes internas (o pai dizendo: "Boas meninas não fazem essas coisas", ou sua própria voz perguntando: "Será que ele está cansado?").

O mesmo aconteceria se recordássemos sentimentos inadequados a um outro tipo de experiência, como prestar um exame ou dirigir no tráfego: a totalidade da experiência estaria perdida. Nesses exemplos, a experiência se tornaria uma mistura incongruente do ato sexual com outras imagens, sons, palavras e sentimentos não relacionados a ele.

Mesmo quando esses processos gerados internamente são congruentes com a experiência sexual em curso, eles ainda podem diminuir-lhe a intensidade. Por exemplo, se enquanto faz amor a pessoa imagina cada área do corpo do amante tocada por sua mão direita, é muito provável que se atenha mais às imagens que às sensações. Ou, se a pessoa constrói uma imagem de como ela e seu parceiro são observados por um espectador invisível, poderia perder toda consciência das sensações corporais causadas pelo estímulo direto. Bill Masters examina essa perda de percepção em *The pleasure bond*:

*"Provavelmente não há ninguém que, durante o ato sexual, não se torne, durante algum tempo, um espectador. De vez em quando observamos o que nós mesmos estamos fazendo ou o que o nosso parceiro faz. É perfeitamente natural que se observe conscientemente o procedimento; de fato, é muito estimulante fazer isso de vez em quando.*

*"O que importa é o grau em que se assume esse papel de espectador. Em alguns casos, ser um espectador eventual pode refletir um desligamento de qualquer envolvimento emocional. Isto também é natural, não há motivo para preocupação. Mas isso pode cortar o input do estímulo. Por exemplo, se o homem for um mero espectador durante a atividade sexual, uma parte do prazer e da excitação de sua esposa não chega realmente até ele, o que significa que ele perdeu esse estímulo. E, num certo nível, seu próprio prazer é atenuado, porque ele não está entregue à experiência — está observando. Eu* não *estou dizendo que a pessoa não sente nenhum prazer. Estou apenas dizendo que uma parte dele foi bloqueada. Um nível de percepção está bloqueado."*[4]

Esses processos internos podem, às vezes, ser usados também para intensificar nossas experiências sexuais:

*"Todos nós usamos a fantasia em maior ou menor grau. É uma forma de auto-estimulação. Ajuda-nos a ir de onde estamos para onde queremos estar, quando a ocasião permite. Neste sentido, ela é uma ponte, e pode ser muito útil"*[5]

Talvez a analogia com a ponte criada por Bill Masters seja especialmente apropriada aqui. Em casos de disfunção sexual, a experiência gerada internamente encontra-se com freqüência numa das margens de um vasto e profundo abismo, enquanto a experiência sensorial externa permanece na margem oposta. Se a experiência interna puder ser controlada de forma a produzir fantasias agradáveis — fantasias de algum modo congruentes com a experiência sensorial externa em curso —, o abismo poderá ser transposto, e os dois lados serão capazes de alcançar o alinhamento.

As técnicas de mudança apresentadas neste livro oferecem infinitas possibilidades de construção desse tipo de ponte, tanto "entre" indivíduos como "dentro" de um indivíduo. Ao se construir tais pontes é importante recordar que, porque nossa consciência é um fenômeno limitado, nossa experiência subjetiva está bastante condicionada pelo que essa consciência focaliza. É possível estar consciente da experiência gerada internamente ou da experiência sensorial externa, ou de uma mistura diluída das duas. Há ocasiões em que cada um desses três focos de atenção é útil. Para alguém que se tenha ocupado primordialmente com as incongruentes experiências geradas internamente, uma mistura diluída de fantasia interna congruente e experiência sensorial externa é um movimento em direção ao enfoque máximo da consciência sobre a intensa experiência gerada externamente produzida durante um encontro sexual.

Para a abordagem que utilizo quando trabalho com casais, é fundamental a premissa de que uma pessoa reage a outra de forma constante e intensa. Esta premissa leva-me naturalmente a detectar, em cada casal com que trabalho, comportamentos que cada um manifesta e que provocam reações particulares no outro. Embora os capítulos seguintes recomendem que se observem os componentes da experiência descritos previamente, o foco estará em como esses componentes influenciam as experiências geradas pela interação entre duas pessoas. Enquanto o conceito de um alinhamento entre as experiências interna e externa é útil com relação à terapia sexual individual, o conceito de um sistema recíproco é útil com casais. Uma intervenção bem-sucedida com casais é uma questão de influenciar o comportamento de cada pessoa e as reações que esse comportamento provoca.

A transcrição que se segue demonstra como esses componentes podem interagir, provocando uma comunicação infeliz:

**Paul:** Não me sinto amado, ela nunca reage a mim sexualmente (*Sua voz é chorosa e ressentida, suas mãos repousam em seu colo, e ele olha para o chão*).

**Hazel:** (*Ela diz a si mesma: "Tudo em que ele pensa e quer é sexo. Aos seus olhos, não sou nem mesmo uma pessoa". Sentindo-se maltratada e desprezada, ela se afasta dele e diz em voz alta:*) E nunca vou reagir.

**Paul:** (*Ele a vê afastar-se e ouve suas palavras; sente mágoa, rejeição, e depois raiva, em rápida sucessão. Ruborizando, diz em voz alta:*) Então vá embora, sua nojenta!

O comportamento externo de Paul afeta a experiência interna de Hazel; ela manifesta um certo comportamento externo que, por sua vez, afeta a experiência interna dele, e assim por diante.

Naturalmente, interações indesejáveis nem sempre são iniciadas por comunicações verbais diretas. Eis um exemplo — um outro casal que me procurou pedindo ajuda — de como os problemas podem começar independentemente das palavras. Uma tarde ele chegou em casa, antes dela. Queria fazer um lanche e estava curioso sobre os resultados esportivos do dia anterior; assim, desdobrou o jornal e serviu-se das sobras (uma atividade em si mesma inofensiva). Ela chegou alguns minutos mais tarde e viu-o lendo o jornal e comendo. Durante todo o dia havia planejado (e antecipado com excitação) que sairiam para jantar naquela noite, e, quando o viu comendo sozinho em casa, ficou desapontada. Automática e erroneamente, supôs que aquele comportamento significava que ele não parara para considerar seus desejos para aquela noite. Tomou essa falsa suposição como prova de que ele não se importava com ela. Sentindo-se péssima, disse a si mesma: "Nunca consigo o que quero". Ele levantou os olhos a tempo de vê-la carrancuda e, com uma sensação de peso no estômago, perguntou: "Tudo bem com você?". Ela olhou-o e replicou: "Como se você se importasse".

Além de demonstrar como a experiência interna contribui para a interação total, estes exemplos mostram como nossas reações ao outro não são apenas uma relação imediata de causa e efeito. Mais do que isso, o efeito (reação) suscitado por uma causa (estímulo) depende em larga medida do significado atribuído à causa. Se pousamos levemente nossa mão no braço de alguém, ele sentirá a temperatura e a pressão do peso da mão, primeiro pelo contraste, depois adicionado ao seu próprio peso. Esta é uma relação simples de causa e efeito (estímulo/reação).

Entretanto, se a pessoa interpreta o toque da mão como expressão de afeto, o gesto terá este significado para ela, *fosse essa ou não* nossa intenção. O significado atribuído a um comportamento é chamado de "equivalência complexa". Neste exemplo, pousar suavemente a mão no braço de alguém (um complexo de comportamentos) equivale (significa, é equivalente) a ter afeição por ele. Equivalências complexas permeiam a nossa experiência e geralmente encontram-se muito afastadas da apreensão consciente. Além de sabermos muito pouco sobre o que nosso comportamento significa para os outros, eles geralmente não têm muita consciência das premissas com que julgam o significado do nosso comportamento.

Ao revelar a estrutura do estado atual e do estado desejado de casais, uma questão importante é: "Quais são os padrões de causa e efeito e de equivalência complexa que mantêm o estado atual?". Ao conduzir um casal ao estado desejado, esses padrões devem ser modificados de forma a se tornarem laços, ao invés de amarras. A terceira parte deste livro apresenta métodos pelos quais se pode mudar comportamentos distintos, bem como as reações a eles. Em geral, é necessário mudar um pouco de ambos, mas com freqüência a alteração do significado atribuído ao comportamento ofensivo pode mudar a experiência de uma pessoa com relação a outra de modo permanente.

Para facilitar a criação de um relacionamento mutuamente enriquecedor e gratificante, é útil e adequado aceitar o pressuposto de que o significado de uma atitude é a reação que ela suscita na outra pessoa, a despeito da intenção original. A aceitação desta premissa nos levará a prestar muita atenção à reação suscitada por qualquer atitude (verbal ou não-verbal), uma vez que essa reação determina o seu significado. Na prática, isto quer dizer estar certo da intenção da atitude e desejar alinhá-la, o máximo possível, com sua expressão. Ao prestar atenção às reações do nosso interlocutor, precisamos sempre ter o desejo de, se necessário, ajustar nossa expressão, a fim de suscitar a reação almejada.

Se voltarmos ao exemplo de Paul, o homem cuja companheira não reagia sexualmente, e revelarmos sua intenção, a interação resultante será muito diferente:

**Paul:** (*Para si mesmo*) Quero que ela saiba que eu a amo e a desejo. (*Segura suas mãos, olha-a e diz gentilmente*) Você é tão importante para mim! Eu te amo e, sim, também te desejo.

**Hazel:** (*Alivia a tensão em torno dos olhos e da boca e relaxa suas mãos nas dele*) É isso mesmo que você sente?

A reação de Hazel indica que Paul está começando a comunicar-se efetivamente com ela. A expressão de sua comunicação está alinhada com sua intenção, como evidencia a reação que ele é capaz de suscitar nela.

Através da reação às intenções ocultas em cada comportamento e da crença em que o significado de uma atitude é a reação que ela suscita, cada pessoa pode ligar-se a outra de maneiras que enriquecem a experiência pessoal e mútua. Cada pessoa pode ser auxiliada no objetivo de saber expressar o que quer da outra, bem como o que quer dar à outra, através da incorporação, nas suas interações, das relações de causa e efeito e de equivalência complexa. Estabelecidos estes padrões, que aproximam e servem de apoio, as maravilhas de qualquer "tecnólogo da experiência" de livros de ficção serão genuinamente suplantadas.

## Um mapa a seguir

O material deste livro propõe-se a atuar como guia. Pode ser usado para orientar o comportamento do terapeuta durante o processo de levar as pessoas a desenvolver estratégias que, ao nível inconsciente, irão ajudá-las a gerar experiências sexuais mais ricas e satisfatórias. O material subseqüente fornece uma estrutura para a organização do comportamento do terapeuta que o ajudará a agir de forma efetiva ao lidar com disfunções sexuais e outros problemas de relacionamento.

Para que esta apresentação seja útil, é necessário reduzir a complexidade das intervenções bem-sucedidas a um nível fácil de manejar. Mantive esta exigência em mente durante toda esta apresentação. Embora sejam oferecidas numerosas técnicas eficazes de intervenção terapêutica, os padrões são apresentados em etapas simples, fáceis de seguir, com alguns exemplos que elucidam melhor cada técnica. Esses padrões de comunicação e mudança têm sido usados por mim e meus colegas, e ensinados a psicoterapeutas em seminários realizados por todo o país, sempre com grande sucesso. Se o terapeuta for cuidadoso, fizer as distinções necessárias e organizar sua experiência nas seqüências e categorias aqui prescritas, provavelmente será capaz de dar uma ajuda consistente e efetiva aos seus clientes, para que alcancem os objetivos desejados.

A forma com que este livro foi escrito é em si mesma uma estratégia. Descobri que essa estratégia era uma maneira útil de organizar o meu comportamento na execução de qualquer objetivo desejado. São três os passos básicos:

☐ Estabelecer relações amigáveis e reunir informações referentes ao estado atual e ao estado desejado do cliente.
☐ Fazer o cliente evoluir do estado atual para o estado desejado.
☐ Regular o futuro; integrar a experiência do estado desejado ao comportamento em curso.[6]

Estes três passos facilitam a troca terapêutica efetiva quando dois ingredientes vitais são acionados: experiência sensorial e flexibilidade de comportamento. A experiência sensorial externa é necessária para detectar o comportamento observável que constitui o estado atual (ou problemático) e o comportamento observável que constituiria o estado desejado (ou curado) para qualquer indivíduo ou casal. Uma vez que se saiba isto, uma flexibilidade de comportamento é necessária para levar os clientes de onde estão para onde querem ir. Sendo flexível no seu comportamento, o terapeuta pode passar de um método de intervenção a outro, até conseguir os resultados desejados. Novamente, os passos são:

☐ Descobrir para onde os clientes querem ir e onde estão agora.
☐ Escolher um método para alcançar o estado desejado e usá-lo.
☐ Observar se o objetivo almejado foi de fato alcançado. Se foi, tomar medidas para garantir que, no futuro, ele possa ser alcançado sem a presença do terapeuta. Se o alvo visado não foi atingido, deve-se escolher então outro método e aplicá-lo. E continuar usando métodos diferentes até obter sucesso.

Isso talvez pareça uma simplificação inacreditavelmente excessiva da complexa atividade que é fazer terapia, mas ainda assim é para mim a organização mais sucinta possível do comportamento na terapia. Novamente, esta estratégia constitui a forma deste livro. Seu conteúdo diz respeito a cinco tópicos:

☐ Quais informações relativas aos estados atual e desejado do cliente são fundamentais para serem somadas aos seus sentidos.
☐ Como reunir tais informações essenciais.
☐ Métodos para estabelecer relações amigáveis, consistentes e significativas com qualquer cliente.
☐ Técnicas para fazer o cliente evoluir do estado atual para o estado desejado.
☐ Métodos para regular efetivamente no futuro o aprendizado e a experiência obtidos nas sessões terapêuticas com o comportamento em curso do cliente.

A forma e o conteúdo deste texto, como em qualquer livro, são uma representação do autor. É assim que as minhas percepções e comportamentos estão organizados. É com esta estratégia e estes métodos de intervenção que transformo a mim mesma e àqueles que me procuram em busca de mudanças.

Esta estratégia terapêutica pode ser comparada à que se utiliza quando se quer construir uma nova casa para alguém. Informo-me sobre a estrutura existente e sobre o que se deseja na nova casa. Portas com cadeados ou arcos que possibilitem a livre passagem? Preferem grandes áreas comuns ou cantinhos aconchegantes, com privacidade? O que querem ver, ouvir e sentir na nova residência que lhes é negado agora? Que aspectos de sua casa atual gostariam de ver integrados à nova?

Conhecidas essas necessidades, posso escolher os materiais e as ferramentas adequados à construção da nova casa, dentro de uma variedade de que disponho e que posso ajustar para fazer funcionar. Enquanto a construção está em andamento, tomo o cuidado para fazê-la sólida, para garantir a durabilidade da nova casa. Também tenho o cuidado de abrir possibilidades para uma futura expansão.

Cada uma dessas "residências" está alicerçada nos meus próprios princípios, incluindo a crença de que cada ser humano tem internamente todos os recursos necessários à execução de qualquer mudança. Minha tarefa primordial é conseguir acesso a esses recursos e organizá-los de forma a produzir as mudanças desejadas de modo duradouro. Creio mais nas possibilidades do que nas limitações da experiência humana.

As informações e técnicas de intervenção deste livro possibilitaram-me pôr em prática minhas boas intenções e princípios pessoais. É na direção da realização das suas próprias intenções que eu gostaria de conduzir o leitor a partir de agora.

# II Como estabelecer o "rapport" e reunir informações

# CAPÍTULO 3

## A importância do "rapport"*

*"Nenhuma comunicação é totalmente independente do contexto e todo significado tem um componente contextual importante. Isto pode parecer óbvio, mas definir o contexto é sempre importante e freqüentemente difícil. Por exemplo: a linguagem é por natureza um sistema altamente contextualizado (...) enraizado em abstrações da realidade. Contudo, poucas pessoas compreendem quando o significado, mesmo da mais simples afirmação, depende do contexto em que está inserido. Por exemplo: um homem e uma mulher que viveram juntos, em bons termos, durante quinze anos ou mais, nem sempre têm que explicar tudo. Quando ele chega de um dia de trabalho no escritório, ela não precisa pronunciar uma palavra. Ele sabe o tipo de dia que ela teve pela maneira como se movimenta; através do tom de sua voz, sabe como ela se sente a respeito da maneira como se relacionam naquela noite.*

*Ao contrário, quando se passa dos relacionamentos pessoais para os tribunais de justiça, para os computadores ou para a matemática, nada pode ser tomado como certo, porque essas atividades têm um baixo contexto e devem ser especificadas. Um espaço inserido equivocadamente entre letras ou palavras num computador pode parar todo o sistema.*

O topo do triângulo é de contexto alto, a base é de contexto baixo.

---

* Palavra de origem francesa, que significa "concordância", "afinidade", "analogia",

*Informação, contexto e significado estão unidos numa relação equilibrada, funcional. O contexto é tanto mais importante quando mais informações forem compartilhadas, como no caso do casal descrito acima. Pode-se pensar nisso como um* continuum *que vai do topo à base. Este triângulo junta-se a um outro numa relação equilibrada. Neste segundo triângulo há pouca informação no topo e muita na base.*

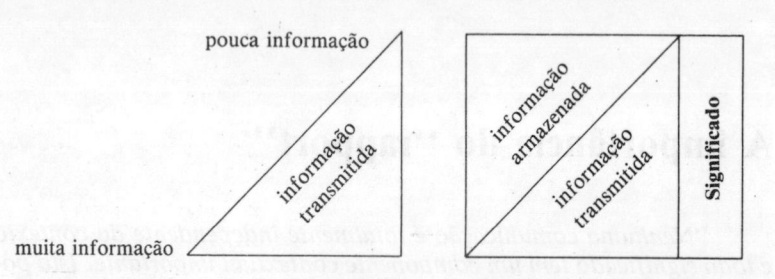

[diagrama: triângulo com "pouca informação" no topo e "muita informação" na base, rotulado "informação transmitida"; segundo diagrama com "informação armazenada", "informação transmitida" e "Significado"]

*A combinação dos dois diagramas mostra como, à medida que se perde o contexto, é preciso acrescentar informações para manter inalterado o significado. O relacionamento completo pode ser expresso num simples diagrama; não pode haver significado sem informação e contexto."*

Edward T. Hall,<br>The dance of life.

A excelente descrição de Edward Hall pode nos ser útil pelo menos de duas maneiras. Em primeiro lugar, os casais quase sempre consideram que suas comunicações são de alto contexto. Isto é, cada um supõe conhecer o significado do comportamento do outro e reage ao significado suposto, considerando como realidade suas percepções. Devido à suposição de que compartilham o significado, oferecem pouca ou nenhuma informação. Isto lhes traz a desvantagem de não perceberem nem mesmo um simples mal-entendido. Por exemplo, um casal procurou-me pedindo ajuda para melhorar o tom geral do seu relacionamento. Revezaram-se contando-me sua mais recente discussão; cada um queria que eu entendesse como o outro era obstinado. Ele começou a descrever o que tinha acontecido. "Quando chegamos à Praça Ghiradelli, fiquei deprimido e..." Ela imediatamente o interrompeu e corrigiu: "Você estava deprimido *antes* de chegar à Praça Ghiradelli". Com isso, eles interromperam a narração e iniciaram uma enorme discussão sobre em que momento ele ficara realmente deprimido. Como eu não tinha qualquer pressuposição de que aquela fosse uma comunicação de alto contexto, foi fácil buscar a informação específica sobre a qual discutiam. Para ele, a Praça Ghiradelli começava no instante em que era avistada. Para ela, não começava até que tivessem pisado nela.

O segundo uso da descrição de Edward Hall — de como o equilíbrio da "informação armazenada" e da "informação transmitida" leva a mais ou menos significado — refere-se ao problema de trazer a interação terapêutica para uma comunicação de alto contexto do modo mais eficiente possível. A solução requer o conhecimento e a capacidade de discernir, entre todas as possibilidades, que informações devem ser retidas e utilizadas para os propósitos de uma intervenção terapêutica efetiva. No exemplo dado acima, havia duas informações que valia a pena armazenar. A primeira, que ele determinava os começos de forma mais visual, enquanto ela o fazia mais cinestesicamente (o que poderia indicar uma diferença de padrão mais geral na forma como cada um organizava sua experiência), e, a segunda, que ambos estavam desejosos de brigar e proporcionar um desconforto evidente ao outro de modo a provar que tinham "razão".

Precisamos alcançar comunicações de alto contexto com nossos clientes o mais rápido possível. Dispomos apenas de horas, e não mais de anos, para gastar com as pessoas que procuram nossa ajuda. A forma de alcançá-las é aceitar o fato de que a primeira interação começa no contexto mais baixo possível, e então partir para reunir as informações que forem mais relevantes para a compreensão da estrutura subjacente à experiência do cliente. Alcançar e manter relações de *rapport* com os clientes é uma habilidade essencial para a reunião das informações necessárias. Isto nos coloca num certo dilema. Se revirmos uma interação na qual o *rapport* foi alcançado e mantido, veremos que ela apresenta as características de uma comunicação de contexto muito alto. Os dois lados fazem pouco esforço para serem compreendidos e para acreditarem na importância que o outro dá às suas preocupações.

Existem métodos específicos rápidos e fáceis para se obter a experiência de *rapport* com outras pessoas. Esses métodos farão o cliente vivenciar a interação como uma comunicação de alto contexto, enquanto permite ao terapeuta reunir suavemente as informações necessárias a fim de traçar um mapa preciso da sua experiência. Mas é preciso ser cauteloso: há uma diferença entre propiciar ao cliente a experiência de ser compreendido e considerado e compreender de fato o que suas comunicações significam. Se cometermos o erro de acreditar automaticamente que conhecemos o seu significado, estaremos prestando aos clientes um grande desserviço. Devemos lembrar que até que tenhamos obtido e armazenado as informações comportamentais relevantes, estaremos dando aos clientes a experiência confortável e segura de participar de uma comunicação de alto contexto, embora na verdade eles estejam tendo uma comunicação de contexto muito baixo.

A capacidade de estabelecer relações de *rapport* é útil para qualquer comunicador, mas para o terapeuta ela é essencial. Vários outros profissionais, tais como cientistas, engenheiros e arquitetos, podem obter sucesso sem interações interpessoais consistentes e de alta qualidade, mas uma terapia efetiva não pode prescindir delas.

## Espelhamento

Quando meus colegas e eu analisamos as intervenções terapêuticas aparentemente mágicas obtidas por especialistas como Virginia Satir e Milton Erickson, descobrimos alguns padrões comuns de comportamento. Um desses padrões é o *espelhamento*, um processo de reprodução para o cliente de partes de seu próprio comportamento não-verbal — exatamente como um espelho. É uma forma de imitar as mensagens de alto contexto que o cliente está emitindo sem dar-lhes significado; saber que elas de fato contêm significados inconscientes relevantes para o cliente.

Todos já estão familiarizados com macrotipos de espelhamento na sua experiência cotidiana. Um exemplo de espelhamento desse nível é comportar-se convenientemente — como não praguejar numa igreja ou na frente da tia Milly, embora possamos praguejar quando estamos com um grupo de colegas, pois sabemos que esta atitude fará com que alguns dos nossos amigos se sintam mais à vontade conosco. Um outro exemplo de espelhamento desse nível é vestir-se apropriadamente para uma ocasião particular. Num exemplo mais preciso, tendemos a adequar nossas maneiras à mesa e nossas posturas corporais ao nível formal que julgamos adequado ao lugar e às pessoas com quem estamos jantando. O espelhamento, em seus vários níveis, é o equivalente comportamental ao fato de se concordar verbalmente com alguém.

Para espelhar de forma efetiva o terapeuta deve ser capaz de fazer distinções visuais e auditivas sutis relacionadas ao seu próprio comportamento, bem como ao do cliente. Entre os aspectos do comportamento do cliente, vale a pena espelhar as posturas corporais, gestos característicos, ritmos respiratórios, expressões faciais e padrões de entonação, cadência e tom de voz. A adequação a alguns ou a todos esses aspectos ajudará o terapeuta a alcançar uma interação harmoniosa. De fato, através do espelhamento é possível discordar do conteúdo da comunicação de uma pessoa (o que ela está sentindo) e permanecer em *rapport* completo.

O espelhamento também é um modo de conseguir o *embarque*, ou sincronicidade, que muitos no campo da antropologia cultural (e também em outras áreas) julgam importante para o funcionamento humano. Citando mais uma vez Edward Hall em *The dance of life*:

"*Embarque é um termo cunhado por William Condon para o processo que ocorre quando duas ou mais pessoas se sintonizam com o ritmo das demais, quando elas se sincronizam. Tanto Condon quanto eu acreditamos que, no fim das contas, ficará provado que a sincronia começa com a* mielinação *do nervo auditivo seis meses após a concepção.*

*É nesse momento que a criança começa a ouvir no útero. Imediatamente após o nascimento, a criança se moverá no ritmo da voz da mãe, e também se sincronizará com a voz de outras pessoas, qualquer que seja a língua que elas falem! Portanto, a tendência a sincronizar com as vozes à nossa volta pode ser considerada inata. Entretanto, o ritmo usado depende da cultura das pessoas que nos cercam enquanto esses padrões estão sendo apreendidos. Pode-se afirmar, com alguma certeza, que os seres humanos normais são capazes de aprender a sincronizar-se com qualquer ritmo humano, desde que comecem cedo o suficiente.*

*"É claro que algo aprendido tão integralmente cedo na vida, enraizado no programa de comportamento inato ao organismo e compartilhado por toda a humanidade deve ser não apenas importante, mas também um ponto fundamental para a sobrevivência da nossa espécie. É muito possível que no futuro se descubra que a sincronia e o embarque são mais fundamentais para a sobrevivência humana do que o sexo, ao nível individual, e tão fundamentais para a sobrevivência quanto o sexo, ao nível do grupo. Sem a habilidade para embarcar com outros — e é o que acontece em certos tipos de afasia — a vida se torna quase incontrolável. O dr. Barry Brazelton, pediatra em Boston, que estudou durante vários anos a interação entre pais e filhos desde o momento do nascimento, descreve a sincronia sutil, em vários níveis, que ocorre em relações normais, deduzindo então que os pais que batem em seus filhos nunca aprenderam a sincronizar com seus bebês. O ritmo é uma parte tão integrada à vida de todo mundo que virtualmente ocorre sem que se dê conta dele."* [2]

Para começar a aprender a espelhar, devemos observar a interação de outras pessoas. Observar as crianças brincando; observar as pessoas em restaurantes, reuniões e coquetéis. Em qualquer ocasião em que estivermos com pessoas que interagem entre si, devemos notar quantos espelhamentos estão acontecendo. Também é preciso prestar atenção à qualidade da interação que acontece quando não há espelhamento.

Depois de um curto período de tempo na posição de observador, será possível perceber que as pessoas espelham instintivamente umas às outras. Agora podemos começar a fazer isso deliberadamente, para alcançar resultados específicos. Podemos começar por espelhar apenas um aspecto do comportamento de uma pessoa enquanto conversamos com ela. Quando isto tornar-se fácil, podemos acrescentar outro aspecto discreto — como o ritmo vocal —, depois outro, em seguida mais um, até que estejamos espelhando sem pensar, mas capazes de observar consistentemente em retrospectiva esse dado do seu comportamento.

Quanto mais a pessoa praticar, mais consciente ficará dos ritmos que ela e os outros produzem com padrões gestuais e respiratórios, e também de entonação, tempo e tom vocais. Deve-se prestar atenção ao grau de des-sincronia dos casais quando a comunicação entre eles vai mal, em contraste com a sincronia presente nos momentos em que se dão bem. A diferença de grau no espelhamento de um casal, antes e depois de trabalharmos com ele, é um indicador importante de mudança. Para exemplificar através de contextos:

> *"Estes estudos cobriam uma vasta gama de grupos, dos índios do sudoeste aos esquimós do Alasca (...) Mais uma vez, os Colliers encontraram ritmos. Uma descoberta notável, mas não inesperada, foi que o professor determinava o ritmo da turma. As turmas que tinham por professores nativos americanos que não haviam sido treinados por educadores brancos apresentavam um ritmo próximo ao da respiração relaxada, natural, de cerca de cinco a oito segundos por ciclo. Esse ritmo é muito mais lento do que a agitação frenética de uma turma, branca ou negra, dos aglomerados urbanos, que hoje a maioria das crianças americanas em idade escolar encontra. Os nativos americanos que haviam estado em unidades educacionais norte-americanas produziam ritmos intermediários. O material dos Colliers fez-me compreender que as crianças índias só se sentiam à vontade para acomodar-se e aprender quando estavam cercadas pelo seu próprio ritmo familiar"* [3].

Quando estivermos espelhando para estabelecer harmonia no casal, devemos ser sutis. É melhor espelhar padrões de tempo e pequenos gestos manuais do que mudar de uma postura corporal global evidente para outra. Quando desviamos nossa atenção original de uma pessoa para outra, devemos prestar atenção às reações suscitadas em cada uma como resultado do seu comportamento e do de seu parceiro. Se uma delas começar a se voltar para a sua própria experiência interna, enquanto a outra conversa conosco, é necessário trazê-la de volta para a interação. Isto lhes dará a oportunidade de reunir informações relevantes sobre suas próprias reações às comunicações do parceiro. Relaciono em seguida algumas verbalizações úteis para conseguir isto com gentileza:

> "Preciso descobrir o que cada um de vocês quer do outro. Às vezes uma pessoa pede algo que o cônjuge nunca imaginou que ela quisesse, e eu gostaria de saber se vocês já ouviram isso antes. Se já ouviram, há alguma coisa que seja diferente?"

> "Vocês não estariam aqui se não quisessem alcançar uma melhor compreensão, e eu sei que a Sally está a ponto de dizer algo que é importante que você ouça. Está pronto?"

> "Agora preciso ouvir o que o Jim tem a dizer, e vou querer saber o que você entende da resposta dele."

> "Mesmo que vocês pensem que já viram e ouviram isto tudo antes, eu lhes prometo que há coisas que vocês ainda não sabem e que são importantes para ambos."

"Sei que vocês ficarão curiosos em saber como interpreto o que ela está a ponto de dizer."

"Enquanto estou ouvindo você, Sally, estarei também observando Jim, para ver se ele pode realmente ouvir o que você está dizendo."

Além de chamar a atenção de quem ouve, estas perguntas e afirmativas influenciam quem fala a levar em consideração o efeito da sua comunicação.

Muitos terapeutas pensam que espelhar é o mesmo que imitar, e receiam ofender seus clientes. Temos restrições culturais muito fortes quanto a imitar os outros. Essas restrições são tão fortes que freqüentemente esse fantástico modo de aprendizagem nos é negado desde pequenos. "Não seja um macaco de imitação", somos repreendidos. Se percebemos alguém nos imitando, sentimos que provavelmente estão debochando de nós, e geralmente ficamos ofendidos. Entretanto, o espelhamento não é uma imitação. A imitação comumente é caracterizada pelo exagero de algum traço do comportamento. O espelhamento é o reflexo comportamental sutil daquelas comunicações inconscientes, significativas, que cada um de nós oferece ao receptor atento.

Embora o espelhamento possa parecer estranho ao novato, seu valor na obtenção e manutenção da harmonia faz o esforço de desenvolver essa habilidade valer a pena. É preciso esforçar-se para aprender a espelhar eficazmente: é preciso aprimorar a nossa percepção de aspectos do nosso comportamento, e do da outra pessoa, dos quais nem tínhamos consciência. Isto vale para todas as informações comportamentais, que aprenderemos a reconhecer nos próximos capítulos.

# CAPÍTULO 4

## Acesso a comportamentos cognitivos

Há clínicos que afirmam que a disfunção sexual não é um problema; quando há dificuldades, consideram que o problema está no relacionamento. Mas o que significa ter problemas no relacionamento? A palavra "relacionamento" é uma distorção da expressão "relacionar-se". Não existe um objeto tangível chamado "relacionamento". Na verdade, ele é um processo através do qual seres vivos se relacionam uns com os outros. Alguns clínicos acreditam que atenção e confiança estabilizam um relacionamento. Mas o que é "atenção" e o que, especificamente, é "confiança"? São apenas palavras que significam acontecimentos que não são definidos em relação à experiência de qualquer pessoa em particular. Se simplificássemos a expressão "relacionamento", transformando-a no verbo "relacionar-se", poderíamos formular perguntas significativas: Quem se relaciona com quem? De que modo a relação entre as pessoas causa infelicidade e insatisfação? De que maneira elas devem relacionar-se a fim de gerar vivências mais agradáveis? As respostas a essas questões revelarão informações úteis sobre a estrutura da situação atual e do estado desejado de um cliente.

Normalmente, é fácil perceber que as pessoas não se relacionam bem — elas nos dizem isso, tanto de forma verbal quanto não-verbal. Suas verbalizações são representações de suas vivências, assim como os mapas são representações de territórios. As pessoas usam palavras para descrever o que elas *acreditam* estar acontecendo. Elas nunca podem nos dizer o que realmente aconteceu, assim como um mapa não pode nunca ser a representação exata de um território. Conseqüentemente, é importante entender que aquilo que as pessoas nos *dizem* é apenas o que elas vivenciaram conscientemente, e não o que *realmente* aconteceu. Há uma tremenda diferença entre essas duas coisas. Assim, se dois indivíduos me contam histórias diferentes sobre o mesmo incidente, sei que ambos estão certos. Não é que um esteja dizendo a verdade e o outro mentindo. Pelo contrário, de todos os aspectos que poderiam chamar a atenção naquele incidente, cada um conta apenas aquele do qual está consciente na sua vivência.

O conteúdo das verbalizações revela aquilo em que as pessoas acreditam. O aspecto processual das verbalizações revela como chegaram a essas crenças. Quase todos os casais com que trabalhei divergiam sobre os acontecimentos que os envolviam: ele dizia que $a$ e $b$ aconteceram, e ela dizia que mais parecia $x$ e $y$. É importante notar como suas descrições diferem a fim de compreender como elas chegaram ao desentendimento. É aqui, ao nível do processo de suas comunicações, que se começa a descobrir a melhor orientação para o processo de mudança. As palavras que cada um de nós usa para se expressar são indicadores dos elementos de nossa experiência consciente e podem apontar a saída da insatisfação e o caminho para a gratificação plena.

## Sistemas representacionais

Durante qualquer momento ao longo do tempo, só temos consciência de uma pequena parte de nossa experiência. Por exemplo, exatamente agora, enquanto lê esta frase, o leitor pode estar atento aos sons à sua volta, à qualidade do ar que respira, ao tipo com que foi composto este texto, à largura das margens, ao gosto em sua boca, ou ao peso e à posição de sua mão esquerda. Enquanto lia cada uma das possibilidades acima, o leitor provavelmente transferiu sua capacidade consciente para o que estava sendo sugerido. É improvável que, antes que eu o advertisse, ele estivesse consciente de alguma ou de todas as partes da experiência. Foi postulado que a consciência humana pode se ater com constância durante sete minutos — com uma margem de variação de dois minutos, para mais ou para menos — a cada bloco de informações[4]. Isso significa que a consciência é um fenômeno limitado. As partes específicas da vivência que alguém pode fazer aflorar à consciência são determinadas pela interação entre suas capacidades sensoriais atuais, por suas motivações presentes e por aprendizados da infância.

Se assistimos à palestra de um orador erudito e fascinante, é pouco provável que tenhamos consciência da cor dos sapatos e da roupa de um estranho sentado duas poltronas adiante. Nossa atenção estará no orador. Por outro lado, se ele for um chato, podemos ficar cônscios de sentimentos de enfado ou isolamento que nos motivam a olhar em busca de alguém com quem estabelecer contato pessoal. Neste caso, ficaríamos conscientes da cor dos sapatos e da roupa que o estranho usa. Assim, nossa motivação atual determinaria os aspectos da nossa vivência trazidos à consciência.

Quando criança, aprendemos a valorizar alguns aspectos da comunicação familiar mais do que outros. Se a mãe dizia: "Está tudo bem", mas cerrava os dentes e os punhos, e havia lágrimas em seus olhos, em qual mensagem a criança confiaria? Na que ouviu ou na que viu? Se o pai a repreende verbalmente por alguma má conduta, mas sorri jovialmente e lhe dá tapinhas nas costas, em que mensagem acreditará? Presumivelmente, uma criança educada nessa família aprenderia a valorizar mais e a prestar mais atenção à parte visual da experiência, em detrimento das outras. Ela confiaria e estaria mais consciente do que vê do que das palavras que ouve. Se lhe dissessem "Amo você", ela poderia retrucar: "Mas não parece me amar. Como posso acreditar em você?"

Como ouvinte, é possível discernir a parte da experiência de uma pessoa que está representada internamente na consciência aflorada, prestando atenção às palavras processuais utilizadas: adjetivos, verbos e advérbios. Esses *predicativos*, especificam um processo de visão, audição, sensação e gustação/olfato. A tabela que se segue apresenta exemplos de predicativos (palavras processuais):

| Visual | Auditivo | Cinestésico | Olfativo/Gustativo |
|---|---|---|---|
| ver | ouvir | sentir | provar |
| imagem | tom | toque | cheiro |
| brilhante | ruidoso | quente | fresco |
| claro | acorde | macio | perfumado |
| impreciso | amplificar | suave | rançoso |
| foco | harmonizar | manipular | doce |
| relâmpago | guincho | agarrar | acre |
| perspectiva | clamor | apertado | azedo |
| escuro | grito | áspero | amargo |
| colorido | tinir | duro | salgado |

Suponhamos que o terapeuta esteja recolhendo informações de um casal e o marido diz:

> "Bom, as coisas para mim parecem de um jeito que... Eu realmente não vejo nenhum futuro no nosso casamento. Estou disposto a tentar porque me vejo como uma pessoa muito participante, mas realmente não posso imaginar como as coisas poderão melhorar. Tudo é tão escuro e melancólico!"

E a esposa diz:

> "Bem, eu realmente sinto que as coisas podem melhorar. Temos muito o que construir, e se nos esforçamos arduamente no nos-

so relacionamento e tentarmos com vontade, poderemos suavizar nossas dificuldades".

Se o terapeuta, enquanto ouve este diálogo, prestar atenção ao que eles dizem e considerar o conteúdo importante — que ele não acredita que a situação se resolverá, e ela sim —, então tem que começar a adivinhar qual deles está certo e qual errado. Se o terapeuta conduzir-se pelo conteúdo, não descobrirá nada sobre o processo que os levou ao desentendimento. Não saberá como vieram a representar a experiência do seu casamento como algo que por um lado é desesperançoso e, por outro, promissor. Em vez disso, estará limitado a reagir a essas verbalizações com julgamentos, opiniões e interpretações, como se essas descrições fossem experiências reais — o que elas não são. Se acreditarmos nele ou nela, estaremos reagindo ao conteúdo do que eles dizem e, neste caso, nos defrontaremos com o mesmo dilema que eles. Só estaremos aptos a *compreender* realmente a situação deles se assumirmos uma posição que nos permita reagir à forma das verbalizações utilizadas por eles. Eles não se entendem, discordam sobre o que é a *realidade*. Nossa tarefa como mediador é nos preocuparmos com o processo — não com a "realidade".

Como é, então, que duas pessoas que vivem juntas podem se desentender tão amplamente? Observando o processo que está indicado por suas palavras, a primeira coisa que notaremos sobre esse casal é que eles estão falando de partes diferentes de uma mesma experiência. Ele está falando em termos visuais, sobre figuras internas e imagens que vê ou não vê, isto é, imagens geradas internamente, não de coisas que pertençam ao lado externo, ao mundo da experiência sensorial. Ela, por outro lado, está falando de sentimentos. É possível identificar isto observando as palavras processuais — os adjetivos, verbos e advérbios — das frases. Se ficarmos atentos aos substantivos da frase, permaneceremos presos ao conteúdo. Se estivermos atentos aos predicativos (as palavras processuais), identificaremos algo sobre o processo. Todos os predicativos usados por ele estão relacionados à criação de quadros — "parecem", "vejo", "imaginar", "escuro" —, e todos pressupõem a visão. Todas as palavras usadas por ela relacionam-se a sensações construídas internamente — "sinto", "árduo", "suavizar". Isto revela de imediato que ambos estão descrevendo experiências geradas internamente sobre a condição de seu casamento. Revela também que estão conscientes, e que falam de diferentes lados de sua experiência: ele, do lado visual, e ela, do lado cinestésico (dos sentidos). Isto indica que há uma diferença importante no modo como essas pessoas organizam e expressam suas percepções. Essa diferença é *relevante*: demonstra o quanto estão em desacordo. De fato, essa diferença no processo é responsável por uma grande parte do desentendimento. É como se *falassem duas línguas diferentes sem que ninguém notasse.*

Estes padrões de linguagem são uma parte importante da informação comportamental, pois revelam a estrutura do estado atual de um indivíduo. Cada palavra processual sensorial-específica usada — visual, cinestésica, auditiva e olfativa/gustativa — indica que a experiência interna daquele que fala está sendo representada num dado sistema sensorial. O uso habitual de uma categoria de palavras sensoriais-específicas, em detrimento de outras, é indicativo de um *sistema representacional primário*. Um sistema representacional primário é um sistema sensorial interno mais desenvolvido, e que é usado com mais freqüência (e integralmente) do que outros[5]. Como resultado, o indivíduo perceberá o mundo primordialmente através desse sistema. Se o sistema representacional primário é visual, a percepção do mundo se fará através de imagens; se é cinestésico, através das sensações; se é auditivo, através de sons; e, menos freqüentemente, se olfativo/gustativo, através de cheiros e sabores.

E o que significa relacionar-se com alguém de modo *eficaz*? Em parte, significa falar simultaneamente sobre as mesmas partes da experiência. Como ilustração, eis um exemplo tirado da transcrição de uma sessão terapêutica:

**Shirley:** É que eu realmente não gosto do jeito como ele está sempre me agarrando em público. Ele faz uma cena e nem vê como todo mundo olha para nós. É que isso atrai um bocado de atenção, e eu queria que ele mostrasse mais respeito por mim diante de outras pessoas.

**Bob:** Mas eu gosto de estar perto dela. Quero estar em contato com ela quando me sinto carinhoso, e às vezes me sinto carinhoso do lado de fora do quarto. Ela me empurra para longe, e eu acho que é muita frieza fazer isso com alguém a quem você supostamente ama. Ela costumava gostar desse meu desejo por ela. Agora sinto que ela não tem mais nenhuma estima por mim.

Como no exemplo anterior, as palavras usadas por Bob e Shirley indicam que eles têm consciência de dois lados muito diferentes de sua vivência — dessa vez em relação ao fato de ele tocá-la em público. Vejamos os predicativos. Eles revelam distinções úteis sobre a parte da experiência de que Shirley e Bob têm consciência. As palavras "cena", "vê", "mostrasse", "olha", utilizadas por ela, pressupõem, todas, um sistema representacional primário *visual*. As palavras que ele utiliza, "contato", "sinto", "empurra", "frieza", "desejo", pressupõem um sistema representacional primário *cinestésico*. Suas palavras indicam que cada um se liga a uma parte diferente da experiência: ela, à parte visual; ele, à parte cinestésica. Para que eles cheguem a um entendimento, é necessário construir uma ponte que ligue suas vivências diversas.

Ouvir uma conversa, bem como ler transcrições de aconselhamento conjugal ou sexual, e por aí adiante, pode fornecer uma profusão de exemplos oportunos sobre o uso dos sistemas representacionais. Examinando transcrições, tomei conhecimento de um fenômeno interessante. Pessoas casadas que se envolvem em casos extraconjugais referem-se ao seu casamento utilizando, caracteristicamente, predicados cinestésicos: "fixos", "sólido", "consolidado", etc., enquanto para os relacionamentos extraconjugais utilizam predicativos visuais, por exemplo, como se sentiram atraídos pelo que viram, como esses relacionamentos eram mais coloridos, etc. Também descobri que pessoas que participam de sexo grupal e de troca de casais utilizam uma alta proporção de palavras processuais gustativas. Eles comparam o ato sexual a sair para jantar, e explicam que, assim como os *gourmets*, buscam variedades culinárias e chegam a considerar a monogamia morna e insossa.

Os predicativos que não apontam para nenhuma dessas quatro partes da experiência são chamados "não-específicos". Isto é, não elucidam como o processo está sendo representado ou exercido — quer em imagens, cheiros/paladares, sensações ou sons. Aqui estão alguns exemplos de predicativos não-específicos:

| achar | aprender | mudar | considerar |
| saber | bom | respeitoso | recordar |
| entender | intuir | confiança | acreditar |

Quando defrontados com palavras semelhantes, podemos perguntar: "Como você, *especificamente*, pensa (sabe, entende, aprende)?". Esta pergunta suscitará, ou uma reação verbal mais rica em detalhes processuais, ou um comportamento não-verbal (veja o próximo capítulo sobre "pistas de acesso") que especifique o processo subjetivo. É claro que as pessoas não têm consciência das palavras que escolhem ou da sintaxe com que descrevem suas vivências. De qualquer modo, de toda a vivência acessível, essas palavras são uma representação daquilo de que elas têm consciência.

## Pistas de acesso

Embora a linguagem indique que parte da vivência subjetiva de uma pessoa aflorou à consciência, devemos buscar em outro lugar a informação comportamental que nos explique como a vivência específica pôde "aflorar à consciência". Em um contexto terapêutico, as pessoas falam a maior parte do tempo sobre o passado ou sobre suas vivências subjetivas. Raramente um cliente fala sobre a experiência presente: a cor da cadeira em que se senta o terapeuta, o peso do próprio braço pousado sobre a coxa, os ruídos do equipamento de ventilação ou qualquer experiência sensorial que esteja acontecendo no momento em que ele está sentado em nosso consultório. Comumente, o cliente descreve reações subjetivas causadas pelo curso atual da terapia, ou representações subjetivas do passado, ou de projetos futuros.

Para poder falar sobre tais experiências geradas internamente, cada um de nós deve, de alguma maneira, ter acesso a essas vivências subjetivas. Para ilustrar melhor este ponto, proponho a seguinte experiência:

1. Pense numa experiência agradável da sua infância, partilhada com um amigo íntimo.
2. Descreva as roupas que usou em sua formatura escolar.
3. Relembre o primeiro beijo de língua.
4. Recorde uma ocasião em que a curiosidade se sobrepôs ao medo.

Para cumprir alguns desses pedidos foi preciso conseguir acesso a certas classes distintas de vivências passadas. Chamamos o processo de obtenção da informação (o processo de conseguir a informação subjetiva — as imagens, o som, as palavras e sensações que complementam as memórias, as fantasias, etc.) de *acesso*. Os comportamentos não-verbais específicos que revelam como tal informação vivencial é posta à disposição da mente consciente são chamados "pistas de acesso". Pistas de acesso são os movimentos dos olhos que indicam como uma pessoa pensa — se através de imagens, palavras ou sensações.

As pessoas oferecem ao observador/ouvinte cuidadoso, além das palavras e da sintaxe, uma gama de significados transmitidos de forma não-verbal, que são também gerados inconscientemente. Tem havido muita especulação e interpretação irresponsáveis acerca do comportamento humano não-verbal ou da linguagem corporal. (É só pensar nas várias interpretações levianas sobre o significado de as mulheres cruzarem ou não as pernas, etc.) Acredito que algumas das mais relevantes informações que dizem respeito à comunicação não-verbal sejam proporcionadas pelas pistas de acesso. Ao longo de nossos estudos sobre o comportamento humano, meus colegas e eu descobrimos que os padrões de ângulos oculares estavam definitivamente relacionados ao processo subjetivo necessário para trazer à consciência informações referentes ao passado rememorado ou a futuras experiências construídas.

Como está exposto em *Patterns of the hypnotic techniques of Milton H. Erickson, M. D.*, volume II:

*"(...) cada um de nós desenvolveu movimentos corporais particulares que indicam ao observador perspicaz que sistema representacional usamos. Especialmente ricos em significados são os padrões de angulação dos olhos desenvolvidos por nós. Assim, os predicativos no sistema verbal e os padrões angulares dos olhos no sistema não-verbal oferecem aos estudantes de hipnose meios rápidos e poderosos para determinar qual dos recursos potenciais para a produção de significado — os sistemas representacionais — o cliente está usando num dado momen-*

*to, e, portanto, como reagir criativamente a ele. Consideremos, por exemplo, quantas vezes formulamos a alguém uma pergunta e a pessoa fez uma pausa e disse: 'Huumm, deixe-me ver, e, acompanhando sua verbalização, moveu os olhos para o alto e para a esquerda. Esses movimentos oculares para cima e para a esquerda estimulam (em pessoas destras) imagens eidéticas localizadas no hemisfério não-dominante do cérebro. Os caminhos neurológicos que partem do lado esquerdo de ambos os olhos (campos visuais esquerdos) estão representados no hemisfério cerebral direito (não-dominante). O movimento ocular esquadrinhador para cima e para a esquerda é um meio comum que as pessoas usam para estimular aquele hemisfério, como um método para ter acesso à memória visual. Os movimentos para cima e para a direita feitos pelos olhos, inversamente, estimulam o hemisfério cerebral esquerdo e as imagens construídas — isto é, representações visuais de coisas que a pessoa nunca viu antes.*
*(...) as pistas de acesso podem ser detectadas visualmente. Especificamente (para as pessoas destras):*

| Pistas de acesso | Sistemas representacionais indicados* | |
|---|---|---|
| olhos para cima e para a esquerda | visual lembrado | (V) |
| olhos desfocados na posição | imaginação | (V) |
| olhos para cima e para a direita | visual construído | (V) |
| olhos para baixo e para esquerda | auditivo interno | (A) |
| postura telefônica | auditivo interno | (A) |
| olhos para a esquerda ou para a direita, fixos no mesmo nível | auditivo interno | (A) |
| olhos para baixo e para a direita | cinestésico | (C) |

* V = visual; A = auditivo; C = cinestésico.

Quando se encara uma pessoa e seus olhos se movem na direção mostrada nos desenhos que se seguem, o acesso ao processo subjetivo designado estará sendo alcançado.

Todos provavelmente já passaram pela experiência de fazer uma pergunta a alguém que desviou o olhar, mexeu os olhos para cima e para a esquerda e disse: "Huumm, deixe-me ver". E viu. Em outras ocasiões, provavelmente, seus olhos moveram-se para cima e para direita, ou desfocaram-se, enquanto se fixavam num ponto à frente ou se moveram para baixo e para a esquerda, ou para baixo e para a direita. Ou

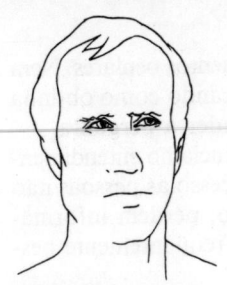

**Visual Lembrado**
(imagens são evocadas do passado, exatamente como foram originalmente vistas)

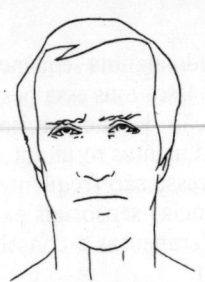

**Imaginação Visual**
(olhos desfocados, posição fixa, comumente com a pupila um pouco dilatada — pode ser eidético ou elaborado)

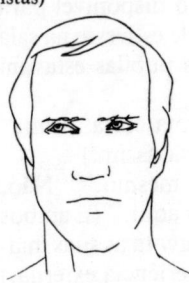

**Visual Construído**

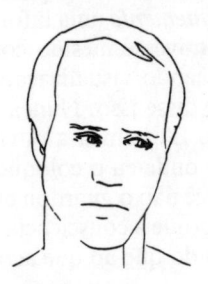

**Auditivo Interno**
(freqüentemente diálogo subjetivo)

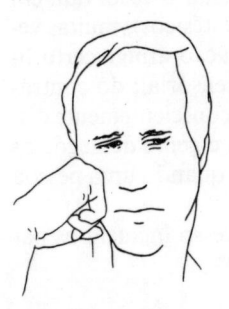

**Postura Telefônica**
diálogo subjetivo)

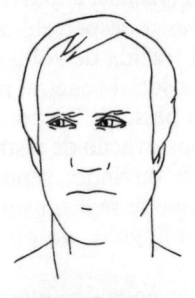

**Auditivo Interno**
(freqüentemente diálogo subjetivo)

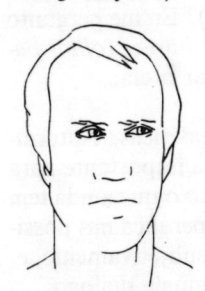

**Auditivo Interno**
(freqüentemente diálogo subjetivo)

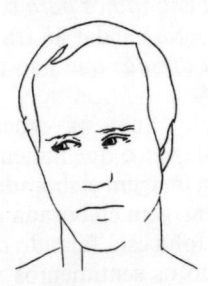

**Cinestésico**
(sensações e emoções)

talvez tenha ocorrido alguma seqüência desses movimentos oculares. Nem sempre se percebe isso, mas essa pessoa estava indicando como obtinha acesso à informação de que precisava para responder à pergunta.

Os desentendimentos resultantes de uma deficiência no entendimento das pistas de acesso são freqüentes. Durante o acesso as pessoas não percebem experiências sensoriais externas. Por isso, perdem informações sensoriais. Terapeutas e conselheiros ouvem freqüentemente pessoas se queixarem:

> "É que ele não me ouve. Ele está bem ali, na sala, e eu lhe digo alguma coisa e depois ele finge que não me ouviu." (Esta mulher era incapaz de perceber quando o marido estava de fato disponível para receber *conscientemente* uma informação. Embora ele estivesse na sala com ela, e mantivesse mesmo contato visual, suas pupilas estavam dilatadas, indicando visualização.)
> "Você não me disse isso. Nunca ouvi você falar uma coisa assim." (Ele está certo. Ele nunca a ouvira dizer uma coisa assim.)
> "Você não viu onde eu o coloquei? Você estava aí mesmo." "Não, não estava. Você não o guardou enquanto eu estava aqui." (E ambos estão certos, porque a consciência dele estava mais atenta às suas imagens subjetivas do que ao que acontecia na sua experiência externa.)

Quando a consciência de uma pessoa está atenta e absorvida em processos subjetivos (visuais, auditivos e mesmo cinestésicos), muitas vezes a informação passa despercebida. Se a informação atinge certo limiar, a pessoa será trazida de volta à experiência sensorial; do contrário, a informação sensorial penetra, mas não estará conscientemente disponível para aquela pessoa. Ensino casais, famílias e gente de negócios a dizer a partir da observação de pistas de acesso — quando uma pessoa está conscientemente ouvindo, vendo, etc...

Os exemplos que se seguem sobre pistas de acesso incluem os padrões relevantes dos ângulos do olhar:

**Sue:** Eu não consigo entender (*olhos para cima, à esquerda*). John nunca foi capaz de fazer isso antes, por que começaria agora?
**John:** Você ouviu isso (*olhos para baixo, à esquerda*)? Eu me pergunto por que deveria me dar ao trabalho de tentar? Parece (*olhos para baixo, à direita*) que não é possível agradar a ela.

Neste exemplo, Sue está evocando imagens eidéticas. Naturalmente, ela não pode ver o que nunca aconteceu. Seria importante para ela estabelecer uma imagem elaborada de John fazendo o que ainda tem de fazer; ver esta imagem elaborada ajudaria a ter esperança nas possibilidades futuras. John está falando consigo mesmo, subjetivamente, e, depois, vivenciando os sentimentos suscitados por aquele diálogo.

**Will:** Você vê como ela está vestida? Eu me lembro (*olhos para cima, à esquerda*) como ela era. Se ela me amasse, não se teria deixado levar daquele jeito. Eu me vejo (*olhos para cima, à direita*) como um homem atraente, e isso é embaraçoso (*olhos para cima, à direita*). É claro que eu não diria isso na frente dela.

Will compara uma imagem passada da esposa com a sua aparência atual, então constrói imagens de como vê a si mesmo, e de como os outros vêem a ambos. Ele fica o tempo todo comparando o que vê na sua experiência sensorial com suas imagens subjetivas, e a experiência sensorial parece um pobre sucedâneo.

Ou, em um grupo de mulheres insatisfeitas:

**Sal:** (*Olhos para cima, à esquerda*) Ele é rápido demais. Eu ponho um negligé e acendo uma vela, volto para a cama, preparo tudo, e ele nem percebe (*olhos para cima, à esquerda*). Ele prefere me agarrar à noite.
**Stella:** (*Olhos para baixo, à direita*) Eu só queria que o Jim me procurasse. Eu me sinto (*olhos para baixo, à direita*) tão pressionada o tempo todo por ter que representar e fingir e parecer perfeita (*olhos para baixo, à direita*). Eu fico cansada.
**June:** (*Olhos para baixo, à esquerda*) Isso não é importante. O importante é (*olhos para cima, à direita*) a essência de como vocês se aproximam um do outro. Que vocês façam isso quando estão apaixonados (*olhos para cima, à direita*) tanto quanto quando estão com desejo.

Sal tem acesso a imagens do passado e atribui importância a aspectos visuais da experiência sexual. Stella expressa prioridades cinestésicas que correspondem às suas pistas de acesso cinestésico. As pistas de acesso de June indicam que ela diz algo subjetivamente a si mesma, constrói uma imagem referente à "essência da aproximação mútua", e depois tem acesso cinestésico ligado à experiência do desejo.

Enquanto usa os ouvidos para detectar as palavras que indicam o sistema representacional de uma pessoa, o terapeuta pode usar os olhos para perceber suas pistas de acesso. Pistas de acesso são aqueles movimentos oculares que indicam como o cliente pensa: através de imagens, palavras ou sensações. Elas oferecem informações vitais referentes ao comportamento subjetivo dos clientes. Embora as pistas de acesso isoladas não informem inteiramente sobre as vivências subjetivas que ocorrem, ao detectá-las é possível discernir os processos subjetivos que estão sendo usados para gerar a experiência global de uma pessoa.

## Sistemas de conduta

Assim como as pessoas caracteristicamente priorizam um sistema representacional evidenciado pelas palavras processuais que usam com maior freqüência, também priorizam um processo subjetivo para *desencadear* o acesso à informação. Pode-se determinar qual processo subjetivo é priorizado para desencadear o acesso à informação percebendo qual das pistas de acesso é usada habitualmente em primeiro lugar. Este processo subjetivo priorizado, seja visual, cinestésico ou auditivo, é conhecido como *sistema de conduta*.

Em um seminário recente pedi a dois homens que se juntassem a mim no palco. Usei-os para ilustrar a noção de sistemas de conduta diferentes. (Eu já havia percebido pelas suas atitudes que eles processavam informação de maneira muito diferente.) Após pedir ao público que os observasse atentamente, instruí os homens para que simplesmente pensassem nas respostas às questões que eu estava prestes a lhes fazer. Comecei então a formular uma série de perguntas:

1. De que cor são os olhos de sua mãe?
2. Quantas portas há em sua casa?
3. Qual delas faz mais barulho?
4. Onde é a marcha à ré no câmbio do seu carro?
5. Qual é a sensação de estar com a pele queimada de sol?
6. Pode ouvir sua mãe chamando seu nome?

Em reação a cada pergunta, um dos homens olhou primeiro para baixo e para a direita. O outro olhou primeiro para cima e para a esquerda. O primeiro procurava cinestesicamente as respostas, enquanto o segundo as buscava visualmente. Ambos encontraram as respostas para cada uma das questões, porém utilizando sistemas de acesso diferentes. Cada um usou seu próprio sistema de conduta.

Embora as pistas de acesso de algumas pessoas possam variar para cada pergunta, isto não acontecia com eles. Foi por isso que eu os escolhi para ilustrar o comportamento do sistema de conduta. Ao invés de usar o acesso visual para uma pergunta que exigisse uma formação visual (cor), ou auditivo para uma que exigisse um som (ruído, a voz da mãe), ou cinestésico (a sensação de estar queimado pelo sol), eles utilizavam habitualmente um processo subjetivo para ter acesso à resposta de cada pergunta. Isto foi confirmado ao grupo pela descrição feita pelos homens de suas experiências subjetivas em reação a algumas das perguntas:

Pergunta 1
**Homem I:** Eu senti a presença de minha mãe, então vi o rosto dela e olhei para os seus olhos.
**Homem II:** Eu apenas olhei para o rosto dela e focalizei seus olhos.

**Pergunta 2**
**Homem I:** Eu andei pela minha casa, a partir da porta da frente, e contei as portas com os dedos.
**Homem II:** Vi imagens das portas de minha casa como fichas e depois folheei-as, e cada ficha estava numerada.

**Pergunta 3**
**Homem I:** Senti que batia cada uma das portas e ficava ouvindo.
**Homem II:** Eu vi cada uma delas bater e ouvi.

**Pergunta 5**
**Homem I:** Eu apenas senti minha pele esquentar e ficar sensível e endurecida.
**Homem II:** Eu vi meu rosto num espelho, e ele estava todo vermelho.

Suas descrições nos mostram que cada um usava um único sistema para chegar às informações contidas em outras modalidades de experiência. Esses dois homens recordariam diversamente uma experiência comum — evocando-a e expressando-a através de modalidades sensoriais diferentes. Suas descrições mostram como uma experiência gerada internamente é influenciada pelo sistema de conduta utilizado.

Há um sistema de conduta em particular que deve ser observado no tratamento da disfunção sexual. É o da construção visual, e sua pista de acesso é o movimento dos olhos para cima e para a direita. Pessoas que habitualmente têm acesso a imagens construídas muitas vezes — nem sempre, mas freqüentemente — vêem a si mesmas em seus quadros subjetivos. Quando se pede a elas que relembrem, por exemplo, um beijo, vêem a si mesmas sendo beijadas, ao invés de ver o rosto da outra pessoa aproximando-se e de sentir o contato dos lábios. Um exemplo do significado desse processo subjetivo no contexto sexual é dado por Masters e Johnson em *Human sexual inadequacy*:

*"À medida que o jogo sexual começa e os parceiros conjugais se esforçam para conseguir uma reação de ereção, o marido impotente descobre-se um espectador de sua própria troca sexual. Ele observa mentalmente sua reação e também a da parceira (ou a falta dela) à estimulação sexual. Haverá uma ereção? Se e quando o pênis começar a ser irrigado, qual será a intensidade da ereção? Qual será sua duração? O espectador involuntário no quarto exigirá do homem na cama, que está intensamente preocupado com seus medos quanto ao desempenho sexual, respostas imediatas a essas questões. Ao invés de conceder a si mesmo o relaxamento, o prazer da estimulação sensual, e permitir a reação sensual natural, exige, em sua qualidade de espectador, um desempenho imediato. Neste papel, o homem que sofre a disfunção nega completamente qualquer conceito da função sexual natural. Não consegue conceber que uma reação*

*sexual involuntária sustente uma ereção como parte de um processo fisiológico natural, no mesmo nível natural da reação respiratória involuntária que sustenta seu aparelho respiratório.*

*"Mas não há apenas um único espectador no quarto de um homem impotente; freqüentemente há dois. Pois a mulher, que está tentando provocar fisicamente uma ereção no marido, pode ao mesmo tempo estar mentalmente ocupada numa posição equânime de vigilância, observando de maneira crítica o nível de resposta sexual do homem apreensivo. Haverá uma ereção? Se houver, qual a sua intensidade? Será suficiente? Será mantida? Ela está estimulando satisfatoriamente o marido? Se ele obviamente não está reagindo, o que ela estará fazendo de errado? Todas essas questões surgem quando a esposa, em seu papel de espectadora, observa silenciosamente o desenvolvimento desse episódio sexual em particular do seu casamento. Não é de se admirar que a esposa de um homem impotente reaja, ela também, de maneira insatisfatória, mesmo quanto surge uma eventual oportunidade sexual. Com freqüência ela está, mesmo numa ocasião sexual iminente, psicologicamente presa a um canto, observando os procedimentos físicos, ao invés de fisiologicamente atada à cama, totalmente envolvida em sua própria ação.*

*"Nenhum dos parceiros percebe que o outro está mentalmente afastado, observando a cena conjugal como espectador. Ambos distraem-se involuntariamente em seu papel de espectadores, não estão essencialmente envolvidos na experiência que partilham, e tudo isso num tal grau que não há possibilidade de que um estímulo sexual efetivo transponha as impenetráveis camadas do medo do desempenho e do voyeurismo involuntário."*[7]

Perguntar sobre experiências sexuais passadas ou futuras é uma boa maneira de suscitar a informação sobre o sistema de conduta. Se descobrirmos alguém que use um sistema de conduta baseado em imagens construídas, podemos perguntar-lhe diretamente se ele vê a si mesmo no quadro ou assiste à experiência, ainda que esteja dentro dela.

Se ele observa a si mesmo, então pode-se recorrer à técnica de sistema representacional sobreposto que o ajudará a entrar no quadro e a vivenciá-lo com maior intensidade.

## CAPÍTULO 5

# Como utilizar os sistemas representacionais

Pedimos a vários de nossos clientes que durante a terapia revelem o que é desconhecido até mesmo para eles, e que sigam instruções sem que saibam para que servem ou aonde levam. Precisamos da confiança dos nossos clientes para ajudá-los, e o primeiro passo para ganhar essa confiança é estabelecer um *rapport*.

Isto acontece quando o cliente fica convencido de que o terapeuta é competente, leva em alta consideração seus interesses mais importantes e compreende suas experiências. Estabelecer uma relação de *rapport* é um pré-requisito para que o cliente acredite que o terapeuta está apto a ajudá-lo nas modificações que melhorarão sua qualidade de vida.

Este capítulo parte de idéias já estabelecidas e descreve como sistemas representacionais e pistas de acesso podem ser instrumentos poderosos no estabelecimento de relações harmônicas e para facilitar o processo de mudança.

### O emparelhamento

Para efetivamente conseguir informações, ou para iniciar um processo de mudança, é sempre importante que se estabeleça a relação de *rapport* entre terapeuta e cliente tanto no nível consciente quanto no inconsciente. O emparelhamento, ou seja, geração de comportamentos verbais e não-verbais regulados com os do seu cliente, é uma técnica utilizada para se criar *rapport* consciente e inconsciente. Quando a técnica do emparelhamento é usada, os clientes têm a experiência subjetiva de serem realmente entendidos. Ao final, terapeuta e cliente estarão falando a mesma linguagem — verbal e não-verbal.

O processo de emparelhar os sistemas representacionais e as pistas de acesso requer que o terapeuta: (1) reconheça qual o sistema representacional e quais as pistas de acesso que o cliente está utilizando e gerando; (2) seja flexível bastante quanto ao seu próprio comportamento a fim de comunicar-se na linguagem de qualquer sistema representacional e de direcionar à sua vontade o movimento dos olhos; e (3) seja capaz, a fim de realizar o que está descrito acima, de manter sua própria consciência atenta a experiências sensoriais, mais do que manter seu próprio acesso interno. Devido ao intercâmbio entre a experiência interna e externa, se a consciência do terapeuta estiver voltada para as experiências internas de acesso, ele perderá as comunicações verbais e não-verbais realizadas pelo cliente. Muitas vezes fico chocada quando percebo que terapeutas conduzem sessões com os olhos fechados. Para atingir uma intervenção bem sucedida, é preciso manter-se alerta às experiências sensoriais.

Os exemplos que se seguem, retirados de algumas das minhas sessões terapêuticas, demonstram e esclarecem a técnica de emparelhamento.

**June:** Bem (*olhos para cima, à esquerda*), para mim é *claro* que ele não tem interesse em mudar o que está acontecendo.
**LCB:** É? Da maneira como você *vê* a coisa (*olhos para cima, à esquerda*), seu marido está satisfeito com o que está acontecendo atualmente.
**June:** Deve estar. Nem posso (*olhos para cima, à esquerda; sacode a cabeça numa negativa*) *prever* que ele faça algo diferente.
**LCB:** Então você não tem (*olhos para cima, à esquerda*) um *quadro* de como você gostaria que ele fosse? (*olhos para cima, à direita.*) Veja só.
(*Por meio de um comportamento não-verbal, conduzo June a uma pista de acesso a imagens construídas, que é congruente com a imaginação de um quadro que ela nunca havia visto antes.*)

---

**Meg:** Ele simplesmente não me *vê* como eu sou.
**LCB:** Ah, como é que ele *vê* você?
**Meg:** Não sei; só sei que não sou eu.
**LCB:** Como vai *mostrar* a ele quem você é de verdade, para que ele possa dar uma *olhada*? (*Estas perguntas levam Meg a começar a suscitar a reação desejada com seu próprio comportamento.*)

---

**Joe:** Ouça (*olhos para baixo, à esquerda*), não há nada além de *desarmonia* no nosso relacionamento, e tudo que tentei fazer só *amplificou* (*olhos para baixo, à esquerda*) nosso problema.
**LCB:** Hummmm, se *ouvi* bem, você gostaria que as coisas *silenciassem*, e talvez que se criasse alguma *harmonia* entre vocês dois.
**Joe:** É, agora você *sintonizou* bem o que eu quero.

**Shirley:** Se eu pelo menos pudesse *sentir* que ele estava tentando. Mas ele só *virava para o lado, puxava* o cobertor até cobrir a cabeça, qualquer coisa menos *encarar* o que estava acontecendo.

**LCB:** Se eu *peguei* o que você está dizendo, então você *sentia* que ele estava *por fora* do que está acontecendo e que precisava *dar um toque* para conseguir a atenção dele.

Nos casos em que são usados predicativos não-específicos, a pista de acesso pode indicar como o terapeuta pode estruturar efetivamente suas comunicações de modo a estabelecer *rapport* através do emparelhamento com o cliente.

**Betsy:** Queria que você soubesse que ele (*olhos para cima, à esquerda*) tentou realmente. Eu não acho (*olhos para baixo, à esquerda*) que haja mais nada a fazer.

**LCB:** Então você *vê* o que já foi feito e *diz* a si mesma que não há nenhuma saída?

**Jimmy:** (*Olhos para baixo, à direita*) Não há nenhuma saída aqui para mim. É um desastre.

**LCB:** Você *sente* que não há nada que o *segure*, e talvez nada que possa ou poderá *segurá-lo*?

**Sam:** Nós estaríamos (*olhos para cima, à direita*) bem se houvesse mais respeito entre nós.

**LCB:** O que é que você se *vê* fazendo que pudesse *mostrar* à sua mulher o quanto a respeita? (*Isto sugere a Sam que comece a assumir a responsabilidade em gerar o respeito desejado por ele.*)

**Theresa:** Bem, justamente quando (*olhos para baixo, à esquerda*) estamos nos entendendo, alguma coisa acontece e *bang* (*olhos para cima, à esquerda*), aí estamos nós de novo.

**LCB:** Algo me *diz* (*olhos para baixo, à esquerda*) que é só você dizer para si mesma que está tudo bem e *bang* (*olhos para cima, à esquerda*), você *vê* o problema acontecendo de novo.

## Como traduzir

Quando se trabalha com mais de uma pessoa é necessário estabelecer *rapport* com cada uma, e fazer um emparelhamento com os predicativos e as pistas de acesso. O terapeuta também deve ser capaz de atravessar os hiatos que crescem na comunicação entre as pessoas. Uma das maneiras mais fáceis e efetivas de transpor tais hiatos é traduzir, em termos experienciais, um sistema representacional em outro.

Para alguém que privilegia a visão, a experiência de viver numa casa muito suja é comparável à de uma pessoa que privilegia a percepção cinestésica e tem de dormir numa cama cheia de migalhas de biscoito. Para uma pessoa cinestésica, ser empurrado seria o mesmo que ser omitido num quadro para uma pessoa que privilegia a visão. Para alguém que privilegia a audição e que reage principalmente às palavras (e não às qualidades de tom e ritmo), ser ilógico seria o equivalente a uma desagradável viagem de avião empreendida por uma pessoa cinestésica, ou um *show* de luzes psicodélicas para uma pessoa visual. Traduzir a experiência de uma modalidade em outra provoca entendimento e reconhecimento. Para que a tradução seja bem-sucedida, o terapeuta precisa ser capaz de representar várias experiências em qualquer modalidade. Por exemplo, a experiência auditiva do silêncio poderia ser comparada à experiência cinestésica da paralisia, ou a experiência visual à total escuridão. O processo visual da imaginação poderia ser traduzido para o processo cinestésico da construção, ou para o processo auditivo da orquestração. Todas essas são breves ilustrações da tradução experiencial.

Os dois exemplos que se seguem, tomados da transcrição de terapias de casais, demonstram as técnicas de emparelhamento com predicativos e pistas de acesso. Traduzem posições em termos experienciais e usam predicativos não-específicos quando se fala com duas pessoas diferentes ao mesmo tempo.

Transcrição A

**Joe:** (*Olhos para cima, à esquerda.*) Bom, acho que nossas dificuldades são diferentes das da maioria das pessoas.
**LCB:** Ah, e como é que você vê isso?
**Joe:** Bom, ela é impaciente (*olhos para cima, à esquerda*). Eu gosto de planejar como vai ser. Você sabe, como no teatro.
**LCB:** Como é que você planeja?
**Joe:** (*Olhos para cima, à direita.*) Bom...
**LCB:** Eu entendo. Então você sente prazer em criar um quadro do que vai acontecer.
**Joe:** É. Eu realmente gosto de partir de um planejamento e ir modificando o plano até que fique simplesmente perfeito, e aí quero executar essas fantasias. Janis faz parte de todas elas. Quero que você saiba disso.
**LCB:** Então, deixe-me ver se entendi (*olhos para cima e à esquerda, espelhando a pista de acesso de Joe, que era para cima e para a direita; gestos com as mãos para cima, diante dos olhos*). Você cria uma fantasia visual de você e Janis fazendo amor do começo ao fim — uma fantasia elaborada e detalhada. E quando ela lhe parece boa, você quer realizá-la, ambos agindo segundo o imaginado. Está certo?
**Joe:** Está.
**LCB:** Agora vou fazer algumas perguntas a Janis e quero que você observe com atenção. Janis (*aproximei-me, e toquei levemente seu braço esquerdo*), e o que é que você sente que quer?

**Janis:** Bem (*olhos para baixo, à direita; depois para baixo, à esquerda*), sinto apenas que tudo isso é tão tolo. Não quero fazer parte de uma peça. Quero me sentir desejada, sem que tudo esteja pronto. Assim não existe nenhuma espontaneidade.
**Joe:** Olhe só, ela não é nada romântica!
**Janis:** Nem você é nada espontâneo.
**LCB:** Ei, ei! Esperem um minuto! (*Segurei o braço de Janis e fiz com a mão um gesto de calma diante do rosto de Joe.*)
Agora, Janis, suponha que você vá me contar o que deseja, ao invés do que não deseja. Pode me dizer como você *quer* que seja? E você, Joe, observe com bastante atenção.
**Janis:** (*Olhos para baixo, à direita.*) Eu só quero me divertir mais. Gostaria de que ele me deixasse surpreendê-lo, mas não, é sempre de acordo com o plano. E a iluminação tem que estar exatamente na medida, e tem de ter música suave. Às vezes eu só quero agarrá-lo, sabe? Quando sinto vontade de ter sexo, quero naquela hora.
**LCB:** Na hora e de forma excitante! Você sente que seria mais feliz se, quando sente a urgência de ter sexo com Joe, pudesse aproximar-se dele, ou deixá-lo saber, e ele reagisse. Você gostaria de sentir que poderia haver mais surpresas.
**Janis:** É, é isso. Surpresas.
**LCB:** Agora, Joe, quero que você preste muita atenção, porque vou mostrar a Janis o que você quer de maneira que faça sentido para ela, está bem?
**Joe:** Está. Isso deve ser legal.
**LCB:** Janis, você alguma vez já preparou uma refeição com quatro ou cinco pratos?
**Janis:** Bom, umas duas vezes.
**LCB:** E já teve o prazer de ter uma refeição com quatro ou cinco pratos servidos para você?
**Janis:** Já.
**LCB:** E cada prato foi bem planejado e criado para aguçar seu apetite para o próximo... certo?
**Janis:** É verdade.
**LCB:** Se você preparasse uma refeição assim, ficaria desapontada se seus convidados pusessem todos os cinco pratos sobre a mesa e os engolissem; ou, pior ainda, se depois de você ter começado a servi-los, eles se satisfizessem apenas com sanduíches de atum?
**Janis:** (*Rindo*) Bem, é, eu ficaria desapontada, talvez furiosa.
**LCB:** O que acontece com o Joe é uma coisa parecida. Ele planeja com a intenção de deliciar e excitar você, e fica desapontado se você se satisfaz com o aperitivo.
**Janis:** Mas...
**LCB:** Antes que você objete, quero saber se pode entender o que isso significa para ele.

**Janis:** (*Meneia a cabeça para cima e para baixo*).
**LCB:** Ótimo. Agora, vou mostrar ao Joe como a coisa é para você. Por isso, se segure um momento. Joe, você alguma vez já fez uma excursão com um guia... quando era estudante ou alguma coisa assim?
**Joe:** Uma vez, no Havaí.
**LCB:** Bem, essa excursão deveria ter um itinerário muito específico. E provavelmente você imaginou com antecedência algumas coisas que veria.
**Joe:** É.
**LCB:** Enquanto participava da excursão, se você olhasse de um lado ou do outro, veria uma paisagem fascinante ou uma loja curiosa. E gostaria de dar uma olhada mais atenta.
Mas é uma pena que aquilo não estivesse incluído na excursão, e a oportunidade de explorar aquele objeto de interesse inesperado desaparecesse quando o guia da excursão dirigisse sua atenção para o itinerário planejado. Pode ver o quão frustrante isso seria? Poderia até levá-lo a se desiludir com esse tipo de excursão, não acha?
**Joe:** Bem... você quer dizer que estou me comportando como um guia de excursão?
**Janis:** Está.
**LCB:** Claro, às vezes entrar numa excursão pode ser uma experiência deliciosa, assim como ser servido de uma refeição com oito pratos diferentes. Outras vezes, explorar uma nova avenida sob o estímulo do momento pode ser emocionante. Vocês não concordam?

Transcrição B
**LCB:** Diga-me o que você gostaria que fosse diferente neste relacionamento.
**Ron:** (*Franze as sobrancelhas; olhos para baixo, à esquerda; depois para baixo, à direita.*) Bem, acho que ajudaria se houvesse mais (*olhos para baixo, à direita*) cooperação.
**LCB:** E o que sua esposa, Sue, poderia fazer para ajudá-lo a sentir que há cooperação?
**Ron:** Ah, se ela pelo menos compreendesse que eu trabalho muito e que às vezes me sinto pressionado, sabe como é? É cansativo ir para o trabalho e voltar para casa e receber ainda mais pressão.
**LCB:** Então, você sente como se ela aumentasse a carga, e o que você quer é que ela dê uma mão e alivie o peso. Está certo?
**Ron:** É por aí.
**LCB:** Bem, Ron, agora vou falar com a Sue. Sue, tenho certeza de que você quer replicar ao que o Ron acabou de dizer, mas primeiro quero que me diga o que quer que seja diferente.
**Sue:** (*Olhos para cima, à esquerda.*) Isso não importa.

**LCB:** (*Olhos para cima, à direita, espelhando-se na pista de acesso de Sue.*) O que é que não importa?
**Sue:** (*Olhos para cima, à esquerda.*) O que eu quero. Nada vai mudar. Nunca mudou, nunca vai mudar.
**LCB:** Você não gosta de ver o que está acontecendo agora, certo? (*Meus olhos conduziram os de Sue para cima e para a esquerda.*)
**Sue:** Certo.
**LCB:** Bem, se pudesse pegar a imagem que faz sobre o que está acontecendo entre você e o Ron e pudesse mudá-la... o que você mudaria para que ela ficasse melhor para você?
**Sue:** Bem, eu gostaria de ver que ele me estima. Ah, droga! Olhe para ele. Para que isso? Toda vez que eu penso: Oh, talvez as coisas melhorem. Mas é só uma desilusão atrás da outra. Se acho que vai ficar mais claro, com certeza — click — as luzes se apagam, e aí, fica escuro como o inferno.
**LCB:** Deixe-me ver se entendo. O quadro que tenho é que você quer manter suas esperanças. Então imagina o quanto poderia ser bom e — click — acontece alguma coisa que faz a esperança sumir. Certo?
**Sue:** É.
**LCB:** Sue, quero que você observe atentamente para ver se consigo que Ron veja um pouco do seu ponto de vista, está bem?
**Sue:** Está.
**LCB:** Ron, Sue gostaria de que você entrasse em contato com o desapontamento que ela sente às vezes. Você já deve ter construído um castelo de areia à beira d'água, bem na linha da maré, e ainda que realmente tenha trabalhado com afinco para manter o castelo de pé, a maré veio e o colocou abaixo. Até que finalmente você desistiu de tentar construir ou reconstruir o castelo de areia. Parece demais para você dar conta da tarefa sozinho. É isso que Sue sente acontecer com as esperanças dela. Foram construídas apenas para serem postas abaixo. Agora ela quase não tem mais esperanças.
**Ron:** Nunca pretendi colocar abaixo as esperanças dela.
**LCB:** Acredito em você. Enquanto você pensa um pouquinho nisso, vou falar com Sue sobre o que você quer.
**LCB:** Sue, deixe-me ver se consigo criar um quadro do que Ron quer. Você alguma vez já voltou para casa e encontrou tudo em bagunça? Você viu tudo o que precisava ser feito, e esse trabalho lhe pareceu tão opressivo e triste. E o pior de tudo é que não havia um sinal de ajuda. Bem, acho que é assim que as coisas às vezes parecem para o Ron. Agora, vocês vieram aqui para conseguir a minha ajuda a fim de se relacionarem melhor. E eu concordo que vocês precisam dessa ajuda. Mas nenhum de vocês tem consciência do quanto cada um precisa do outro; do quanto Sue pre-

cisa da sua ajuda para construir esperanças e sonhos que se tornem realidade, e do quanto Ron precisa da sua ajuda para iluminar o caminho a fim de que ele possa ver o que há para esperar e sonhar. Talvez ambos tenham pensado que, se um vencesse, o outro perderia. Mas não é assim. Se um de vocês vencer, ambos vencerão; mas se um de vocês perder, ambos perderão.

Nestes dois exemplos fiz o emparelhamento de predicativos e pistas de acesso a fim de estabelecer confiança e *rapport* traduzi a postura de cada um dos clientes para o outro, em termos experienciais e usei predicativos não-específicos para falar com ambos ao mesmo tempo. Embora simples, essas técnicas são muito úteis.

A transcrição seguinte é a de uma sessão terapêutica realizada com uma mulher de vinte e oito anos. À medida que a sessão avança, a utilidade de conhecer a importância das pistas de acesso e dos predicativos torna-se mais e mais evidente. Utilizando o metamodelo em conjunto com o emparelhamento e o espelhamento, reúno informações pertinentes, enquanto movo a cliente, JoAnn, em direções úteis e apropriadas. Aconselho o leitor a estudar e usar as reações ao metamodelo. Faço uso delas durante essa sessão. O metamodelo está resumido no Apêndice I.

JoAnn é uma modista-assistente, encarregada de compras para uma pequena mas prestigiada butique feminina. É admiravelmente atraente, e parece perfeita: alta, esbelta, imaculadamente bem-vestida e penteada. A disfunção sexual não foi a razão primária que a fez iniciar a terapia, mas tornou-se importante para o processo de mudança.

**LCB:** JoAnn, diga-me, o que é que você espera mudar em si mesma?
**JoAnn:** (*Olhos para cima, à direita.*) Bem, é que eu me vejo deprimida a maior parte do tempo.
**LCB:** Deprimida com o quê?
**JoAnn:** (*Olhos para cima, à esquerda; gestos com a mão esquerda.*) Na maioria das vezes com meu marido.
**LCB:** O que é que você vê com relação a seu marido que você acha deprimente?
**JoAnn:** (*Olhos para cima, à esquerda.*) Não sei direito. De qualquer jeito, ele nem ao menos está mais por perto.
**LCB:** Ah. O fato de ele ter saído do quadro a deprime?
**JoAnn:** É. (*Olhos para cima e para a esquerda.*) Hummm, acontece que ele me deixou, e estou sozinha agora.
**LCB:** É desta maneira que você vê, hein? Ele a deixou?
**JoAnn:** Ah, é. Não existe outra maneira de se encarar a coisa. *Ele* me deixou. Eu não queria me separar.
**LCB:** Quando foi que isso aconteceu?
**JoAnn:** (*Olhos para cima, à esquerda.*) Há dois anos.

**LCB:** Como você gostaria que fosse a sua experiência?
**JoAnn:** (*Olhos para cima, à direita; depois para baixo, à esquerda.*) Não sei. Sem depressões.
**LCB:** Eu me pergunto se você poderia me contar como você *quer* que seja a sua experiência.
**JoAnn:** (*Olhos para cima, à esquerda.*) Se eu pelo menos conseguisse ser feliz de novo.
**LCB:** O que você vê que poderia fazê-la feliz?
**JoAnn:** (*Franze a sobrancelha.*) Hummm... (*Olhos para cima, à esquerda.*) Se as coisas fossem como eram.
**LCB:** (*Sorrindo*) E como eram antes? (*Ao levar meus olhos para cima e à direita, conduzi os olhos de JoAnn de volta para cima, à esquerda.*)
**JoAnn:** Ah, não. Eu não quero isso. (*Olhos para cima, à esquerda; olhos para cima, à direita.*) Seria feliz se pudesse ver que progredi.
**LCB:** O que você precisaria ver acontecendo para saber que estava fazendo progresso?
**JoAnn:** Principalmente coisas de relacionamento com (*olhos para cima, à esquerda*) ...homens.
**LCB:** Que homens, especificamente?
**JoAnn:** Qualquer homem. (*Olhos para cima, à esquerda; depois, para cima, à direita.*)
**LCB:** QUALQUER HOMEM?
**JoAnn:** Bem, não. Mas eu realmente não tenho ninguém em especial.
**LCB:** Uma mulher tão bonita como você não tem nenhum homem na sua vida?
**JoAnn:** Os homens existem (*Olhos para cima, à esquerda; depois para baixo, à direita*), mas ninguém em especial. Na verdade, eu não gosto muito de homens. (*Faz uma careta.*)
**LCB:** Ah, você gosta de mulheres? (*Gesto análogo, sobrancelha erguida, etc.; conotação sexual.*)
**JoAnn:** Não! Nada disso!
**LCB:** Tudo bem. O que significa não gostar de homens para você?
**JoAnn:** Meu marido costumava me acusar de ser lésbica.
**LCB:** Ah, estou certa de que você tem idéia do que provocou acusações como essa. Quero dizer, sua reação certamente foi bastante firme. Mas primeiro preciso saber o que, especificamente, você necessitaria ver acontecer a fim de saber que está fazendo progresso.
**JoAnn:** Eu preciso saber que poderia dar certo com um homem (*olhos para cima, à direita*).
**LCB:** O que quer dizer com "dar certo"?
**JoAnn:** Não é muito claro para mim. (*Franze as sobrancelhas.*)
**LCB:** Bem, use a imaginação e pinte uma cena que retrataria você dando certo com um homem.

**JoAnn:** (*Olhos para cima, à esquerda; olhos para cima, à direita; volta para à esquerda, depois à direita, detêm-se.*)
**LCB:** Você consegue imaginar?
**JoAnn:** Hummm.
**LCB:** (*Aproximei-me e toquei a cliente para reforçar a experiência e para associar a ela este toque.*) Fique olhando para essa cena até ficar claro o que você está procurando.
**JoAnn:** É meio vago. Eu realmente não consigo vê-lo com clareza. Só a mim, mas sei que há um homem. Na maioria das vezes sei que ele me ama e sente prazer comigo.
**LCB:** (*Retirei a mão.*) Preste atenção, JoAnn. Agora me diga, o que a impede de conseguir o que está nesse quadro? Com certeza você é atraente bastante para que os homens se aproximem de você. Não é verdade?
**JoAnn:** É. Mas não consigo mantê-los... Não sei. Estou tão deprimida (*olhos para baixo, à direita*).

Detectar e reagir a sistemas representacionais, predicativos e pistas de acesso ajudaram-me a estabelecer *rapport* e a conseguir informações pertinentes sobre como JoAnn criava sua experiência. Mais tarde, à medida que a sessão prosseguia, JoAnn concluiu que uma das principais facetas do seu problema era a disfunção sexual. Ela queria ter uma relação bem-sucedida com um homem, e entendeu que para obter esse sucesso eram necessárias experiências sexuais profundas e satisfatórias, o que nunca acontecera a ela. Embora houvesse uma abundância de oportunidades de encontros sexuais, ela sabia que "algumas coisas" tinham que mudar antes que pudesse aproveitá-los. Mas até aquele momento ela não sabia que coisas poderiam ou deveriam ser mudadas.

Uma parte significativa do quebra-cabeça estrutural que escorava o problema de JoAnn era o uso costumeiro que ela fazia de sistemas visuais de representação e conduta. A prática sexual é, primordialmente, uma experiência cinestésica; portanto, para alcançar a mudança desejada, era necessário reforçar a flexibilidade comportamental de JoAnn para incluir experiências cinestésicas interna e externa conscientes.

Devido às limitações da consciência, problemas freqüentemente surgem se, durante a atividade sexual, houver uma concentração em qualquer outro aspecto da experiência que não seja o cinestésico. Felizmente, a maioria das pessoas altamente visuais são flexíveis o bastante para serem capazes de mudar para uma representação cinestésica. Elas talvez dependam da informação dada pelo estímulo sexual visual para deflagrar uma reação cinestésica, ou podem usar quadros visuais gerados internamente para realizar a mesma coisa. Isso é importante para pressionar pessoas cujo principal sistema de conduta é visual a sentir tanto quanto qualquer outra. Entretanto, elas podem não estar conscientes dessas sensações, a menos que transfiram propositallmente a atenção para esse aspecto de suas experiências. No que concerne ao sexo, a maioria o faz. Quando não o faz, freqüentemente acontece a disfunção.

Quando uma pessoa habitualmente traz à consciência apenas um sistema representacional, normalmente todos os seus medos e misérias são acumulados em outro sistema. Quando esse outro sistema é o cinestésico, ao ser trazido à consciência revela somente sensações ruins. Ou, nas pessoas que usualmente têm acesso cinestésico e raramente recorrem ao sistema visual, só há ali quadros aterrorizantes. Elas evitam inconscientemente aquele outro sistema na tentativa de se auto-protegerem. Em tais casos, a inflexibilidade que leva uma pessoa a usar somente um sistema é a melhor escolha que ela tem.

Um jovem cliente meu exemplifica essa série de circunstâncias. Ele apresentou uma longa história de uma década de enxaquecas. Assim como JoAnn, suas pistas de acesso e seu sistema representacional eram visuais, apesar da natureza intrinsecamente cinestésica das perguntas que eu lhe fazia. Exceto por suas horríveis dores de cabeça, havia uma lacuna no que se referia às sensações. A assimetria de sua cabeça, pescoço e face indicavam seu habitual acesso visual (isto é: o lado direito do rosto inclinado; a narina esquerda pequena e arrebitada; o lado esquerdo da boca mais levantado do que o direito; a cabeça inclinada para a frente; o queixo erguido de tal maneira que a nuca ficava franzida, como ocorre com alguém que habitualmente olha para cima; peito e ombros estreitos; respiração peitoral alta; sobrancelhas levantadas, comprimindo a testa; estrabismo indicando o foco em quadros subjetivos. Observei padrões físicos semelhantes em JoAnn.

Num dado momento, usei minhas mãos para mover sua cabeça para baixo e para a direita, e disse a ele onde posicionar os olhos a fim de suscitar uma reação cinestésica. Quando lhe perguntei: "O que tem ali?", ele respondeu "Tristeza", e lágrimas brotaram de seus olhos. Com a simples mudança de posição da cabeça a tristeza "desapareceu" (palavra dele), mas a cada reajustamento à posição de acesso cinestésico a tristeza e as lágrimas voltavam. Ele não ficava cônscio das sensações a não ser que elas fossem irresistivelmente ruins ou atingissem um certo limiar de dor, como as que sentia na cabeça. Minha intervenção conseguiu que ele atingisse uma confortável habilidade no acesso cinestésico. Ele pôde então sentir e reagir a mensagens sutis originadas pelo seu corpo em situações e atividades que, se não fossem atendidas, poderiam produzir dores de cabeça. Aprendeu a gerar reações benéficas ao invés de outras, debilitantes, como eram as dores de cabeça.

JoAnn também se fixava nos sistemas visuais de representação e conduta, alternando imagens eidéticas (olhos para cima e para a esquerda) e construídas (olhos para cima e para a direita), embora as perguntas feitas fossem:

**LCB:** E quando você recorda as palavras dele, como se *sente*?
**JoAnn:** Eu apenas *vejo* a mim mesma como um fracasso.
**LCB:** Quando é que você se *sente* realmente *sexy*?
**JoAnn:** Eu sei que sou *sexy*. Eu posso *ver* que os homens me querem. Eu apenas não aproveito.
**LCB:** Do que é que você se lembra melhor com relação ao sexo que fazia com seu marido?
**JoAnn:** Das coisinhas *brilhantes* no teto. Eu só ficava esperando que acabasse.
**LCB:** Quais são suas preferências sexuais?
**JoAnn:** As *luzes apagadas*; tem que ser no *escuro*.

Empreguei as mesmas técnicas (sobreposição e mudança de história) tanto com o jovem quanto com JoAnn, com resultados igualmente efetivos.

O importante papel que sistemas representacionais diferentes podem desempenhar na geração de conflitos é evidenciado no exemplo seguinte. Um casal procurou-me para fazer terapia porque cada um acreditava que o outro não mais o amava, e que constantemente expressava uma falta de respeito em relação a si. Um ambiente como esse dificultava demais qualquer possibilidade de expressão amorosa. O "X" do problema, como acontece com freqüência, era a diferença existente entre seus processos internos individuais. Ela representava suas experiências primordialmente por sensações. Sentia todas as coisas como concretamente certas ou erradas. Suas verbalizações eram extremadas, pois expressavam sentimentos em vez de fatos. Costumeiramente empregava as palavras "sempre", "nunca", "o tempo todo". Durante a investigação, descobri que ela realmente não acreditava sempre nisso, apenas *sentia* que era assim. Ele, por outro lado, exigia clareza de idéias para tomar qualquer decisão, e uma decisão era um pré-requisito para qualquer ação. Para que as idéias fossem claras, era necessário que muitos detalhes fossem preenchidos: os prós e os contras deviam ser ponderados, etc.. Quando todos os fatos se tornavam conhecidos e apontavam para a mesma direção que os sentimentos dela, não havia problemas; mas quando isso não acontecia o casal logo se via envolvido em ásperas discussões. A mais significativa das queixas dela — o que mais a oprimia — era que sentia que não podia confiar nele para fazer alguma coisa apenas porque ela pedia. Suas interações eram deste tipo:

**Ela:** Não me sinto bem com relação a isso.
**Ele:** Não vejo nada de errado. Qual é a sua objeção?
**Ela:** Estive pensando, e simplesmente não me sinto bem em relação a isso.
**Ele:** Não vejo como você pode ter considerado todos os fatos e chegado essa conclusão. Realmente, só quero saber quais são suas objeções específicas.

**Ela:** Você simplesmente não pode deixar a coisa rolar, pode? Precisa sempre de consentimento.
**Ele:** Não vamos ficar emotivos, e não é verdade que eu precise de consentimento. Algumas vezes nós discordamos e eu aceito isso, como aconteceu no caso do Jack, que ficou aqui semana passada.
**Ela:** Ah, agora você quer que eu me sinta errada.

Além dos padrões contidos nestas verbalizações, havia diferenças extremas entre suas preferências de cadência. Ela dava alto valor à velocidade, preferia que as coisas acontecessem o mais rapidamente possível. Tinha a contínua experiência do tempo correndo e de ser deixada para trás. Por outro lado, ele preferia um ritmo mais lento e constante, que o fazia sentir-se seguro e próximo da perfeição. Para ele, nada deveria ser feito até que se houvesse decidido qual a coisa certa a ser feita — não agir era melhor do que agir de forma possivelmente errada.

Esses descompassos produziam grandes e sérios conflitos em seu relacionamento. A melhor solução foi ampliar a gama de comportamentos de cada um a fim de incluir os que pudessem ser usados para acompanhar e utilizar os recursos do outro. Como é freqüente, o primeiro passo foi demonstrar a eles que seus comportamentos eram um subproduto da maneira como suas vivências pessoais estavam organizadas. O próximo passo foi reforçar a idéia de que cada um dos seus comportamentos era um imenso recurso para eles e fazê-los reconhecer que o outro nunca pretendera insultar ou ofender. Depois que isso foi conseguido, auxiliei-os a contextualizar e expandir cada um dos grupos de escolhas comportamentais, a fim de torná-los capazes de cooperar e viver melhor juntos. Isso estabeleceu um contexto no qual cada um podia aprender com o outro e sentir-se valorizado, bem como valorizar o outro de uma nova maneira. Seu relacionamento, então, foi reconhecido e apreciado como uma grande contribuição para o crescimento individual de cada um.

## Quando o sistema de conduta e o principal sistema representacional diferem

Outra distinção importante a ser feita é verificar se o sistema de conduta está dentro ou fora da consciência individual. Isso é, se a pessoa pode ver o quadro gerado internamente, sentir as sensações geradas internamente, ou ouvir os sons e palavras gerados internamente que produzem uma experiência. Em geral, o sistema de conduta de pessoas que procuram terapia encontra-se fora da consciência. Era o caso descrito acima, do rapaz com dor de cabeça.

Quando o sistema que caracteristicamente gera a experiência (o sistema de conduta) está fora da consciência, torna-se impossível para o indivíduo fazer escolhas referentes ao tipo de experiência que será gerada: as experiências geradas internamente estão fora de controle. Isso acontece com mais freqüência quando há uma diferença entre o sistema de conduta e o representacional do que quando eles são o mesmo.

Quando ouvimos os predicativos que uma pessoa utiliza e observamos suas pistas de acesso, podemos notar que às vezes eles não combinam. Quer dizer, muitas vezes as pessoas apresentam um acesso visual e falam sobre seus sentimentos, ou mostram um acesso cinestésico e nos dizem como as coisas parecem a elas, ou qualquer outra combinação possível entre os sistemas. Isto indica que o sistema de conduta delas é diferente do sistema representacional principal. Elas têm acesso à informação de forma empírica e através de um sistema, mas trazem à consciência informação de uma outra modalidade.

Por exemplo, um cliente que me encaminharam depois de duas tentativas de suicídio expressava sentimentos de profunda depressão e desesperança. A cada vez que eu lhe perguntava: "Como você sabe que está deprimido?", ou "Por que você está desesperançado?", ele olhava para cima e para a esquerda (visual lembrado) e dizia: "Não sei. Eu apenas me sinto assim". Neste caso, seu sistema de conduta estava fora de sua consciência. Ele realmente não fazia idéia do que estava causando aqueles sentimentos. Através da sobreposição, fui capaz de auxiliá-lo a ver o quadro que gerava internamente. O que ele via repetidamente era uma imagem ocorrida no passado. Estava junto à cama da esposa num hospital. Ela estava morrendo da doença de Hodgkin, e ali ele se sentia realmente deprimido e sem esperanças, vendo-a morrer. Como não estava consciente daquilo que gerava seus sentimentos, tinha poucas opções para proteger-se deles. Uma vez que seu sistema de conduta visual foi trazido à consciência, descobriu-se que os sentimentos eram uma reação a uma experiência passada, mais do que ao presente. Também trabalhamos com a técnica da remodelagem, a fim de desenvolver sua habilidade no acesso a quadros mais úteis e produtivos para a sua experiência.

Outro cliente queixava-se de que se sentia desprezível, especialmente em relação à esposa. A cada vez que mencionava esse sentimentos, olhava para baixo e para a esquerda. Quando eu lhe perguntava o que ele estava dizendo a si mesmo, respondia: "Nada, só me sinto desprezível". De algum modo, os sentimentos de inutilidade eram gerados — eles não surgiam espontaneamente. Não havia nada na experiência sensorial externa que gerasse esse tipo de sentimentos (a esposa não estava presente). A pista de acesso indica que esses sentimentos eram gerados por um diálogo subjetivo localizado fora de sua consciência. À medida que a sessão prosseguia, isto ficou evidente. Ao usar o processo de sobreposição, esse cliente pôde levar à consciência a voz e a mensagem ofensiva. (Era a voz da sua mãe, aludindo repetidamente que ele não era "bom para nada".) Depois que isto foi conseguido, ele pôde lidar com a voz diretamente, afastando-a de qualquer associação com a sua mulher. Os sentimentos autodepreciativos cessaram e foram substituídos por outros, mais úteis e satisfatórios.

Outro caso envolvia um homem que sofria de impotência. Sempre que descrevia a série de incidentes que constituía sua experiência, olhava para cima e para a direita, e dizia: "Sinto como se não pudesse fazer. Sinto que é certo que vou falhar". Descobrimos que ele tinha acesso a uma imagem lembrada de sua primeira experiência de impotência, ocorrida anos antes. Quando tinha acesso a esse quadro, ele reagia com sensações congruentes com aquele imagem. Mas apenas as sensações eram conscientes. Ele não *via* o quadro. No momento em que seu sistema visual de conduta foi trazido à consciência, ele pôde gerar quadros eidéticos do tempo em que, segundo suas próprias palavras, era "um verdadeiro garanhão". Então tinha sentimentos em relação a si mesmo que eram congruentes com aqueles quadros, o que contribuiu muito para as suas experiências sexuais.

Problemas relacionados ao ciúme envolvem caracteristicamente uma diferença entre os sistemas representacionais principais e os de conduta quando um desses sistemas está fora da consciência. As pessoas geralmente sentem ciúmes sem saber a razão de tais sentimentos. Nesses casos, as pistas de acesso indicam em geral que um sistema de conduta está fora da consciência.

Por exemplo, imaginemos uma mulher, sentada sozinha em sua casa, esperando pela chegada do marido. Ela gera imagens subjetivas de que ele está demorando por causa de uma conversa com outra mulher, ou talvez uma imagem de um envolvimento realmente íntimo com outra. Quando surgem essas imagens, ela reage com sentimentos de ciúme. Esse processo fica especialmente fora de controle quando ela não tem consciência de seu próprio imaginário subjetivo. Se é este o caso, ela sabe apenas que está experimentando sentimentos extremos de ciúme, sem conhecer sua origem. Desta maneira, não tem alternativa a estes sentimentos, porque eles vêm de fora de sua consciência. Ela não tem a escolha de gerar outras imagens, mais úteis, que mudariam seus sentimentos. E, na maioria das vezes, essa mulher reagiria ao marido como se essas imagens invisíveis tivessem realmente ocorrido.

Cada um desses conflitos subjetivos é um exemplo de como os processos internos podem ser usados para empobrecer ao invés de enriquecer a experiência individual. Esse tipo de processo de interação é surpreendentemente comum. A finalidade essencial da terapia ao tratar tais conflitos internos é fazer com que os processos internos, individualmente e como um todo, tornem-se um recurso. Enquanto recurso, cada processo interno contribui para a plenitude da experiência total, seja como um estímulo que conduz o indivíduo à experiência desejada, ou pela soma de uma outra dimensão sensorial complementar à experiência.

No caso de disfunção sexual, uma terapia eficiente é na maioria dos casos uma questão de ensinar o cliente a usar vários estímulos gerados externamente e/ou gerados internamente em todos os sistemas. O resultado é um movimento na direção de representações cinestésicas prazerosas, ou da habilidade para usar qualquer modalidade (interna ou externa) de gerar sensações desejadas. Assim como:

| **Interno** | | |
|---|---|---|
| visualizar imagens sexis | conduz a | sensações de excitamento sexual |
| diálogo interno que descreve sensações sexuais | conduz a | sensações sexuais |
| recordar as sensações experimentadas na última vez em se esteve muito estimulado sexualmente | conduz a | sensações de estímulo sexual |
| **Externo** | | |
| ver que o parceiro está | conduz a | sentir-se excitado |
| ouvir a respiração do parceiro que está excitado | conduz a | sentir-se excitado |
| sentir o toque do corpo do parceiro | conduz a | sentir-se excitado |

As técnicas para realizar isto estão apresentadas nas seções sobre sobreposição e ancoragem.

Em suma, além de usar a percepção para detectar o principal sistema representacional e o sistema de conduta mais característico de uma pessoa, é possível também perceber qual dos processos internos está fora da consciência, se houver algum. Para identificar quando um sistema de conduta está fora da consciência é preciso observar as pistas de acesso e ouvir os predicativos para notar se há e quais são as incongruências entre os dois. Se houver, o terapeuta levará adiante a investigação perguntando diretamente ou empregando algum recurso mais sutil para averiguar se o sistema de conduta está, realmente, fora da consciência. Essa informação pode indicar a melhor direção para o desenvolvimento da terapia, e também estabelece uma base para a avaliação do seu sucesso. Atingir uma meta experiencial é certamente uma operação mais simples quando o cliente é flexível na manipulação dos processos internos inerentes à produção das experiências desejadas.

## Estratégias internas

Você pode até mesmo fazer distinções mais sutis do que entre o sistema representacional e o da conduta de uma pessoa. Essas distinções referem-se a seqüências de processos internos e seus relacionamentos com o comportamento externo. Na medida em que se relacionam com o comportamento externo, as seqüências de processos internos constituem o domínio das estratégias internas.

Os exemplos que se seguem são de seqüências e interações de processos internos. Estou certa de que você achará alguns deles familiares, tais como os clientes que dizem:

"Bem (*olhos para cima, à direita*), me parece uma grande oportunidade. Eu realmente posso me ver progredindo deste modo. Mas (*olhos para baixo, à direita*) é que tenho a impressão de que isso coloca em risco o meu casamento". (*Esse exemplo ilustra uma discrepância entre o que os sistemas visual e cinestésico dela entendem por "oportunidade".*)

Ou:
(*Olhos para baixo à esquerda.*) "Isso soa bastante lógico, mas (*olhos para cima, à esquerda*) não consigo ver a coisa acontecendo e isso (*olhos para baixo, à direita*) me faz sentir mal". (*Ele diz para si mesmo, mas não vê uma imagem lembrada correspondente, o que o faz sentir-se mal.*)

Ou:
"Bem (*olhos para baixo, à esquerda*), sei que não deveria ser promíscua, mas quando (*olhos para cima*) vejo um cara muito bonito e vejo que ele me quer (*olhos para baixo, à direita*), sinto que não posso dizer não". (*Ela utiliza seu diálogo interno para dizer a si mesma que "não deveria", mas imagens visuais determinam sensações e, no seu caso, também o comportamento externo.*)

Ou:
"Eu (*olhos para cima, à direita*) penso em todas as coisas que deveria fazer para agradá-lo e excitá-lo, mas (*olhos para baixo, à direita*) simplesmente não consigo fazê-las". (*Neste caso, ela pensa através de imagens construídas, mas seus sentimentos são incongruentes demais em relação a seus quadros para fazê-la agir.*)

Em todos esses casos, as pistas de acesso oferecem uma profusão de informações que as palavras não proporcionam. Normalmente, mesmo quando uma pessoa é flexível, quanto a seus sistemas representacionais principal e de conduta, e seus processos internos são conscientes, as *interações* específicas entre os vários sistemas produzem o conflito. Por exemplo:

"Não sei por que sou ciumento. É só um sentimento. (*Toca o peito, olhos para baixo e para a direita.*) (*Olhos para baixo, à esquerda.*) Eu digo a mim mesmo que não há motivo, mas penso (*olhos para cima e para a direita*) em todas as coisas que ela poderia estar fazendo e fico com ciúmes (*olhos para baixo, à direita*).

Este exemplo demonstra como os sistemas freqüentemente se interrelacionam. Ele constrói imagens do que ela talvez esteja fazendo, e esses quadros o fazem sentir-se mal, mesmo que seu diálogo interno afirme que não há razão para isto. Neste caso, os sentimentos dele são gerados por imagens internas, enquanto seu diálogo interno entra em desacordo com isso, precisando talvez de algumas informações externas que o harmonizem com as representações visual e cinestésica. Fazer terapia com ele (ou qualquer pessoa com esse tipo de estratégia interna) seria parecido com a terapia familiar, quando é preciso resolver diferenças entre os processos internos. Todos agem no seu próprio interesse, mas não têm informações suficientes deste tipo para chegar a um acordo sobre a maneira de atender a esses interesses.

As pessoas geram sua experiência através de seqüências, às vezes simples, às vezes elaboradas, de processos internos e comportamento externo. No âmbito da PNL, nos referimos a essas seqüências como estratégias. Por exemplo, um homem pode criar imagens que por sua vez geram sensações, depois fala consigo mesmo sobre essas sensações, então imagina como alguém ficaria se soubesse o que ele estava dizendo, e assim por diante. Uma ex-cliente minha imaginava alguma nova forma de sedução ou de técnica sexual que considerava estimulante para aplicar com seu parceiro. Mas enquanto pensava sobre o assunto (criando um quadro no qual realizava seu plano), dizia a si mesma que talvez ele perguntasse, cheio de suspeitas: "Onde foi que você aprendeu isso?", e então sentia-se magoada, via-se a si mesma tentando explicar-se sem tomar uma atitude defensiva, até que se convencia de que era melhor, no final das contas, não agir daquela maneira. Ela utilizava essa mesma estratégia para inibir qualquer comportamento novo. Se ela se imaginasse com um vestido novo, dizia a si mesma que o marido brigaria com ela por causa dele, que se sentiria magoada e defensiva, e que então era melhor não comprá-lo. Teria sido difícil persuadir essa mulher a agir segundo um novo comportamento sem que em primeiro lugar fosse mudada a sua estratégia.

Para trabalhar com estratégias é preciso compreender as complexas interações entre a experiência interna e externa[8]. Para que se tenha uma idéia, uma luz, uma impressão ou uma sensação do que isso significa em termos terapêuticos, apresento as descrições seguintes.

Um casal recém-casado procurou-me porque sua vida amorosa não corria como esperavam. O aspecto central de suas dificuldades era que ela não se "sentia" querida ou realmente amada. Isto era verdade, apesar de ele ter-se casado com ela e das muitas e enfáticas declarações em que reafirmava sua paixão por ela. Durante a sessão, contaram um incidente sobre a devolução e troca de um presente de casamento. Eles concordavam quanto à devolução do presente, mas não quanto ao objeto pelo qual o trocariam. Ele apresentava em vão argumentos sobre a utilidade e a estética de um objeto e sobre direitos iguais. Depois de discutirem durante um longo tempo, subitamente ela cedeu, com grande alegria. Isso chamou a minha atenção, e eu quis saber o que ocorrera, o que a convencera a mudar tão radicalmente sua posição. Nas palavras dela: "Bom (*olhos para baixo, à esquerda*), quando parei de ouvir os argumentos dele, que eu simplesmente não podia aceitar (*olhos para cima, à esquerda*), e quando olhei para ele, pude ver o quanto ele realmente queria aquilo e senti como era importante para ele. Aí eu simplesmente disse (*olhos para baixo, à esquerda*) a mim mesma: 'Está aí uma chance de fazê-lo feliz', e (*olhos para baixo, à direita*) com isso me senti bem. Então cedi, e pude ver que o fiz realmente feliz".

Assim, foi revelada uma importante informação sobre como esta mulher gerava sua experiência. Neste contexto, a informação referia-se à maneira como ela se convencia de alguma coisa. O primeiro passo aconteceu quando ela "parou de ouvir". No campo verbal, tanto interna quanto externamente, ela estava particularmente cheia de "sim, mas". Então, quando parou de ouvi-lo e, portanto, de discutir, *olhou* para ele e interpretou a expressão do seu rosto como a de alguém que realmente queria aquilo. Isso gerou sentimentos positivos, que por sua vez geraram um diálogo interno que dizia que ela podia fazê-lo feliz, o que por sua vez gerou mais sentimentos agradáveis e, finalmente, uma ação. Ela sabia que tinha feito a coisa certa porque pôde ver que ele estava, realmente, feliz.

Utilizando a estratégia dela, pedi ao marido que fizesse várias expressões faciais até que ela pudesse identificar qual delas significava que ele a amava e qual significava que ele a desejava sexualmente. (Afinal, revelou-se que eram a mesma.) Embora isso parecesse uma tarefa embaraçosa, eles pegaram logo o espírito da coisa. Quando a expressão foi identificada, mandei-o para outra sala, onde havia um espelho, para que praticasse até que conseguisse reproduzir a expressão facial à vontade. Enquanto isso, pedi a ela que lembrasse a expressão dele quando a olhara daquele jeito, e perguntei-lhe então como fora sua experiência. Naturalmente, era uma continuação do padrão descrito acima. Ela viu que ele a queria e a amava, o que a fez sentir-se muito amada, importante e desejável. E então se dizia: "Posso dar-lhe o que ele quer", o que gerava sentimentos que a estimulavam sexualmente.

Depois que o marido voltou à sala, dei instruções a ambos: sempre que ela discutisse ou afirmasse que não se sentia amada e querida, ele deveria parar de falar e ela de ouvir. Então, utilizando a única forma que ela podia realmente compreender — ou seja, visualmente — ele deveria dizer que a amava e a queria de verdade, e continuar a agir desse modo até que ela reagisse. Desta maneira, usei a estratégia a que ela naturalmente recorria para alcançar uma meta terapêutica desejada por ambos.

Outro casal procurou-me devido a anos de tumultuosos altos e baixos no relacionamento. Ambos eram altamente visuais, mas manifestavam o princípio de paridade[9] em suas estratégias diversas de processamento. O rótulo verbal da estratégia dele para a geração de comportamento no mundo era "realista", enquanto o dela era "idealista".

Quando ele tomava consciência de qualquer forma de dor, fosse emocional ou física, via, internamente, aquilo que essa dor o impedia de fazer. Assim, sua vivência ia do sentimento de dor a uma imagem do passado no qual era feliz, sem dor, e então para o diálogo interno, sugerindo formas de aliviar a dor e atingir os sentimentos presentes em sua imagem interna. Neste ponto, ele criava imagens eidéticas de qualquer evidência que possuísse de que alguma das sugestões verbais funcionaria. Se pudesse ver provas de que essas sugestões funcionariam, agia então segundo elas. Se não pudesse encontrar qualquer prova em sua vivência passada, decidia que nada poderia ser feito quanto à dor e simplesmente tinha que conviver com ela.

O principal pomo da discórdia entre o casal referia-se ao seu casamento e à adoção dos filhos que tinham de casamentos anteriores, que somavam sete crianças. Ela queria casar, e ele não. Quando ele considerava a possibilidade de casamento, sentia a dor que perdê-la lhe traria e então criava quadros de si mesmo vivendo feliz com ela. Então verbalizava sugestões para tornar realidade esse contínua felicidade. Mas já que o próximo passo era uma imagem eidética, isto é, imagens do passado, e já que todas as imagens do passado apenas atestavam que eles não poderiam ser felizes vivendo juntos com as crianças, ele não agia segundo qualquer das sugestões verbais e resignava-se a ficar separado dela. Ele reclamava muito de que ela precisava ver que o casamento não daria certo: certamente, seria tudo como da vez anterior, e ela precisava aceitar isso.

Ele utilizava o mesmo processo na geração da maior parte do seu comportamento. Por exemplo, ele odiara seu trabalho durante anos, mas não conseguia ver como as coisas poderiam ser diferentes, apesar das sugestões de todos os que o cercavam, que diziam que ele poderia ser um consultor, ou trabalhar como *free-lancer*. Foi só depois que viu um colega alcançar o sucesso fazendo justamente isso que ele acreditou que também poderia fazê-lo. Tendo verificado que essa possibilidade era realmente viável, não perdeu tempo em agir. Todo o seu comportamento encaixava-se neste padrão — o comportamento futuro era gerado a partir da vivência passada, a qual estava estocada sob a forma de imagens.

Por outro lado, a estratégia dela começava com um diálogo interno que dizia que sua vida poderia ser melhor; então, ela gerava imagens construídas de futuros possíveis. Para cada imagem, tinha uma sensação correspondente. Tentava tornar real aquele quadro que gerava a sensação mais agradável. Seu diálogo interno gerava sugestões de como ela poderia tornar o quadro real, e ela agia segundo essas sugestões. Seu comportamento era objetivo e direto, mas, se ela encontrava muitos obstáculos na corrida para tornar real sua imagem e via finalmente que não atingiria a imagem desejada, sentia-se lesada por conseguir menos do que era possível. No caso do casamento, ela gerava imagens nas quais eles viviam felizes e amorosos na companhia dos filhos, e esforçava-se para tornar isto real. Quando ele se opunha, sentia que ele estava frustrando sua possibilidade de alcançar a felicidade. Seu comportamento era gerado a partir das imagens construídas por ela, as quais prometiam o melhor entre todos os futuros possíveis.

Então, naturalmente, suas estratégias de conduta entravam em conflito, embora cada uma delas fosse útil de alguma maneira. A dele o impedia de desperdiçar tempo e energia perseguindo miragens e a dela lhe possibilitava atingir com freqüência metas aparentemente impossíveis. Entretanto, suas estratégias também eram deficientes em alguns pontos. Às vezes, a estratégia dele o restringia e o impedia de conquistar metas desejadas porque o levava a não assumir mais do que alguns riscos calculados. Freqüentemente a estratégia dela a levava ao desapontamento e à desilusão, porque seu estado desejado estava simplesmente fora de alcance, especialmente quando criava imagens que também o envolviam, pois, para que se tornassem realidade, exigiam que ele desempenhasse algumas formas novas de comportamento. Considerando-se a estratégia dele, isto era quase sempre impossível, ainda mais se o novo comportamento não encontrasse apoio na vivência passada a partir da qual era gerado.

No trabalho com esse casal, decidi recorrer a uma orientação mental consciente. Isto é, expus explicitamente as estratégias usadas por ambos. A partir do momento em que compreenderam isto, demonstrei como seus conflitos eram um resultado dessas estratégias e de umas coisinhas mais. Então ensinei-os a usar a estratégia do outro a fim de serem mais bem-sucedidos em suas comunicações. Ensinei-o a fornecer a ela descrições de quadros mais realistas, mais facilmente conquistáveis, mas que também gerassem sensações muito positivas para ela. Por exemplo, ela criava quadros de como seria divertido se eles praticassem juntos atividades atléticas ao ar livre. Estaria tudo muito bem se ele não sofresse de um grave problema na coluna. Ele dizia apenas que não, que era impossível, e ela continuava a debater-se tentando fazer com que ele apreciasse excursões atléticas. A recusa dele a fazia sentir-se mal e ressentida por ele continuar sendo preguiçoso. Nas palavras dela: "Se eu tivesse dor nas costas, faria alguma coisa para melhorar isso. Tentaria tudo e qualquer coisa. Mas ele não. Ele prefere ficar com dor nas costas". É claro que ele só adotava tratamentos dos quais se tinha assegurado previamente. E, visto que não procurava saber da eficácia de todos os tratamentos indicados, ficou patente que ele realmente fizera muito pouco a esse respeito. Para lidar com esse tópico, pedi a ele que descrevesse para ela várias cenas nas quais viviam felizes juntos, em circunstâncias serenas e tranqüilas, envolvidos em atividades mais convenientes e confortáveis para a condição da sua coluna. Ela então escolheu aquela na qual se *sentia* melhor. Desta maneira, ele aprendeu a usar a estratégia dela para gerar um resultado desejado, mais realista e seguro para ambos. Enquanto isso, instruí-a a não propor a ele sugestões de possíveis tratamentos ou alternativas *sem antes* estar munida de provas substanciais do seu valor, provas que ele pudesse verificar a partir de suas vivências passadas.

Em outro contexto, ela desejava que ele abrisse canais de comunicação com sua filha. Mas vivências passadas haviam-no ensinado a acreditar que isso seria uma temeridade completa. Persuadi-a a parar de frustrar-se e, em lugar disso, usar suas energias para criar uma experiência entre o marido e a filha, na qual *qualquer* forma de comunicação fosse produtiva para ele. A partir do momento em que uma experiência ocorresse, ela se tornaria parte da história pessoal dele e uma indicação de possibilidade futura. O comportamento dele se encontraria então com os desejos dela. Em pouco tempo, ele e a filha dela foram capazes de compreender os processos do seu relacionamento e de usá-los para superar o conflito, intensificando assim sua experiência.

É possível ver como uma seqüência rígida de processos internos pode influenciar o comportamento de uma pessoa. Em cada um desses exemplos, discuti a utilização da estratégia existente. Outra escolha seria alterar a estratégia — o que também produziria uma mudança comportamental experiencial abrangente. Todos nós somos dependentes das vivências e dos comportamentos a que nossas estratégias nos conduzem. Visto que nossas estratégias são habitualmente compostas por seqüências rígidas de processos internos, quanto mais fácil for para nós manipular essas representações internas, maior será a nossa habilidade em gerar nossa experiência como uma questão de escolha. Esta é uma maneira de favorecer a livre determinação, em contraste com o que as nossas vidas fizeram de nós.

## CAPÍTULO 6

# Como detectar a congruência e a incongruência

Como vimos até agora, numa dada comunicação há muito mais a ser percebido pelo receptor do que aquilo que o emissor consegue dominar. A noção de que há grandes partes do nosso comportamento que não estão disponíveis para nós, ainda que o mundo as conheça, pode ser desconcertante, sobretudo porque, não importa o cuidado com que escolhamos as palavras, o restante do nosso comportamento fala de um modo mais eloqüente ao receptor instruído. Do ponto de vista da terapia, é exatamente este fenômeno que abre portas que, de outra forma, continuariam misteriosamente fechadas.

Observemos a seguinte comunicação:

Numa sessão terapêutica, quando perguntado sobre seus sentimentos em relação à esposa, Fred responde: "Eu a amo. Eu a amo muito". O ritmo de sua voz é muito rápido; o volume, estranhamente alto; ele mantém os lábios apertados, o corpo rígido a ponto de vibrar, e as mãos e os braços imóveis e tensos. As mensagens não-verbais de Fred não são das mais ternas e amorosas. Embora seja possível ver e ouvir a falta de alinhamento em sua comunicação, ainda não sabemos o que isso significa.

De forma similar, quando Dorothy diz: "Adoro fazer amor com ele", sua entonação é monótona, os cantos da boca estão para baixo, ela encolhe os ombros quando começa a falar. Seu corpo, ao contrário, está imóvel, as mãos repousando no colo. Mais uma vez estamos diante de uma comunicação mista, em que o aspecto verbal indica algo diferente do não-verbal.

Há algumas teorias relativas ao significado de tais comunicações, e cada uma define que parte valorizar ou qual delas é mais real que outras. Enquanto comunicações comportamentais, entretanto, nenhuma deve ser negada ou menosprezada. Todas são reais e merecem ser valorizadas igualmente. A pergunta a ser feita é: quais as várias mensagens de uma comunicação e qual o significado de cada uma em relação à estrutura dos estados presente e desejado?

Para tornar o leitor mais familiarizado com esta categoria da informação comportamental, gostaria de que ele relembrasse, tão completamente quanto possível, as seguintes experiências. Pense numa ocasião em que:

**1.** Uma pessoa de quem você gostava lhe deu um presente. Você o abriu na frente dela e descobriu que se tratava de algo de que não gostava, que achava detestável, que já possuía e não lhe servia de nada. Lembre-se do que disse e de como se sentiu.
**2.** Você aceitou um convite de alguém de quem não gostava.
**3.** Você confirmou a alguém que faria algo que não queria fazer, e se sentiu ressentido por ter sido posto na posição de pessoas a quem esse tipo de pedido era feito.
**4.** Você disse a alguém que tinha absoluta certeza de algo, certeza que na verdade você não tinha.

Comparemos essas experiências com as recordações de:

**1.** Falar a alguém sobre uma atividade que você estava absoluta e positivamente determinado a levar até o fim.
**2.** Cumprimentar um amigo ou amiga por uma realização importante.
**3.** Uma situação na qual você agia com total competência e confiança.
**4.** Dizer "senti saudades de você" a alguém a quem você ama muito, após uma separação aparentemente longa.

Embora eu não tenha estado presente enquanto o leitor teve acesso a essas experiências, para ver e ouvir com meus sentidos os contrastes em suas reações, estou certa de que houve diferenças subjetivas a serem detectadas. O primeiro conjunto presumia que a pessoa teria sentimentos confusos em relação à sua resposta — que haveria mais de uma resposta subjetiva à situação. O segundo conjunto apontava para uma maior possibilidade de alinhamento entre reações e situações. Por exemplo, quando aceitamos um presente de alguém de quem gostamos e o presente está longe de ser maravilhoso, talvez queiramos expressar gratidão, embora estejamos desapontados, e talvez surjam imagens em que somos obrigados a exibir algo de que não gostamos ou, pior ainda, a usá-lo. Talvez nos perguntemos interiormente: "O que vou dizer?". Ou, como no exemplo em que dizemos a alguém que temos certeza de algo de que não nos sentimos de fato seguros, podemos estar realmente querendo nos convencer, tanto quanto ao outro, mas ficamos apavorados enquanto falamos. Talvez nossa representação não tenha muita convicção no momento exato em que pronunciamos aquelas frases.

Estas são situações nas quais a comunicação foi provavelmente incongruente. Isto é, o comportamento e as palavras não emitiram exatamente a mesma mensagem. Uma comunicação congruente, portanto, ocorre quando todas as mensagens, verbais e não-verbais, estão alinhadas com o significado que transmitem. Embora seja crucial que o terapeuta esteja capacitado a detectar incongruências nas comunicações dos clientes e tenha maneiras eficazes de reagir a elas, quero enfatizar que não há nada intrinsecamente errado nessas comunicações. Espero que isso fique claro para a pessoa no momento de recordar experiências pessoais nas quais tendeu a sofrer reações múltiplas e simultâneas. Essas reações múltiplas e simultâneas manifestam-se caracteristicamente em algum aspecto do comportamento externo. Mais uma vez, é necessário ter os canais de informação (sistemas de percepção) bem afinados, de modo a poder detectar incongruências nas comunicações dos outros.

Por exemplo, Cheryl diz: "Eu confio nele, tenho certeza de que ele não me engana". Mas a sua entonação sobe no final da frase, como numa interrogação, e ela hesita entre o "tenho" e a "certeza". Suas mãos estão abertas e voltadas para cima, e as sobrancelhas estão tão erguidas que se aproximam dos cabelos. Sua voz é um lamento agudo. Pouca coisa no seu comportamento não-verbal indica uma concordância precisa com o que afirma. Ela não tem consciência das muitas nuances de sua comunicação e do seu significado. Se não formos capazes de detectar as múltiplas mensagens e aceitar a parte verbal da comunicação como real, uma significativa oportunidade de descobrir a estrutura do estado presente estará perdida. Em Cheryl, a comunicação incongruente revelou-se uma manifestação de sua genuína convicção de que o marido não a traía, do seu desejo sincero de que ele nunca o fizesse e da sua descrença em que ele não quisesse estar com outras mulheres. A descrença provinha de sua certeza de que era feia, desprezível e boba. Para alinhar seus comportamentos verbal e não-verbal foi necessário alterar o seu autoconceito, de modo que ela pudesse ver-se digna de amor e desejo. Então poderia acreditar que era possível, sim, que seu marido quisesse apenas a ela, que estivesse satisfeito com ela e não sentisse vontade de traí-la. Isto foi alcançado basicamente através da técnica do *olhar-se a si mesmo através dos olhos de alguém que o ama*. Esta intervenção atacou o cerne de todos os seus problemas presentes, que subseqüentemente desapareceram (para ela, como que por um toque de mágica). Assim, o processo terapêutico chegou a um final satisfatório e efetivo através (1) do diagnóstico de uma incongruência no estado inicial, (2) da descoberta da origem das mensagens conflitantes, e (3) da intervenção no sentido de efetuar um alinhamento na experiência subjetiva de modo a permitir uma emissão congruente de afirmações.

Há alguns modos, não tão bons, de reagir a comunicações congruentes. O primeiro é não percebê-las. Para se ter certeza de que uma comunicação incongruente está ocorrendo, é necessário usar as técnicas desenvolvidas no capítulo sobre o espelhamento. Para aprimorar nossa habilidade, podemos observar os seguintes ítens:

- [ ] As mãos: como a pessoa gesticula — apontando com um dedo, com as palmas para cima, com as mãos contraídas, relaxadas, com ambas as mãos executando os mesmos gestos?
- [ ] A respiração: ela suspira, prende a respiração ou respira profundamente?
- [ ] As pernas e os pés: ela volta os pés para dentro ou os sacode de forma não característica (para ela)?
- [ ] A relação entre a cabeça, o pescoço e os ombros: o queixo está projetado para fora, ou a cabeça está encolhida entre os ombros?
- [ ] A expressão facial (especialmente sobrancelhas, boca e músculos das bochechas): a pessoa está carrancuda, com as sobrancelhas franzidas, sorri, está contraída, trinca os dentes etc.?

Enquanto observamos essas reações, podemos ouvir:

- [ ] A tonalidade da voz.
- [ ] O ritmo da fala.
- [ ] As palavras e as frases.
- [ ] O volume da voz.
- [ ] Os padrões de entonação (há hesitações, ou a voz sobe ao fim da frase como numa pergunta?)

É preciso prestar atenção a estas questões e observar o que é característico do estilo usual de comunicação daquele indivíduo.

Deve-se estabelecer uma distinção entre um estilo congruente e um estilo incongruente de comunicação.

Além de não revelar as incongruências, há ainda duas outras reações bastante negativas. A primeira é decidir que uma parte é real e a outra não. A segunda é presumir que se conhece o significado das mensagens sem que, de modo sutil, se faça uma checagem com o cliente.

Algumas escolhas comportamentais serão úteis para descobrir qual é a experiência que gera o envio de uma mensagem mista. Com a mulher que confiava no marido e sabia que ele não a enganava, eu apenas me inclinei e disse: "mas...", e ela aos prantos acrescentou: "Mas não sei por que ele não faz isso. Talvez seja só uma questão de tempo até que ele se encha de mim". Este método é apresentado em *The structure of magic II*:

*"Esta é a base de uma experiência de quase incongruência. O que ocorre é que a mais leve subida na entonação ao fim deste tipo especial de frases, intituladas causativas implícitas (...), sugere ao ouvinte que a frase está incompleta, que falta uma parte. Sempre que esta situação particular ocorrer durante a terapia, sugerimos que o terapeuta simplesmente se incline para a frente, olhe atentamente para o cliente e diga a palavra* mas, *e espere então que o cliente termine a frase, acrescentando a parte que havia originalmente omitido. Por exemplo:*

*Cliente:* Eu quero realmente mudar a minha maneira de agir em público.
*Terapeuta:* ... mas...
*Cliente:* Mas tenho medo de que as pessoas não prestem atenção em mim.[10]

Uma outra opção é perguntar: "Há algum lado seu que discorde ou faça objeções ao que você acabou de dizer? Volte e diga isto de novo, e sinta, ouça e procure internamente qualquer parte que talvez não concorde inteiramente". (Se este método for usado, pode-se prosseguir utilizando a remodelagem. Por exemplo, em resposta a uma pergunta, Sue (uma cliente) disse "Sim, vou fazer isto" (com hesitação, num tom queixoso, com um suspiro e baixando a cabeça ao mesmo tempo). Repliquei: "Sue, há algum lado seu que se opõe a que você faça isso? Observe-se e preste atenção aos sons, sentimentos ou imagens que possam indicar que algum lado se opõe". Sue fechou os olhos, sua respiração tornou-se mais superficial, e então ela ergueu a cabeça, abriu os olhos e disse que havia apenas imaginado o marido zangado com ela, e tinha medo quando ele a olhava daquele modo. (Referia-se à imagem do marido a olhando, por ela gerada internamente.)

Tornou-se importante dar a Sue opções para reagir ao marido quando ele se aborrecia, opções de respostas que satisfizessem a ambos. (Ela afirmou, congruentemente, que seria impossível comportar-se no mundo de modo que ele nunca se aborrecesse com ela.)

Se houver uma pista de acesso ocular específica associada à incongruência, é possível pedir diretamente a informação daquele sistema:

☐ O que é que você estava vendo quando disse aquilo?
☐ O que é que você estava sentindo quando disse aquilo?
☐ Você disse algo para si mesma enquanto dizia aquilo?

Deste modo, pode-se ajudar o cliente a tornar-se consciente das representações possivelmente conflitantes de sua vivência.

**Jim:** Claro, quero fazer isso. (*Enquanto faz que não com a cabeça e franze o rosto em torno do nariz e da boca, e olha para cima e para a direita.*)
**LCB:** O que é que você está vendo enquanto diz isso, Jim? (*Dirigindo sua atenção novamente para cima e para a direita.*)
**Jim:** (*Olhos novamente para cima e para a direita, mesma expressão facial.*) É que não me vejo fazendo bem isso. Na verdade, eu me vejo fazendo isso pessimamente.

A reação de Jim torna evidente que a congruência depende da sua capacidade de se ver fazendo "isso" bem. Esta situação nos leva a direcioná-lo para melhorar seu desempenho imaginário até que corresponda a seus desejos. Como se verificou, este passo para corrigir as imagens do seu desempenho pessoal até que ele visse como obter sucesso foi necessário para fazê-lo agir. Isto é, ele talvez quisesse fazer algo, mas não o faria até que pudesse representar-se a si mesmo fazendo-o com sucesso.

Uma outra opção de comportamento para responder a comunicações incongruentes refere-se ao uso de *operadores modais*. Operadores modais são palavras que expressam a concepção de uma pessoa quanto à possibilidade ou impossibilidade: poder, não poder, dever, ter que, querer etc. O metamodelo, apresentado no Apêndice I e no livro *A estrutura da magia II* inclui modos de detectar e reagir a operadores modais.

Uma outra possibilidade é direcionar a experiência do cliente de volta para ele através do espelhamento, e mesmo do exagero, de sua comunicação. Lembremo-nos do homem que disse: "Eu a amo, eu a amo muito", em um ritmo rápido, falando alto, com o corpo tenso, etc.:

**LCB:** (*Espelhando e exagerando.*) Sim, estou vendo que você está sobrecarregado com sentimentos de amor, ternura e carinho em relação a ela.
**Homem:** (*Pára, suspira, baixa a cabeça e então diz baixinho:*) Bem, eu a amo mesmo. É que fico muito frustrado tentando fazê-la acreditar nisso.
**LCB:** Você alguma vez já pediu a ela que lhe diga quais são as coisas que você faz e que lhe dão certeza de que você a ama?

Não me surpreendeu que ele nunca lhe tivesse pedido isso. Ele não tinha qualquer modo seguro de fazê-la saber que a amava. A eficácia deste método depende em larga medida do grau de *rapport* existente. Se o cliente sente-se compreendido e confia nas intenções do terapeuta, este artifício soará amigável, mais do que ofensivo.

Quando se estiver trabalhando com um casal, pode-se perguntar a um dos cônjuges o que a comunicação do outro significa para ele, ou o que ele acabou de ver e ouvir nesta comunicação. Este artifício desvia a atenção da experiência interna da pessoa que fez a comunicação incongruente para a reação e o sentido percebido pela outra pessoa. Se o sentido percebido é menor do que seria desejável, pode-se recomeçar e perguntar qual era a intenção, e então levá-los a expressar a mensagem pretendida de um modo que suscite a reação desejada no parceiro. Esta escolha dá ao sentido percebido prioridade sobre a experiência interna que possivelmente gerou a incongruência. Qualquer uma das opções previamente apresentadas também pode ser usada com casais. A escolha deve ser feita com base no resultado possível. As primeiras opções possibilitam obter maiores informações e levam o terapeuta a intervenções que produzirão um alinhamento na experiência subjetiva do *indivíduo*. A última alternativa enfoca a *interação* do casal e nos dá informações sobre a origem dos equívocos e mal-entendidos.

Estas são apenas algumas possíveis formas de reagir a comunicações incongruentes no contexto de uma terapia[12]. Uma outra possibilidade, em alguns casos a mais apropriada, é detectar a incongruência, guardá-la na memória, mas não reagir a ela. Em vez disso, prosseguir com a sessão e as intervenções e, quando achar que alcançou a mudança desejada, suscitar a afirmação antes incongruente. Se ela agora estiver congruente é uma prova adicional de que a mudança foi feita. Se ela permanecer incongruente, o terapeuta deverá prosseguir na investigação, uma vez que a base da comunicação incongruente poderia interferir muito na perfeita integração da mudança com a vivência do cliente.

É necessário reconhecer a incongruência como uma informação comportamental significativa. Ela pode apontar o caminho das mudanças necessárias para que uma pessoa alcance o estado desejado. É claro que as comunicações incongruentes não ocorrem apenas no contexto da terapia. A habilidade do terapeuta em detectá-las conscientemente o protegerá do incômodo de sentimentos imprecisos de confusão e desconforto (a reação inconsciente mais característica das comunicações incongruentes) em sua vida pessoal. Enfatizo a necessidade de que o terapeuta identifique, por si mesmo, suas próprias comunicações incongruentes e use as opções acima para descobrir o que está havendo e o que precisa ser mudado. Fazendo isso, sua vivência será melhor e, por conseguinte, também sua capacidade de se comunicar efetivamente com os outros. A extensão de sua eficiência como emissor e de seu sucesso como terapeuta depende em larga medida de sua congruência.

# CAPÍTULO 7

## Para estabelecer uma meta bem formulada

A informação comportamental que o terapeuta aprendeu a detectar permite-lhe reagir às informações sensoriais, e não às suas próprias interpretações, e protege o cliente de ser tratado dos problemas do terapeuta. Entretanto, quando se presta atenção a essas informações comportamentais, há uma quantidade excessiva delas em cada interação. Para que elas se tornem úteis para o terapeuta e para o processo terapêutico, é necessário estabelecer um resultado específico a ser atingido. Isto reduz a complexidade, pois fornece um roteiro que determina a relevância da informação verbal ou não-verbal que se está observando. Estabelecer um resultado específico é o pré-requisito para que se possa responder à pergunta recorrente: "Isso é pertinente para o que estamos procurando alcançar?". Isso impede que se tenha que responder a cada incongruência, a cada pista de acesso ou violação do metamodelo etc., e permite a concentração dos esforços numa determinada maneira de atingir a meta combinada. Ter um resultado claramente fixado também dá, tanto ao terapeuta como ao cliente, meios de avaliar os progressos.

Um bom resultado é aquele que vale a pena alcançar. Infelizmente, nem todos os resultados alcançados em psicoterapia são válidos. Na terapia, muitas pessoas ficam excessivamente cientes das suas limitações, mais do que de seus recursos. Outros entrincheiram-se fortemente em seus comportamentos problemáticos, depois de gastarem muito tempo e dinheiro tentando descobrir por que os têm. Muitos aprendem a menosprezar suas experiências da infância como raiz de todas as dificuldades presentes e demonstram o sucesso terapêutico criando confrontos desagradáveis com os familiares. Nenhum deles é exemplo de um bom resultado alcançado.

Para que seja alcançado um bom resultado devem ser atendidas cinco condições. Em primeiro lugar, o resultado deve ser definido de forma positiva. Descobrir o que o cliente *quer*, ao invés do que ele não quer. Se estivéssemos ajudando alguém na arrumação da mobília e ele dissesse: "Não quero esta cadeira aí", não teríamos informação suficiente para saber o que fazer com a cadeira ou o que colocar no lugar dela. Assim como alguém que não gosta da disposição da cadeira, a maioria das pessoas que procuram terapia sabe o que não quer: não quer mais vivenciar os problemas, dificuldades e limitações que percebe. Para aqueles que ainda não sabem exatamente o que querem vivenciar em substituição àquilo que desejam abandonar, não há nenhuma base sobre a qual estabelecer etapas rumo a uma meta satisfatória, porque não há meta a ser atingida. Etapas completas de terapia têm sido concluídas simplesmente através da pergunta: "O que é que você quer?". Um exemplo disto foi realizado por John Grinder quando trabalhava com uma mulher que queria parar de beber. Após ouvir expressões sinceras de apelo para que a ajudasse a parar de beber, sobre com quantas pessoas ela já tinha conversado a esse respeito e sobre quantas vezes ela falhara em tentativas passadas, John inclinou-se, tomou suas mãos e, seguro de que ela estava absolutamente e completamente atenta, perguntou: "O que é que você vai fazer em lugar de beber"?. Ela nunca voltara seus pensamentos ou ações nesta direção; sua reação foi impressionante e efetiva. A partir desse ponto, as mudanças foram alcançadas de forma fácil e rápida. Embora esta não seja uma reação comum (se fosse, este livro seria um curto panfleto), demonstra a utilidade de estabelecer o resultado de forma positiva.

Se o cliente diz: "Quero me livrar da depressão", ou "da ansiedade", ou "dos bloqueios à minha criatividade", e aceitarmos isso como um objetivo, então toda a atenção e energia estarão direcionadas para o *problema*, o que pode freqüentemente reforçá-lo e torná-lo maior do que era no início. Isto é especialmente verdadeiro quando se gasta muito tempo investigando o porquê do problema. Perguntas iniciadas com "Por que" não obterão a informação estrutural necessária para que se possa intervir e efetuar a mudança. *Podem* induzir uma pessoa a construir uma crença de que o problema é uma parte tão imutável do seu ser quanto seus braços ou suas pernas, e que isso deve (ou tem de) ser assim devido a várias causas perceptíveis. (Qualquer vivência percebida pelo terapeuta e pelo cliente pode ser útil ao processo global quando vivenciada como uma questão de escolha.) A questão, então, é como alterar a causa para que ela possa tornar-se a base, ou causa, do estado desejado. Este é o princípio da mudança de história. Quando um cliente é levado a um resultado estabelecido de modo positivo — "Quero me sentir seguro", ou "Quero sentir que sou competente", ou "Quero ser capaz de expressar minhas idéias de forma que possam ser compreendidas" —, o foco está num resultado positivo. Todos os recursos, esforços e tempo agora podem ser direcionados para que se atinja a nova meta definida, tornando-a muito mais próxima.

Resultados positivos não são obtidos automaticamente pela erradicação de uma experiência indesejada. De fato, se nada for colocado em seu lugar, é provável que a indesejada experiência anterior volte. Acredito que daríamos um passo evolutivo se todos os nossos processos estivessem direcionados para o que queremos *fazer*, ao invés de atolarmos nossos pensamentos e esforços num lamaçal de queixas. Não quero sugerir que os problemas apresentados sejam ignorados, mas o bom terapeuta orientará efetivamente tanto seus recursos quanto os de seu cliente para estabelecer e alcançar um resultado positivo.

Um segundo critério para o estabelecimento de um bom resultado é que ele seja demonstrável tanto na nossa experiência sensorial quanto na do nosso cliente. Os *insights* podem ser reveladores e úteis, mas não constituem uma mudança experiencial. Nem o terapeuta nem o cliente podem se considerar bem-sucedidos se pensam que houve uma mudança sem qualquer evidência sensorial verificável. A demonstração da mudança pode ser expressa de muitas formas: tendo acesso a uma recordação traumática e tornando-se capaz de sentir-se seguro e de ter uma nova perspectiva a partir dela; confrontando de forma direta e congruente uma lembrança querida com uma injúria profundamente sentida; ou sendo capaz de sentir-se amado e seguro mesmo quando um importante pedido é recusado.

Qualquer uma dessas situações pode demonstrar que a mudança desejada e solicitada foi efetuada. É essencial estabelecer os tipos de comportamento e/ou vivências que constituirão um sucesso; eles darão um importante retorno tanto ao terapeuta como ao cliente.

A terceira condição para o sucesso é que o resultado seja contextualizado e especificado de forma apropriada. Se o cliente pede uma orientação afirmativa e o terapeuta, baseado em demonstrações comportamentais adequadas, concorda que isso poderá ser uma aquisição bastante útil ao repertório experiencial e comportamental do cliente, é de *sua* absoluta responsabilidade estabelecer em conjunto com ele os contextos onde essas assertivas serão úteis ou não. Não fazê-lo atrai tragédia para o cliente. Um exemplo impressionante de uma mudança não contextualizada chamou minha atenção quando uma mulher de cerca de trinta anos me procurou pedindo ajuda para fazer mudanças que a auxiliassem a constituir um relacionamento amoroso duradouro. Na época em que me procurou, ela participava freqüentemente de orgias e filmes pornográficos; envolvia-se também em ligações sexuais ocasionais com pessoas a quem dava carona, balconistas de lojas, motoristas de táxi etc... Não pretendo com isso inferir que esses comportamentos a impedissem de ter uma relação romântica duradoura, mas certamente não ajudavam. Conforme íamos progredindo, tomei conhecimento de que todos esse comportamentos haviam sido adquiridos havia relativamente pouco tempo. Anteriormente, ela recorrera à terapia por causa de, segundo suas palavras, "extremas inibições sexuais". A terapia fora exageradamente bem-sucedida, mas nunca, durante o seu curso, fora estabelecido qualquer critério quanto aos contextos apropriados (como: com quem, onde, de que modo) à sua desinibição sexual. Ao longo do nosso trabalho juntas, e como parte da obtenção global do estado desejado, substituímos "desinibição sexual" por "expressão sexual" *apenas* no contexto de relacionamentos desejados. Contextualizando apropriadamente a mudança solicitada, estaremos auxiliando o cliente a manter seu bem-estar em muitas situações de sua vida. A contextualização apropriada refere-se ao equilíbrio das vidas pessoal e profissional do cliente, bem como aos possíveis impactos que a mudança possa ter sobre o sistema famiiiar, as relações de amizade etc..

A quarta condição para que um resultado seja bem-definido é que ele possa ser iniciado e mantido pelo cliente. O trabalho do terapeuta é ajudá-lo a escolher sua própria vivência, de modo a que o bem-estar possa ser mantido sem sua assistência contínua (ou de qualquer outra pessoa). Por exemplo, uma mulher que se sente realmente desejável e sensual apenas quando seu parceiro faz algo que suscita nela esta reação não constitui um resultado bem-definido. Do mesmo modo, não é bom que a auto-estima de um homem dependa de seu emprego ou de seu salário. Pois quando o bem-estar, a auto-estima, a confiança ou a sexualidade dependem de fatores *externos*, o indivíduo fica à mercê do ambiente que o cerca, ao invés de agir a partir de escolhas autogeradas. Os clientes pedem com freqüência mudanças no comportamento de outra pessoa — "Se pelo menos ele parasse de gritar", ou "chegasse em casa na hora", ou "fosse responsável", ou "tivesse consideração", "então eu teria o que quero". Embora esta seja genuinamente a experiência do cliente, ajudá-lo a alcançar este resultado é empurrá-lo para uma armadilha: a dos perturbadores padrões de causa e efeito com os que o cercam, o que reforça ainda mais a crença de que sua experiência depende do comportamento dos outros. De fato, expressar o estado desejado nestes termos é uma indicação segura de que seria benéfico mudar os padrões de causa e efeito do cliente.

Para que uma experiência ou comportamento sejam iniciados ou mantidos pelo cliente, é preciso que ele tenha meios de alcançá-los sozinho. No caso dos casais, o sistema é tratado como um indivíduo. Quer dizer, o sistema deve ser capaz de alcançar o estado desejado por si mesmo, voluntária e consistentemente. Assim, é bom que o cliente se sinta confiante quando quer ou precisa passar por uma seqüência de processos internos definidos, em vez de precisar da confirmação de alguém para ganhar confiança. É bom para um casal sentir segurança em seu relacionamento devido à capacidade de um suscitar e dar ao outro a segurança necessária. (Por favor, é importante notar que isto se refere à segurança quanto ao relacionamento, e não à sensação individual.) É bom que as pessoas se percebam atraentes por seus próprios critérios de avaliação, em vez de precisarem de incentivo dos outros.

A quinta condição refere-se à preservação dos subprodutos positivos (se houver algum) que são de certo modo inerentes ao estado atual. Costumo dar aos aprendizes de técnicas hipnóticas o exemplo de uma mulher que procurou um colega meu para que ele a ajudasse a parar de fumar. Isto foi conseguido rapidamente através da hipnose, resultado que a deixou muito satisfeita. Poucas semanas depois, entretanto, telefonou querendo fazer uma terapia juntamente com o marido. Eles não estavam se dando bem e aparentemente os problemas eram recentes. Foi preciso um certo tempo para se descobrir como as dificuldades haviam começado, mas finalmente revelou-se que tudo tinha a ver com o fumo. Eram casados havia sete anos e, durante todo esse tempo, a cada vez que um deles se sentava à mesa da cozinha para fumar, o outro sentava-se junto para conversar. Era nessas ocasiões que conversavam, aquele papo leve, porém essencial, que mantém duas pessoas unidas ao longo do tempo. Agora que ela deixara de fumar, esses papos freqüentes não mais ocorriam. Quando meu colega lhes chamou a atenção para isso, reconheceram o que estava faltando e retomaram as conversas sem que ela precisasse fumar. As conversas eram o subproduto positivo do hábito de fumar, que precisava ser preservado de modo a que o resultado relativo ao fumo fosse bem definido.

Quando trabalhava com uma cliente, Paula, ajudando-a a alcançar e manter um peso adequado, precisei levá-la a estabelecer um comportamento alimentar útil em muitos contextos diferentes. Um contexto difícil para ela era quando ia com amigos a um restaurante. Mesmo que tivesse acabado de comer, ela achava que tinha que comer novamente com eles. Investigando, Paula e eu descobrimos que, a não ser que estivesse totalmente engajada na mesma atividade que seus acompanhantes, ela se sentia excluída e distante; e era muito importante para ela sentir-se próxima das pessoas. Obtivemos um resultado bem-definido fazendo-a capaz de sentir-se próxima das pessoas com quem estava de outras maneiras além de participar da mesma atividade. Assim, ela poderia estar com pessoas que comessem, bebessem, dançassem ou jogassem e apresentar um comportamento próprio (como contar histórias, conversar sobre os interesses deles etc.), de acordo com seu próprio interesse, e ainda assim sentir-se próxima. Deste modo, sua sociabilidade e sua personalidade estariam preservadas e, ao mesmo tempo, um comportamento alimentar adequado (a ela) seria estabelecido e mantido nos diversos contextos.

Um outro exemplo comum de subprodutos tornou-se óbvio com Ann e John. Ann nunca tinha orgasmo. Isso suscitava muita atenção e preocupação por parte de John e o relacionamento deles girava em torno do que fazer, o que tentar, quais eram as razões etc.. Ele era muito solícito com ela, um amante sempre paciente e atencioso. Qualquer resultado bem-definido para Ann precisaria preservar a quantidade e a qualidade de atenção que John atualmente lhe dedicava, e que ambos davam ao relacionamento. (Como muitas pessoas, eles prestavam atenção aos problemas e tendiam a ignorar o que era positivo.)

Estas cinco condições para que os resultados sejam bem-definidos — (1) que sejam expressos de forma positiva; (2) demonstráveis na experiência sensorial; (3) especificados e contextualizados de modo apropriado; (4) iniciados e mantidos pelo cliente; (5) que seja preservado qualquer subproduto positivo eventual — são fundamentais; tanto lógica quanto eticamente.

Embora a reunião das informações adequadas para estabelecer um resultado bem-definido precise ser completa, algumas questões vão além de suscitar as respostas necessárias. A pergunta "O que você quer?" é feita de forma a obter uma resposta positiva (oposta a "O que está errado?", ou "Há quanto tempo você tem esse problema?"). "Como você saberia que conseguiu o que queria e "Qual seria uma demonstração de que você tem o que quer?" requerem uma demonstração sensorial do estado desejado. A primeira é geralmente respondida com a afirmação de uma reação interna (como, por exemplo, "Eu me sentiria ótimo"), enquanto a segunda geralmente é respondida com um exemplo em termos comportamentais: "Eu o olharia nos olhos e diria: 'Não, não sei do que você está falando', e não desistiria até saber de verdade do que ele estava falando".

Perguntas do tipo "Quando você quer e quando você não quer algo?" contextualizam o estado desejado. O terapeuta precisa estar atento — este passo geralmente requer alguma ajuda adicional de sua parte. É conveniente considerar diversos contextos, pessoais e profissionais, e perguntar ao cliente como o estado desejado se encaixaria (ou não) naquelas situações. As perguntas "O que aconteceria se você conseguisse?", "O que você perderá se conseguir o que quer?" e "O que o impede de ter o que você quer?" satisfazem a vários propósitos. Além de identificar quaisquer possíveis subprodutos positivos, também ajudam a suscitar padrões de causa e efeito existentes, e com os quais seja preciso lidar. Por exemplo, se uma mulher pensa que tornar-se mais consistentemente orgásmica resolverá todos os seus problemas conjugais (uma relação duvidosa de causa e efeito), é necessário lidar com isto também. Estas perguntas ajudam a especificar o que se precisa mudar de modo a alcançar o estado desejado. Se o que o cliente pede não se encaixa na condição de poder ser iniciado e mantido por ele mesmo, faz-se necessário então um maior direcionamento. Por exemplo:

Joan: Eu quero que a ex-mulher e os filhos dele sumam.
LCB: Já que isto é improvável, o que é que você quer, para você mesma, com o sumiço deles?
Joan: Não quero que meu marido se relacione com eles.
LCB: E o que é que você ganharia se seu marido não se relacionasse com eles?
Joan: Eu o teria para mim. Eu saberia que sou a mais importante. A número 1.

**LCB:** Ah, então você quer a experiência de ser a coisa mais importante para ele, a número 1, mesmo que ele tenha uma ex-mulher e filhos.
**Joan:** Sim, foi isso que eu disse, não foi?
**LCB:** Eu só quero que fique bem claro. Você quer ter certeza de que é a primeira coisa para seu marido. De que você é muito, muito importante para ele, e de que o que acontece entre ele e a ex-mulher e as crianças não enfraquece nem ameaça de modo algum seu casamento. É isso?
**Joan:** Eu quero que eles fiquem fora de cena.
**LCB:** Então, quer que vocês sejam a coisa mais importante no mundo um para o outro.
**Joan:** Sim.

Deste modo, o resultado foi trazido para os limites do sistema do casal. Daí, foi reduzido ao desejo dela de completa auto-estima, independentemente das reações do marido. Ampliado para o sistema do casal, o resultado exigia o estabelecimento de comportamentos que cada um poderia ter para dar ao outro a experiência de ser o "número 1".

A transcrição da terapia que se segue demonstra a utilidade das perguntas descritas acima para estabelecer um resultado bem-definido. O cliente, Paul, é um engenheiro em ascensão, que trabalha na indústria de computadores. Não é casado e mora sozinho num apartamento perto do local de trabalho. Mantém seu corpo muito ereto, por vezes com tensão suficiente para fazê-lo vibrar. Seus padrões de cadência são muito rápidos, suas pistas de acesso são quase exclusivamente visuais, quer sejam imagens construídas ou relembradas. Ocasionalmente, ele deixa escapar uma pista de acesso auditiva, mas volta então às pistas visuais.

**Paul:** Já fiz terapia antes, você sabe.
**LCB:** Sim, sei que você tem buscado um enriquecimento pessoal. Pode ser um compromisso importante para você.
**Paul:** Sim, eu sei que preciso disso. Fiz algumas coisas estranhas. Comprei um revólver porque estava pensando em suicídio. Mas meus pais ficaram tão preocupados que eu o devolvi.
**LCB:** Você está pensando em suicídio agora?
**Paul:** Não.
**LCB:** Ótimo. Agora que você está pensando em viver, vamos nos assegurar de que isso valerá a pena. Vamos dar uma olhada no que é que você quer que pode realmente fazer sua vida valer a pena.
**Paul:** Bem, há um monte de coisas que eu deveria ter.
**LCB:** Dentre todas as coisas que você acha que deveria ter, o que você quer ter?
**Paul:** *(Longa pausa)* Bem, eu deveria parar de fumar, e fazer mais exercícios, e terminar de decorar o meu apartamento...

**LCB:** Sim, tudo isso está lá, esperando por você. Mas o que é que você realmente *quer*, que talvez você também devesse ter, mas que seria importante para tornar sua vida maravilhosa? Quando você olha bem para a sua vida agora, o que é que vê que está faltando? O que é que está faltando e que, se pudesse acrescentar ao quadro, iluminaria todo o resto? Vá com calma. Vale a pena ir com calma, gastar tempo com você mesmo. (*Reduzo a cadência, regulando a dele num padrão mais tranqüilo, apropriado para o acesso integral às imagens internas.*)
**Paul:** Eu só preciso relaxar.
**LCB:** Quando é que você quer relaxar?
**Paul:** O tempo todo.
**LCB:** O que é que você teria, se estivesse relaxado, que não tem agora?
**Paul:** Bem, coisas importantes. Eu poderia me ver feliz e realizado.
**LCB:** Ajude-me a ter uma idéia clara do que você quer. Descreva-me o que vê quando se imagina feliz e realizado.
**Paul:** Eu me vejo bem de vida, casado, vivendo numa boa com uma esposa bonita e inteligente.
**LCB:** Para completar a cena, o que é que você se vê fazendo com ela?
**Paul:** Bem, nós simplesmente estamos juntos. É de manhã, acabamos de acordar, e estamos curtindo um ao outro, sabe como é?
**LCB:** Tudo isso lhe parece ótimo, não é?
**Paul:** É, parece.
**LCB:** Bom, então é isso o que você quer. O que é que você quer agora para ajudá-lo a chegar lá?
**Paul:** Relaxar.
**LCB:** E como é que relaxar o ajudaria a conseguir tudo isso?
**Paul:** Se eu não relaxar, nunca vou ter nem mesmo uma mulher que seja minha amiga, muito menos uma namorada. Ninguém mais sabe que não tenho namoradas.
**LCB:** Então, se puder relaxar e se sentir à vontade com as mulheres, especialmente com elas, acha que poderá alcançar uma relação íntima, como essa que você imaginou. Está certo?
**Paul:** É, se eu puder relaxar. Elas poderiam me conhecer.
**LCB:** E você poderia conhecê-las. Há mais alguma coisa que você gostaria de acrescentar, além do relaxamento, às ocasiões em que você está com mulheres?
**Paul:** Como o quê?
**LCB:** Bem, confiança, ou curiosidade, ou talvez um pouco de charme?
**Paul:** Não, não quero ter que ser charmoso.
**LCB:** E confiança, ou curiosidade?
**Paul:** Claro, isso seria ótimo.
**LCB:** Só com o relaxamento, eu continuo fazendo uma imagem de você tão acomodado que não há muito como mostrar a alguém o que você é. Deixar que elas o vejam, você entende?

**Paul:** Sim, eu gostaria de ganhar confiança com o meu relaxamento.
**LCB:** Então me diga como você saberia que está relaxado e confiante. Ah, é muito importante que isso ocorra com mulheres à sua volta?
**Paul:** Sim, eu já faço isso no meu trabalho, e me mantenho ocupado quando estou sozinho.
**LCB:** Bem, há alguma situação em que você definitivamente não queira estar relaxado e confiante?
**Paul:** Não consigo pensar em nenhuma.
**LCB:** Então, você não imagina nenhuma situação em que estar relaxado e confiante o atrapalharia?
**Paul:** A não ser que alguém estivesse me atacando, fisicamente, quero dizer.
**LCB:** Está certo, então não seria adequado. E se você estivesse experimentando uma nova atividade sobre a qual você não conhecesse nada, como voar ou velejar, alguma coisa assim?
**Paul:** Bom, se eu não souber nada, não vou me sentir confiante, mas ainda assim gostaria de me sentir relaxado.
**LCB:** Bom, vamos voltar à companhia das mulheres. Então a situação em que você mais deseja estar confiante e relaxado é quando está com uma mulher. Ou melhor, se você conseguisse isso neste contexto, estaria razoavelmente seguro de consegui-lo em outras situações.
**Paul:** Ah, sim, se eu conseguisse isso com mulheres, teria certeza de poder me sentir assim em outras situações.
**LCB:** Ótimo. Então, agora, como você saberia que estava relaxado e confiante com uma mulher?
**Paul:** Você está brincando? Eu sentiria.
**LCB:** Então você sabe como é a sensação de estar relaxado e confiante. São sensações que você conhece suficientemente bem para reconhecer.
**Paul:** Eu as reconheceria se as tivesse.
**LCB:** Pense em uma situação em que você se sentiu relaxado ou confiante, ou ambos, e veja o que você vê nesta recordação, sinta as sensações, reacostume-se a elas.
**Paul:** Eu já me senti confiante. Eu sou confiante no meu trabalho, mas relaxar é muito mais vago.
**LCB:** Lembre-se de uma ocasião em que você ficou deitado ao sol, talvez boiando num colchão de ar, ou lendo num divã. Só relaxando, talvez com os olhos fechados, olhando para a parte interna das pálpebras, sentindo o calor do sol, bronzeando seu corpo.
**Paul:** (*Depois de ter acesso a essa experiência*) Como você sabe que tomei banho de sol?
**LCB:** Está brincando? Sou capaz de reconhecer um super-bronzeado. E então, você está reacostumado com as sensações de confiança e relaxamento?

**Paul:** Sim, mas não com ambas ao mesmo tempo.
**LCB:** Vamos chegar lá. Então, sentir essas sensações na companhia de uma mulher em uma situação social o faria saber que estava relaxado e confiante do jeito que deseja?
**Paul:** Sim.
**LCB:** Eu sei que estas sensações fariam você saber que tem o que quer. Mas o que lhe demonstraria que você tem o que quer? O que você faria, por exemplo, se eu estivesse lá, que me daria absoluta certeza de que você estava sentindo o relaxamento e a confiança que você quer vivenciar?
**Paul:** Bem... Eu pareceria confiante e relaxado.
**LCB:** Sim, mas o que você estaria fazendo que não está fazendo agora?
**Paul:** Estaria conversando, contando piadas, rindo. Eu poderia tocá-la, não teria vontade de fugir. Se ela me tocasse, tudo estaria bem.
**LCB:** Então você estaria conversando com ela, ouvindo-a, bem perto dela, talvez tocando-a, e talvez ela o tocasse também. Ambos estariam rindo, você estaria recostado na cadeira, bem confortável, esse tipo de coisa. Seria isto que eu veria?
**Paul:** É, se eu pudesse fazer isso.
**LCB:** É, se você pudesse fazer isso. O que aconteceria se você pudesse fazê-lo?
**Paul:** Bem, não quero ficar sozinho para o resto da vida.
**LCB:** Então, o que aconteceria?
**Paul:** Bem, no mínimo eu poderia namorar, mas o que quero mesmo é uma relação, uma amante, alguém com quem ficar.
**LCB:** Eu sei que isto parece improvável, mas você vê alguma possível conseqüência negativa em ter isso? Há alguma coisa que talvez você perdesse?
**Paul:** Eu perderia um monte de programas de TV (ri).
**LCB:** Estou vendo que vamos abrir caminho para o namoro. Bem, Paul, já temos algo a conquistar que parece que vai fazer diferença na sua vida. Mesmo que, na primeira vez que conseguir, você fique um pouco surpreso e se pergunte se vai conseguir de novo da próxima vez. E você ficará confiante e relaxado diversas vezes até se acostumar com isso, até que você se veja como uma pessoa confiante e relaxada.
**Paul:** Bem... Talvez, eu a aviso se conseguir.
**LCB:** Quando você conseguir. Agora, vamos descobrir o que é que o está atrapalhando a realizar todo esse potencial oculto. O que é que o impede de ficar relaxado e confiante com as mulheres?
**Paul:** Você deve estar brincando! Dá um branco na minha cabeça, eu fico apavorado, paralisado.
**LCB:** Bem, com certeza isto o atrapalha. Vamos mudar isso primeiro. Quero que você se ajeite o mais confortável possível na cadeira

e se veja numa dessas lembranças passadas, um momento em que você ficou paralisado...

Neste ponto, a meta foi estabelecida, preenchendo todas as condições de boa formulação, à exceção da possibilidade do estado desejado ser iniciado e mantido por conta própria. Esta condição foi preenchida na fase de intervenção da interação: através do uso da ancoragem, garanti a Paul um meio de auto-induzir-se a vivenciar confiança e relaxamento quando quisesse ou precisasse. Ocorreu uma mudança importante nos padrões verbais de Paulo enquanto eu reunia informações: a passagem de "deveria" para "gostaria", que foi acompanhada de uma diminuição de tensão e da rigidez corporal, o que lhe permitiu relaxar mais fácil e naturalmente. Ao final da sessão, deixei Paul na sala de espera durante quinze minutos, enquanto procurava ostensivamente minha agenda para marcar a próxima sessão. Isto o deixou à mercê das mulheres que trabalhavam no consultório, bem como de uma mulher que esperava sua consulta com meu colega. Em poucos minutos, ele estava falando, brincando e participando intensamente de uma conversa com as quatro mulheres. Esta foi uma demonstração, na experiência sensorial, de que a mudança tinha de fato ocorrido.

# CAPÍTULO 8

# Como surge um problema

Nos capítulos anteriores, apresentei informações sobre como detectar os sistemas representacionais de um cliente e suas pistas de acesso, e como usá-los para estabelecer *rapport* e conseguir dados sobre seu atual estado problemático. Já foram dadas as informações sobre o que constitui um resultado bem-definido, bem como sobre o modo de alcançá-lo. O que ainda é preciso saber é o que provoca o estado atual. Com que parte da experiência de um cliente o terapeuta intervém para levá-lo ao estado desejado? Entre todas as possibilidades, com qual delas, especificamente, ele atua para concretizar aquele resultado bem formulado? Para responder a esta questão, gostaria agora de direcionar a capacidade de aprendizado do leitor para a natureza sistêmica das dificuldades de relacionamento do cliente ou de sua disfunção sexual.

Como já foi dito, a experiência humana é feita de interações entre estímulos externos e processos internos. Para entender o processo de disfunção que acomete um indivíduo ou casal, é necessário identificar os vários elementos da vivência que constituem o contexto disfuncional. Na verdade, o campo da terapia familiar originou-se desta necessidade. Os psicoterapeutas notaram que esquizofrênicos já curados reassumiam com freqüência seu comportamento sintomático quando voltavam a viver com suas famílias. Investigações ulteriores provaram que determinadas atitudes por parte de membros da família deflagravam a volta da esquizofrenia[13]. Mesmo em casos menos graves, quase sempre constatou-se que tais comportamentos sintomáticos encaixavam-se no contexto familiar.

O terapeuta que já trabalhou com adolescentes fujões sabe do que estou falando. Os pais geralmente acham o comportamento dos adolescentes incompreensível, enquanto para o terapeuta, que encara a família de uma perspectiva diferente, as motivações do comportamento rebelde são óbvias.

Lembro-me de um caso, acontecido anos atrás, que ilustra este ponto. Uma garota de quinze anos ausentara-se da escola (ela cursava o segundo grau) por mais de duas semanas. Ela freqüentava uma escola alternativa, especial para jovens que tivessem tido problemas na escola anterior e com a polícia. Era uma escola muito progressista: tinha apenas três professores e somente quarenta alunos matriculados. A garota adorava a escola e nessa época vivia no melhor alojamento disponível; por isso seu comportamento era especial. Eu tinha clientes que freqüentavam essa escola, e a diretoria pediu-me que examinasse o caso. Era uma situação séria, porque, se a diretoria comunicasse sua ausência, ela seria levada novamente ao Juizado de Menores da Califórnia. Encontrei a menina escondida na casa de uma amiga. No início ela ficou totalmente em silêncio e respondia às minhas perguntas apenas dando de ombros. Com a ajuda da amiga, fui aos poucos obtendo dela as respostas de que precisava. Verifiquei que seu comportamento derivava mais da timidez do que da revolta. Toda manhã e toda tarde havia uma reunião de grupo entre os estudantes e a diretoria na escola. A proposta era ouvir queixas, expressar apreciação e geralmente reforçar comportamentos sociais positivos. Essa menina quase nunca falava durante as reuniões. Assim, um membro da equipe a tinha chamado à parte e dito que ela não poderia continuar na escola se não contribuísse para o grupo, falando e compartilhando suas idéias. Isto foi feito com a melhor das intenções, mas o tiro saiu pela culatra. Ao invés de superar a timidez (que freqüentemente disfarçava com um obstinado dar de ombros), ela parou de ir à escola. Tinha racionalizado que de qualquer modo em breve seria expulsa.

Este exemplo mostra como o comportamento da menina faz sentido quando se compreende o contexto social mais amplo. Os comportamentos que detonam experiências indesejadas num casal ou numa família são geralmente bem mais sutis. Talvez o leitor já tenha tido a experiência de estar trabalhando com os elementos de um casal quando, de repente, eles começam uma discussão da qual a pessoa que está de fora não entende o motivo nem a origem. Talvez apenas com uma cuidadosa observação de seus respectivos comportamentos fosse possível saber que a cada vez que ele suspira de uma determinada forma ela fica imediatamente furiosa.

Lembro-me de ter tratado de um casal cujos problemas advinham exatamente de um aspecto assim sutil, porém persistente, do comportamento do marido. Havia muito pouca comunicação bem-sucedida entre os dois e eles já não tinham relações sexuais havia cerca de sete anos. Enquanto eu trabalhava com eles, tornou-se óbvio que ela era altamente visual, enquanto ele representava sua experiência primordialmente de modo cinestésico. Embora isto explicasse alguns dos seus problemas de comunicação, o ponto crucial de suas dificuldades estava num nível mais sutil do comportamento. A cada vez que ela movia a cabeça e os olhos para cima e para a esquerda, de modo a ter acesso visual, ele olhava para baixo e para a direita, para aceder cinestesicamente. Enquanto fazia isso, ele tinha o hábito de sugar os lábios, produzindo o som de um "clique", parecido com o de um projetor de *slides*. É interessante notar que é exatamente este som que muda consistentemente as imagens internamente geradas de uma pessoa. Se você visualiza uma imagem e faz então um "clique" com a língua contra os dentes da arcada superior, a imagem desaparece. Era isto o que acontecia com a esposa, quando acedia visualmente e o marido sugava os lábios. A cada vez que isto ocorria, ela ficava compreensivelmente frustrada e furiosa. Para ela, era impossível pensar com ele por perto. É importante notar que nenhum dos dois percebia o significado do "clique" ou o papel que ele desempenhava no processo. Assim, a cada vez que ele fazia o barulho, o fluxo do pensamento dela era interrompido, ao que ela reagia com raiva. Ele então ficava perplexo e sentia-se genuinamente insultado pelo comportamento dela. Este é um exemplo de como um estímulo externo (o "clique" dele) produzia uma interação que exemplificava o sistema disfuncional do casal. Esta seqüência particular de processos externos e internos ocorria a cada vez que ela acedia visualmente por mais de um ou dois segundos; e, sendo altamente visual, ela o fazia com freqüência. Soube que eles tinham ficado juntos ao longo dos anos graças a comunicações por carta ou conversações telefônicas. Isto fazia sentido, já que ambos os meios de comunicação tornavam impossível deflagrar o comportamento problemático.

Neste caso, o conhecimento das pistas de acesso e dos processos internos não foram suficientes para determinar o que deflagrava o comportamento problemático do casal. É possível pensar neste "detonador" como o estímulo, ou a causa, e no comportamento resultante como a reação, ou o efeito. Devido à sua importância, eu gostaria de empreender uma discussão sobre o modo como os comportamentos de estímulo-reação ou causa-efeito estão relacionados com a compreensão da disfunção sexual dos clientes.

## Estímulo-reação

Fobias são exemplos muito específicos de como alguns estímulos externos detonam processos internos que resultam numa experiência indesejável. Por exemplo, uma pessoa pode olhar para baixo de uma certa altura, sentir que está caindo e ser tomada pelo terror. Não é apenas o olhar para baixo que a apavora, mas também a sensação de queda deflagrada pelo olhar. Uma mulher me procurou devido a uma reação fóbica ao intercurso sexual na posição clássica de papai-mamãe (que era a posição preferida do marido). A cada vez que ele se deitava sobre ela, ela entrava em pânico, gritando e espernando. Não havia vontade consciente da parte dela que pudesse alterar esta seqüência de acontecimentos. As possíveis causas desta reação estavam fora de seu alcance consciente, bem como qualquer processo interno que ocorresse no contexto do problema. Havia apenas o peso em seu peito e abdômem, e a próxima coisa de que se dava conta era de que havia expulsado o marido de cima dela e ofegava e suava de medo e esforço. Fazendo-a voltar ao passado, descobrimos que seu irmão mais velho a tinha uma vez derrubado no chão, sentado sobre ela e posto um travesseiro em seu rosto para abafar seus gritos. Para ela, esse incidente tornou-se uma luta de vida ou morte. Há muito tempo esquecido, era somente no contexto sexual que ela experimentava um peso semelhante sobre o corpo. Quando isto ocorria, detonava processos internos que associavam tal peso àquela luta de vida ou de morte.

Fobias não são detonadas apenas pela experiência externa, mas podem ser deflagradas por imagens, sons e sentimentos gerados internamente. Para a pessoa que tem fobia de cobras, pensar em tocar numa cobra produzirá uma reação equivalente à gerada pelo contato com uma cobra de verdade. As pessoas podem produzir dentro de si mesmas, com muito pouca ajuda da experiência externa, estados emocionais desejados ou não. É importante saber como suscitam tal reação em si mesmas. Do mesmo modo, saber como o comportamento de um membro de um casal suscita certas respostas do parceiro é importante para entender como se dá sua experiência enquanto casal.

O metamodelo (Apêndice I) contém um método lingüístico pelo qual se pode obter informações sobre o comportamento de estímulo-reação ou causa-efeito expresso *verbalmente* por um cliente. Citando *A Estrutura da Magia*[14].

## Causa e efeito
*Este tipo de estruturas de superfície semanticamente deformadas envolve a crença, por parte de quem fala, de que alguém (ou um conjunto de circunstâncias) pode desempenhar alguma ação que fará necessariamente com que outra pessoa experimente uma determinada emoção ou estado subjetivo. Normalmente, a pessoa que experimenta essa emoção ou esse estado subjetivo é representada como não tendo opção alguma a não ser reagir de uma dada maneira. Por exemplo, o cliente diz:* Minha mulher me faz sentir furioso.

*Esta estrutura de superfície apresenta uma imagem vaga na qual um ser humano (identificado como* minha mulher*) faz alguma coisa (não especificada) que necessariamente leva alguém (identificado como* eu*) a experimentar uma determinada emoção (*raiva*). Estruturas de superfície deformadas deste tipo podem ser encontradas sob duas formas gerais:*

(A) *X      Verbo         Y    Verbo              Adjetivo*
    *(causa)         (experimentar)     (uma emoção ou
                                         estado subjetivo)*

*na qual X e Y são nomes com índices de referência diferentes, isto é, referem-se a pessoas diferentes.*

A estrutura de superfície apresentada acima é deste tipo, a saber:

| Minha mulher | faz- | me | sentir | furioso |
|---|---|---|---|---|
| X | Verbo | Y | Verbo | Adjetivo |
| | (causa) | | (experimentar) | (uma emoção ou estado subjetivo) |

A outra forma geral que encontramos com freqüência é a da estrutura de superfície subjacente, tal como:
Você me distrai quando ri.
A forma geral é:

**(B)**    X       Verbo         Verbo        Y
                  (causa)

na qual X e Y são nomes com índices de referência diferentes, isto é, referem-se a pessoas diferentes.

Aplicando a forma geral ao exemplo dado:

| Você | me | distrai | quando | ri |
|---|---|---|---|---|
| X | Y | Verbo | | Verbo |
| | | (causa)[14] | | |

É útil duvidar de afirmações de causa-efeito. Entretanto, é importante observar que a existência de fenômenos de estímulo-reação/causa-efeito não é negada pelo questionamento lingüístico. Além disso, as deformações ocorrem somente quando uma pessoa experimenta *apenas uma* reação (efeito) possível a um dado estímulo (causa). É aí que a distorção ocorre (não que o comportamento da mulher tenha um efeito sobre o marido, mas que ele *tenha* que reagir com raiva).

Embora os clientes tragam muitos tipos diferentes de problemas, preocupações, angústias, esperanças e sonhos, um terapeuta eficaz atua sobre o mesmo aspecto em cada um deles. Quer dizer, um terapeuta bem-sucedido não muda tanto o estímulo que o mundo fornece a um cliente, mas sim o modo como o cliente reage a esse estímulo. Mesmo quando o terapeuta ajuda o cliente a mudar de emprego, de casa, de cônjuge ou de escola, se ele não reagir ao novo ambiente de modo mais adequado, os padrões que requereram a terapia voltarão a ocorrer. Isto é especialmente evidente na área da disfunção sexual, onde, com tanta freqüência, a mudança de parceiros não altera o comportamento sexual disfuncional.

Os problemas trazidos pelos clientes são exemplos de como eles reagem aos estímulos à sua volta. Na verdade, o próprio fato de procurar uma terapia é uma afirmação de que gostariam de uma reação ou de uma experiência diferentes, ao menos com relação a algum aspecto daquele estímulo. Muitas vezes, uma nova reação a um velho estímulo pode gerar uma mudança tão profunda que toda a experiência de vida de uma pessoa se torna melhor.

Para muitas pessoas, pode parecer que aceitar a noção de causa-efeito ou estímulo-reação é começar derrotado. É verdade, devemos reagir aos estímulos, e normalmente a reação ocorre em nível inconsciente. Além disso, a reação é com freqüência pré-determinada pelo que ocorreu previamente em nosso desenvolvimento, quando não dispúnhamos das faculdades para questioná-la. Se a questão for vista deste modo, não há muito o que fazer. Sem dúvida, são estas questões que vêm provocando há anos tanta discordância entre os psicólogos, humanistas e os behavioristas, e nos fazem parecer ratos num labirinto.

Entretanto, percebo duas diferenças cruciais, a saber: (1) podemos mudar nossa reação à maioria dos estímulos e (2) podemos obter algumas opções a um estímulo particular, e então escolher a mais apropriada para gerar os resultados desejados num contexto específico.

A maior parte do comportamento humano com que se lida em um contexto terapêutico é aprendida. Na nossa cultura, o aperto de mão é um exemplo de uma reação aprendida, que passa então a ocorrer no nível inconsciente. De fato, se a seqüência de comportamentos que leva ao aperto de mão for interrompida, a pessoa envolvida pode entrar em um estado muito alterado de consciência.[15] Tente você mesmo: da próxima vez que alguém lhe estender a mão para o costumeiro cumprimento, tente não reagir. Sem dúvida, você vai achar difícil. Atender a um telefone que toca é uma outra reação aprendida difícil de evitar. Observe como a mente consciente faz a distinção entre o telefone que é seu e aquele que não é. Se não for seu, com freqüência o padrão estímulo-reação é interrompido.

O processo de compreensão da linguagem também é um fenômeno de estímulo-reação aprendido. As palavras não têm sentido em si mesmas, não mais do que uma língua que nos é completamente desconhecida. A linguagem é composta de sons específicos organizados numa seqüência de padrões específicos de entonação. Estas seqüências determinadas de sons e padrões de entonação tornam-se significativas quando associadas a alguma experiência sensorial específica. À criança pequena apresenta-se o fenômeno de um cachorro e, à medida que ela o vê, ouve, toca e cheira, também lhe são apresentados os sons que compõem a palavra "cachorro". O processo continua, e os dois aspectos tornam-se tão profundamente vinculados que fica quase impossível dizer a palavra "cachorro" sem pensar em um cachorro. Assim, podemos generosamente dizer: "Eu lhe darei o pote de ouro no fim do arco-íris se você não pensar num grande pato branco".

Da mesma forma, a criança aprende a associar seqüências com a falta de certas experiências sensoriais — por exemplo, "quieto". Palavras como "conforto", "curiosidade", "interesse", "triste" e "feliz" são associadas a determinados estados subjetivos. Isto ocorre de modo muito semelhante ao modo como o cão de Pávlov associou a campainha da porta com comida. A campainha tornou-se o estímulo de comida suficiente para suscitar a reação de salivação, previamente associada apenas à apresentação da comida. Uma vez que a linguagem só é significativa se associada à experiência sensorial, o processo de compreensão da linguagem tem lugar quando uma seqüência específica de sons deflagra uma representação interna de um aspecto (ou aspectos) da experiência sensorial a ela associada.

De modo semelhante, a criança aprendeu a associar aspectos específicos do comportamento da família com significados, e a reagir a eles adequadamente. O tom de voz da mãe, a expressão do rosto do pai e o modo como uma porta foi batida passaram a influenciar seu comportamento subseqüente. O leitor consegue lembrar do rosto e da voz de sua mãe quando ela estava zangada? Assustada? Orgulhosa? Enquanto se lembrava, notou como sua própria experiência mudou?

É possível aprender a *não* responder a estímulos ambientais. Rotulamos tal comportamento como patológico, chamando-o de catatonia ou autismo, e certamente é incomum a ausência de evidência externa de reação ao mundo à nossa volta. Já foi demonstrado que mesmo nos mais graves casos de catatonia ou autismo essa condição pode ser alterada pela descoberta do estímulo adequado. Quer dizer, há alguns estímulos, alguns comportamentos da parte dos auxiliares ou do terapeuta, que suscitam reações, embora muitas vezes descobri-los possa sobrecarregar tanto a criatividade quanto o senso moral do terapeuta[16].

Penso ser verdadeira a idéia de que a reação escolhida por um indivíduo a um dado estímulo é a melhor entre aquelas de que ele dispõe, ao menos na primeira vez. Richard Bandler e John Grinder desenvolvem esta idéia em *A estrutura da magia*:

*"Nossa experiência tem-nos mostrado que, quando as pessoas nos procuram para uma terapia, vêm caracteristicamente com dores, sentindo-se paralisadas, sem opções ou liberdade de ação em suas vidas. Descobrimos que o problema não é que o mundo seja limitado em demasia, ou que não haja opções, mas que essas pessoas não se permitem ver as possibilidades e alternativas que têm, uma vez que elas não estão disponíveis nos modelos do seu mundo.*

*"Na nossa cultura, quase todo ser humano tem, durante seu ciclo vital, um certo número de períodos de mudança e transição com que deve lidar. Diferentes tipos de psicoterapia desenvolveram várias categorias para esses pontos importantes de transição-crise. O peculiar é que algumas pessoas conseguem lidar com esses períodos de mudança com pouca dificuldade, vivenciando-os como épocas de intensa energia e criatividade. Outras, postas diante do mesmo desafio, vivenciam esses momentos como medo e dor — momentos a suportar, nos quais sua preo-*

*cupação básica é com a sobrevivência. Parece-nos que a diferença fundamental entre os dois grupos é que aqueles que reagem criativamente e que superam esse estresse são pessoas que dispõem de um modelo ou representação ricos da situação, no qual percebem uma vasta gama de opções para suas ações. Os outros percebem-se como tendo poucas opções, nenhuma delas atraente — o jogo do 'perdedor nato'. Nossa pergunta é: como é possível que, deparados com o mesmo mundo, pessoas diferentes tenham experiências tão diversas? Entendemos que esta diferença está relacionada basicamente a diferenças na riqueza dos modelos. Assim, a questão passa a ser: como é possível que seres humanos mantenham modelos empobrecidos que lhes causam dor em face de um mundo complexo, rico e de múltiplos valores? Para entender como algumas pessoas continuam a causar dor e angústia a si mesmas, é importante que compreendamos que elas não são más, loucas ou doentes. Elas estão, de fato, fazendo as melhores opções... disponíveis no seu próprio modelo particular. Em outras palavras, o comportamento dos seres humanos, não importa quão bizarro pareça a princípio, faz sentido quando visto no contexto das alternativas geradas pelo seu modelo. A dificuldade não é que estejam fazendo a escolha errada, mas que não têm opções suficientes..."*[17]

É possível acrescentar novas e mais úteis opções de reação a praticamente qualquer estímulo. De fato, podemos aprender um número ilimitado de reações a um dado estímulo e, como resultado, ter condições de escolher a mais apropriada entre elas. É isto precisamente o que ocorre quando as pessoas crescem e mudam emocionalmente, enriquecendo os aspectos interpessoais de suas vidas.

Com muita freqüência, padrões rígidos são resultado de aprendizado na infância. Certos estímulos nos remetem a um estado infantil, no qual nossos recursos adultos não estão disponíveis. Costumo usar o exemplo a seguir para demonstrar este fenômeno em seminários. Quando crianças, a maioria de nós aprendeu a reagir com graus variados de medo a vozes altas e severas, rostos duros e dedos apontados. A maioria de nós aprendeu que essa aparência significava ameaça de castigo físico e que, na melhor das hipóteses, era uma aparência nítida de raiva. Quando crianças, nosso bem-estar físico e emocional estava em risco, ou ao menos acreditávamos nisso. Mesmo alguns dos adultos aptos ainda reagem com medo a uma aparência congruente como essa. E mesmo quando sabem que tal aparência é apenas para efeito de demonstração, ainda assim ocorre a reação, gerada em nível inconsciente.

Assim, o estímulo X suscita a reação Y.

E, a cada vez que X ocorre, deflagra Y.

Demonstrando graficamente: X ▷ Y

Este padrão comum de comportamento mostra como um estímulo específico pode induzir alguém a um estado de experiência no qual as escolhas são muito limitadas. É raro que a elevação da voz possa causar medo a um adulto. Praticamente qualquer outra reação pode ser mais útil: ouvir o que é dito, permanecer calmo, gritar de volta, assobiar etc... Apresentarei vários métodos pelos quais se pode conseguir um processo de reaprendizado que transforme o estímulo num ponto de partida para as escolhas, mais do que para uma resposta automática:

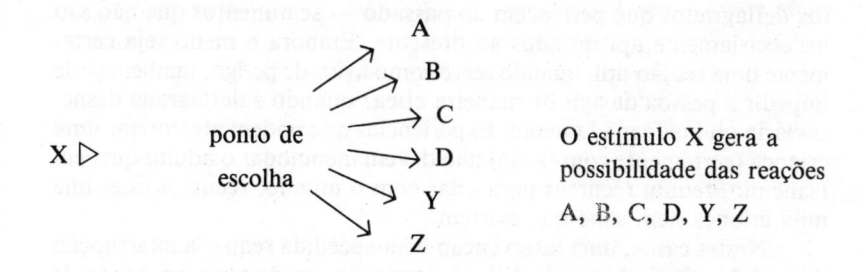

$$X \triangleright \quad \text{ponto de escolha} \quad \to A, B, C, D, Y, Z$$

O estímulo X gera a possibilidade das reações A, B, C, D, Y, Z

Um exemplo do domínio da disfunção sexual pode servir para clarear este conceito. Mary tinha vinte e dois anos e procurou uma terapia porque, embora quisesse, não conseguia ter relações sexuais com seu noivo. A causa da disfunção estava em um incidente ocorrido no início de sua adolescência. O tio havia abusado sexualmente dela. Por si só, esse incidente não seria suficiente para produzir uma disfunção sexual, mas o terror, a dor e a culpa que Mary sentiu na ocasião ficaram associados à imagem ou à visão de um pênis ereto. Quando Mary via um pênis em estado de ereção reagia com sentimentos de terror e repulsa. Ela e o noivo haviam tentado superar esta reação iniciando as relações sexuais em completa escuridão. Entretanto, assim que Mary sentia o pênis ereto, produzia-se uma imagem interna que deflagrava a reação indesejada.

Assim, onde a imagem visual do pênis é o estímulo X (seja interna ou externamente gerada),

Y é a reação de terror que resulta da experiência passada.

Sempre que X ocorre, resulta em Y.

X ▷ Y

Este não é um fenômeno incomum. A maioria de nós é lançada nas memórias por um estímulo do presente. O cheiro do perfume do nosso primeiro amante ou o som de um disco ouvido no passado podem nos fazer mergulhar em recordações, bem como nas sensações congruentes com elas. Como tantos dos nossos processos humanos, este pode por vezes aumentar nossa experiência. Em outras ocasiões, contudo, pode também empobrecê-la severamente.

Com Mary, as sensações deflagradas pela imagem visual de um pênis ereto certamente eram apropriadas à experiência que ocorrera quando tinha treze anos. Mas não eram adequadas às experiências sexuais com o noivo; ainda assim, ela não conseguia controlá-las conscientemente. Do mesmo modo, uma reação de medo e intimidação diante de um grito áspero e a um dedo apontado é também um exemplo de sentimentos deflagrados que pertencem ao passado — sentimentos que não são necessariamente apropriados ao presente. Embora o medo seja certamente uma reação útil, quando serve como aviso de perigo, também pode impedir a pessoa de agir de maneira eficaz quando é deflagrada desnecessária ou inadequadamente. Experiências que podem aterrorizar uma criança (geralmente com razão) não devem incomodar o adulto que, em princípio, reuniu recursos para lidar com o mundo, recursos estes que uma criança nem sabe que existem.

Nestes casos, uma intervenção bem-sucedida requer a interrupção do padrão "X deflagrando Y" e o desvio da reação para um ponto de escolha no qual o cliente possa escolher uma resposta mais satisfatória (em nível inconsciente).

Assim, no passado:

X ▷ Y
deflagrava

É possível intervir para criar um ponto de escolha para o cliente:

X ▷ C

Deflagra ponto de escolha C

Por sua vez, C pode deflagrar várias reações:

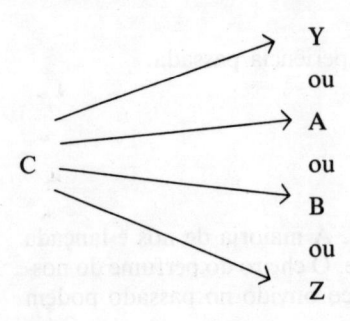

$$C \longrightarrow \begin{matrix} Y \\ \text{ou} \\ A \\ \text{ou} \\ B \\ \text{ou} \\ Z \end{matrix}$$

Novas reações são desenvolvidas para que o cliente as possa escolher. Estas novas opções devem, é claro, ser ativadas por estímulo-reação tão automaticamente quanto Y. A velha reação é mantida como uma *opção*. Por estar baseada em um poderoso aprendizado passado, é possível que a reação ainda seja útil no futuro. Acredito que todas as reações sejam úteis em algum momento, em algum contexto.

Uma vez que o novo aprendizado tenha sido integrado ao comportamento do cliente, cessa a necessidade de intervenção terapêutica. No caso de Mary, usei uma técnica intitulada *dissociação visual-cinestésica*. Como resultado, Mary pôde ter sentimentos congruentes com sua experiência *presente* (calma e confortável), embora recordasse vividamente a experiência passada. *Sensações* específicas da memória são dissociadas, embora a pessoa ainda possa *visualizar* a experiência relembrada. Para Mary, o terror e a repulsa foram separados de sua experiência presente e tornaram-se parte de uma imagem lembrada. Ela pôde, então, ter outras sensações mais apropriadas à experiência em curso. A reação de Mary a um pênis ereto estava então aberta a novas possibilidades. O noivo de Mary — um homem muito terno e apaixonado — recebeu orientações para estabelecer para Mary associações positivas com os estímulos sexuais ocorridos naturalmente. E eles foram muito bem-sucedidos.

Masters e Johnson certamente estão familiarizados com o fenômeno de uma experiência intensa que influencie todas as experiências similares subseqüentes:

*"Em geral, um evento particular, um episódio especificamente traumático, tem sido suficiente para acabar com a habilidade do indivíduo do sexo masculino de facilitar, interessar-se ou querer ejacular intravaginalmente. Ocasionalmente, um homem pode perder a facilidade de ejacular como conseqüência de um episódio fisicamente traumático, mas geralmente o único trauma é psicológico (...)*

*"É interessante observar que, embora haja obviamente casos em que a impotência primária pareça quase pré-ordenada por influências prévias do ambiente, há em geral um episódio psicossexualmente traumático que, estando associado à primeira experiência de coito, estabelece um padrão de influência psicossocial negativo ou mesmo um estilo de vida sexualmente disfuncional para o homem traumatizado."*[18]

(Masters e Johnson, entretanto, não destacam técnicas específicas para o trabalho com estes casos.)

Assim, quando um estímulo deflagra uma reação indesejável, é preciso identificar o processo e então interrompê-lo de modo a possibilitar uma reação ou um ponto de escolha novos e mais adequados. Para tornar mais claro este importante aspecto de causa-efeito, incluí os estudos de caso que se seguem, de sujeitos que se encaixam nestes padrões, conforme o registro de Masters e Johnson:

*"Há quatro histórias registradas (...) de homens cujas famílias eram basicamente estáveis, religiosas, e cujos históricos pessoais revelaram que o fracasso inicial no coito estava especificamente associado a uma experiência traumática desenvolvida a partir de um envolvimento com prostitutas em sua primeira experiência. Três desses rapazes virgens (dois no final da adolescência e um com vinte e dois anos) procuraram prostitutas nas áreas mais decadentes das cidades em que viviam. Suas observações de neófitos diante da sordidez das áreas de prostituição, da qualidade desumana de sua abordagem e do aspecto essencialmente repulsivo e anti-sedutor das mulheres envolvidas os deixaram tão enojados que eles não puderam ter ou manter uma ereção. O fato de que seus julgamentos deficientes os tinham tornado vulneráveis a um ambiente social ao qual não estavam acostumados e para o qual não estavam preparados nunca lhes tinha ocorrido. Em dois destes casos, suas tentativas frenéticas para conseguir uma ereção divertiram as prostitutas e seus óbvios receios quanto ao desempenho foram ridicularizados. O terceiro rapaz ouviu que 'nunca conseguiria fazer o serviço com nenhuma mulher — se não podia fazer aqui e agora com uma profissional...'*

*"A história seguinte exemplifica um princípio de vaginismo subseqüente a episódios de trauma psicossexual. Três mulheres que buscaram terapia estavam tão traumatizadas, física e emocionalmente, por ataques sexuais, que o vaginismo se desenvolveu logo depois de suas experiências traumáticas.*

*"Quando procurou terapia pela primeira vez, C. estava casada havia dezoito meses, com sucessivas tentativas fracassadas de consumação do casamento. O marido, de trinta e um anos, registrara uma atividade sexual normal com outras mulheres antes do casamento. A mulher, de vinte e oito anos, descreveu ligações sexuais bem-sucedidas com quatro homens num período de cinco anos antes do episódio específico do trauma sexual. Um desses relacionamentos incluiu coito duas ou três vezes por semana por um período superior a dez meses. Ela havia sido prontamente orgásmica nessa relação.*

*"O incidente traumático foi um episódio bem-documentado de estupro por uma gangue, com trauma físico, que a deixou hospitalizada por duas semanas. Uma reconstrução cirúrgica extensiva do canal vaginal foi necessária para a reabilitação física básica. Ninguém lhe sugeriu, nem ela procurou, apoio psicoterapêutico após essa experiência. O sr. e sra. C. conheceram-se um ano após o episódio do estupro e casaram-se um ano depois. Antes do casamento, o futuro marido tomou conhecimento de toda a história factual do estupro e dos problemas físicos dele resultantes.*

*"Durante os últimos períodos do noivado, algumas tentativas de intercurso fracassaram, porque, apesar da ereção, não era conseguida a penetração. Ambos concordavam que, com toda a probabilidade, a segurança do estado conjugal aliviaria as supostas inibições histéricas da*

*mulher. Isto não aconteceu. Depois da cerimônia de casamento, as tentativas de consumação continuaram mal-sucedidas, apesar do alto e incomum grau de requinte, delicadeza e discrição das abordagens sexuais do marido à sua parceira traumatizada.* Um rígido vaginismo foi constatado em exame físico depois que a esposa foi encaminhada à Fundação.

"As duas experiências de estupro remanescentes eram quase idênticas em sua história. Em ambos os casos, as moças foram forçadas, em numerosas ocasiões, por membros masculinos de suas famílias, a proporcionar satisfação sexual a homens que elas não conheciam. Em um caso foi o pai e no outro um irmão mais velho que impingiram parceiros sexuais às adolescentes (de quinze e dezessete anos de idade), e sempre ficavam por perto a fim de garantir a cooperação física das meninas. Exploradas sexualmente, traumatizadas emocionalmente e ocasionalmente punidas fisicamente, essas meninas ficaram condicionadas à idéia de que 'todos os homens eram assim'. Quando liberadas da servidão sexual da família, cada menina evitou qualquer possibilidade de contato sexual até o fim da adolescência e mesmo depois, até se casarem, aos vinte e cinco e vinte e nove anos de idade. Mesmo então, não estavam fisicamente aptas a consumar os casamentos, não importa quão forte fosse seu desejo de cooperar sexualmente. Em ambos os casos, havia um grave vaginismo."[19]

## Problemas e estados desejados

Masters e Johnson apresentaram uma descrição clínica detalhada da seqüência e da inter-relação de reações fisiológicas envolvidas no funcionamento sexual. Como já pode ser visto, o papel que os processos internos desempenham no funcionamento sexual e nas interações conjugais é o principal assunto deste livro. O funcionamento sexual é uma seqüência de padrões de estímulo-reação inter-relacionados, naturais, que envolvem essas reações fisiológicas e processos internos. A disfunção sexual ocorre quando um estímulo natural suscita num dos parceiros uma reação oposta ou incongruente com a seqüência natural. O estado atual impede de alguma forma a progressão da seqüência natural de estímulo-reação. Em quase todos os casos, o estado desejado para o funcionamento sexual é uma experiência física satisfatória que também seja gratificante emocionalmente. A tarefa do terapeuta é remover o bloqueio do estado atual para que o estado desejado aconteça.

A organização de processos internos, comportamentos externos e reações fisiológicas vivenciados como um problema é a *estrutura* do estado atual. Para discernir as reações e comportamentos internos e externos do cliente, bem como as relações existentes entre eles, é necessário ter a habilidade de fazer distinções sutis no comportamento humano. Talvez surja a oportunidade de observar diretamente o contexto no qual a disfunção sexual ocorre. Assim, o terapeuta está limitado ao que pode ser aprendido pelas *descrições* do problema feitas pelo cliente e pela observação de seu comportamento e de seus padrões de linguagem. É necessário saber não só *qual* é o problema, mas *como* ele está estruturado.

A obtenção de informações precisa ser direcionada para a descoberta de como os estímulos externos interagem com os processos internos para produzir uma experiência indesejável num indivíduo ou casal. Além de detectar os sistemas representacional e de conduta do cliente, e de obter uma descrição verbal completa, o terapeuta deve também traçar um esquema da *seqüência* de reações envolvidas no estado atual. Utilizando os olhos, ouvidos, e eventualmente o toque, pode descobrir que expressões do cliente estão ligadas aos acontecimentos do estado atual. Estas expressões incluem o tom de voz, a postura corporal, pistas de acesso, padrões musculares do rosto e do corpo e quaisquer palavras particularmente características.

Para evitar "ler a mente" dos clientes, arriscando-se assim a projetar-se neles, é importante que o terapeuta descreva essas expressões em termos sensoriais, em vez de interpretá-las. Descrever a expressão de um cliente com "suas mãos crisparam-se nos braços da cadeira, os nós dos dedos estavam brancos, os músculos do rosto tensos, a respiração parou, as pupilas dilataram-se" é descrevê-la em termos sensoriais. Dizer "ele estava com medo" é uma interpretação do significado desses aspectos do comportamento. Embora esta diferença pareça entediante, é fundamental detectar as sutilezas do comportamento, que se perdem quando se rotulam as categorias de comportamento. Dizer que a voz dela estava "entusiástica" não é uma descrição sensorial. Uma descrição sensorial é dizer que a voz dela "tornou-se mais aguda, rápida, revelando maior diferenciação nos padrões de entonação". Estas são distinções sensorialmente perceptíveis. Rotulá-las com uma palavra como "entusiasmo" dá margem a interpretações do tipo "leitura da mente".

Não estou sugerindo que o terapeuta se limite a este único modo de percepção e fala. Recomendo que se utilizem todas as distinções sensoriais disponíveis, especialmente no contexto terapêutico. Normalmente, uma mudança no tom de voz ou um pé balançando são uma comunicação significativa. Uma vez aconselhei um casal que estava decidindo se devia se separar. A cada vez que se tocava no assunto, o pé esquerdo do homem começava a balançar. Tomei isto como uma comunicação e decidi checar meu palpite quanto ao seu significado. Comecei a contar histórias sobre lugares dos quais não se pode sair quando se quer. Falei sobre ficar preso no elevador, esperar que as portas do ônibus se abram e perder a conexão de um vôo por não poder sair do avião. Durante todas essas histórias, o pé dele balançava furiosamente. Seu comportamento me deu informações importantes sobre sua experiência — informações que ele não conseguia verbalizar.

Prestar atenção à comunicação verbal e não-verbal oferecida pelo cliente permitirá conhecer a seqüência de comportamentos externos e processos internos que compõem o estado atual. Este é o primeiro passo para determinar que seqüência de experiências interna e externamente geradas cria o problema. Uma vez que se disponha de informações suficientes para conhecer o estado atual, é útil suscitá-lo de modo a verificar as conclusões.

Se usarmos Mary como exemplo, veremos que o estímulo externo da visão ou sensação de um pênis ereto deflagrava o processo interno da imagem do tio, que era conscientemente representada por sentimentos de terror, suscitando o comportamento externo indesejável de extrema tensão.

estímulo externo (visão ou sensação de um pênis ereto) deflagra processo interno (imagem do tio)

então, processo interno (imagem do tio) deflagra representação consciente (terror)

então, representação consciente (terror) deflagra comportamento externo (tensão extrema)

Já que Mary não podia ser posta frente a um pênis ereto, induzi esta seqüência fazendo-a visualizar a última vez que vira um pênis ereto. Quando ela o visualizou, exibiu as mesmas expressões manifestadas antes, ao descrever o que acontecia quando era abordada sexualmente. Passou pela mesma seqüência de pistas de acesso, mudanças no tom e na cadência da voz, na respiração, na cor e nos padrões musculares do rosto e do corpo (as coxas tensas e apertadas, os braços junto ao corpo). Estas mudanças na expressão são sutis para um observador não-treinado, e Mary não tinha consciência da maioria delas. Esta seqüência de comportamentos de estímulo-reação comprovou a minha compreensão do seu estado atual.

Num certo nível, Mary revivia suas experiências sexuais passadas enquanto as descrevia verbalmente. (É importante lembrar que as palavras estão tão ligadas à experiência quanto as memórias, e que as pessoas de fato vivenciam muito do que falam — enquanto falam.) Isto ficava óbvio nas mudanças do ritmo respiratório, da cor do rosto, da tensão muscular, do tom de voz etc.. Como exemplo deste processo, peço ao leitor que pense um pouco na última vez em que contou uma experiência na qual ficou muito aborrecido. Ou, melhor ainda, pense nessa experiência agora. Alguns daqueles sentimentos voltam, e o observador atento pode detectar as mudanças na respiração, no tamanho dos lábios, na cor e na tensão do rosto, no ritmo e no tom da voz, que acompanham esses sentimentos.

Um observador treinado pode fazer distinções sensoriais que transformem sutis comportamentos não-verbais em comunicações extremamente úteis. Isto é possível se, ao invés de rotulá-los, prestarmos atenção ao modo como estão relacionados ao processo como um todo: Quando ocorrem? O que acontece imediatamente antes e depois de o lábio inferior tremer? Qual é o sentido deste comportamento no contexto do problema?

Assim, é possível reunir informações sobre o estado atual utilizando a experiência sensorial e o metamodelo para encontrar respostas para as seguintes perguntas:

☐ Qual é o estímulo externo que deflagra a experiência indesejada?
☐ Qual é o processo interno deflagrado pelo estímulo externo?
☐ O que está representado na consciência do cliente?
☐ Qual a relação entre estas três categorias, e qual a seqüência entre elas?
☐ A cada vez que o estímulo externo ocorre, a seqüência interna é detonada?

Quando obtemos as respostas a estas perguntas, e quando a resposta para a última delas é sim, então dispomos do necessário para traçar um plano de ação que leve a mudanças efetivas.

A seqüência e a relação entre estas categorias são em geral fixas e rígidas nas pessoas. Em outras palavras, alguma coisa que elas ouvem (estímulo externo) deflagra um quadro (processo interno) que induz um sentimento congruente com o quadro (representado conscientemente), e assim o comportamento externo torna-se congruente com a representação consciente. Com freqüência, uma seqüência semelhante se repete em quase todos os tipos de experiência. Por exemplo, uma pessoa pode ouvir uma voz áspera, imaginar o pai gritando com ela, sentir-se assustada e agir de modo assustado. Ou pode ouvir a descrição de uma cena pacífica, imaginar-se nesta cena, sentir-se serena e em paz e ficar externamente calma e relaxada. Nestes dois exemplos, o que elas estão vivenciando é diferente, mas o *modo* de vivenciá-lo é o mesmo.

Embora em alguns casos este fenômeno de uma seqüência fixa e rígida possa produzir experiências úteis e satisfatórias para a pessoa, isto nem sempre ocorre. Portanto, podemos melhorar a experiência de uma pessoa ajudando-a a encontrar maneiras novas e melhores de reagir. Um objetivo mais restrito seria manter a seqüência, embora mudando o tipo de reação. Embora esta segunda opção dê à pessoa o estado desejado, a primeira a coloca no caminho que a levará a desenvolver uma personalidade mais produtiva, oferecendo-lhe mais do que uma estratégia para gerar sua experiência. As técnicas para atingir ambos os resultados são apresentadas na Parte III.

À medida que o terapeuta for conseguindo fazer as distinções apresentadas neste livro, quase sempre saberá mais sobre a experiência contínua de seus clientes do que eles mesmos sabem conscientemente. Na verdade, no curso das interações cotidianas, tenho consciência dos padrões de linguagem das pessoas, de suas pistas de acesso e outros comportamentos não-verbais, do mesmo modo que elas têm consciência da cor do meu cabelo. Estas informações adicionais me ajudam enormemente na comunicação efetiva com todos que encontro, seja o açougueiro, o corretor de seguros ou meu vizinho. Se eu lhes contasse tudo o que vejo e ouço, e que eles não sabem, nossa comunicação seria prejudicada. Do mesmo modo, não é necessário que o cliente tenha consciência dos aspectos do comportamento de que o terapeuta precisa para realizar o seu trabalho. Revelar às pessoas aspectos do seu comportamento dos quais elas não tinham consciência é o que se conhece nos círculos terapêuticos como "metacomentários". Embora esta seja uma alternativa, nem sempre é a melhor; pode suscitar uma reação defensiva (e freqüentemente tem este efeito). O cliente pode não ter consciência de determinados aspectos do seu comportamento atual e ainda assim mudar na direção desejada.

## CAPÍTULO 9

## Apaixonar-se e desapaixonar-se

Quem alguma vez já mergulhou de cabeça no amor? Maneira interessante de se exprimir, não é? Mergulhar de cabeça, como num salto ou numa cambalhota, talvez. Quem, alguma vez, já se desapaixonou? O que significa apaixonar-se ou desapaixonar-se? Essa é com certeza uma experiência subjetiva comum. Quem alguma vez tentou reapaixonar-se? Conseguiu? Quem já passou pela experiência de não ser mais amado e fez o melhor que pôde para reconquistar seu antigo amor? Algumas destas lembranças talvez sejam desagradáveis, possivelmente até mesmo dolorosas, para que as recordemos. Os casais que procuram terapia comumente estão mergulhados nessas experiências desagradáveis e dolorosas. São raros os aconselhamentos pré ou pós-nupciais nos quais a ênfase esteja na maneira de manter a felicidade. Espero que no futuro isto se torne lugar-comum: que as pessoas procurem orientação para manter a felicidade, ao invés de buscá-la para mitigar seus sofrimentos e recuperar a satisfação em seus relacionamentos.

Não é necessário ser um clínico experiente para estar familiarizado com os sinais que indicam a morte de uma relação amorosa, seja a nossa ou a de outra pessoa. Às vezes tudo começa com queixas feitas a familiares e amigos, num tom até certo ponto bem-humorado, sobre o comportamento da "pessoa amada". Ou talvez comece com aquele suspiro tão significativo quando se descobre o subproduto ofensivo de um traço outrora charmoso: a caixa de leite vazia na geladeira, a roupa jogada numa pilha, a mesma história contada pela milionésima vez. Outras vezes, o amor desaparece sem aviso prévio: alguém comete uma ofensa inconcebível, uma indiscrição, que é sentida como uma ferida mortal e para a qual não há esperança de cura. Quer o problema se inicie desta ou daquela maneira, os padrões que surgem são os mesmos. No final, sobram aquelas indagações tão familiares: "Não sei o que vi nele no começo", "Demorou pouco até ela mostrar a verdadeira face", "Fui um idiota (mas agora não sou mais)", "Nada que fiz ajudou", "Isso não devia ser assim". Ou eufemismos menos pessoais, criados pelos nossos tempos: "Preciso de tempo para crescer e me encontrar (longe de você)", "O relacionamento era muito sufocante" (o relacionamento tornou-se algo de onde é preciso se mudar, como se muda de vizinhança). Ou aquela declaração desalentadora, que diz tudo e é tão frustrante para as duas pessoas: "Gosto de você, só que não estou apaixonado".

Se este tópico nos é familiar, seja de maneira pessoal ou profissional, é útil para todos nós compreender o processo que nos leva a nos apaixonarmos, a continuarmos apaixonados, ou a deixarmos de sê-lo. Conhecer mais sobre o modo como esses processos funcionam nos permitirá adquirir maior controle para influenciar tanto as nossas experiências quanto as de outras pessoas (no contexto da terapia). O que se segue é um mapa da viagem experiencial que as pessoas comumente empreendem desde o momento da atração até a separação. É chamado de *padrão inicial* e constitui-se no maior instrumento para diagnosticar o estado presente e, em conseqüência, para indicar que intervenções são apropriadas para se alcançar um resultado terapêutico viável.

**Padrão Inicial**

**Atração** ▷ **Apreciação** ▷ **Hábito**

**Expectativa** ▷ **Desapontamento/Desilusão**

**Limiar Alcançado** ▷ **Reorientação Perceptiva**

**Verificação** ▷ **Fim do Relacionamento**

Este mapa pode ser usado para precisar a posição de um indivíduo ou de um casal em relação ao seu bem-estar no relacionamento amoroso, bem como para designar a destinação terapêutica desejada. Deve-se estar ciente de que nem todas as psessoas se separam quando o relacionamento está, essencialmente, acabado. Como diz um amigo meu: "A última coisa que se separa é o corpo"; isto quer dizer que o coração e a mente podem estar desunidos há bastante tempo, embora o casal continue mantendo uma vida em comum. Esses relacionamentos revelam um comportamento de zumbis, em nítido contraste com o companheirismo e o amor que caracterizam e fortalecem um relacionamento que permaneceu na fase do hábito.

Também é importante saber que as pessoas comumente estão em situações diferentes dentro do padrão global quando procuram terapia de casais. Por causa disso, muitas vezes é necessário adotar procedimentos diferentes com um e com o outro a fim de se alcançar o estado desejado e o resultado global bem-definido. Nem toda terapia de casais precisa ou deve ser feita com ambas as partes presentes.

## Como o amor começa... e permanece

Há um tipo especial de comunicações de alto contexto que meus colegas e eu denominamos *equivalências comportamentais complexas* (equivalências, porque têm a mesma significação; complexas, porque dizem respeito a um sistema interconectado; e comportamentais, porque se referem ao comportamento observável). Uma equivalência comportamental complexa é o significado que uma pessoa atribui a qualquer comportamento pessoal. As equivalências comportamentais complexas relevantes para o padrão inicial são aquelas que exprimem alguma qualidade emocional específica.

Há algumas maneiras pelas quais uma pessoa pode demonstrar a outra que a ama: tocá-la gentilmente; dizer seu nome de uma certa forma; olhá-la nos olhos; discutir com ela; dar-lhe um presente inesperado; deixá-la só quando está trabalhando; fazer-lhe companhia enquanto está trabalhando; rir de suas piadas; ou talvez aturá-la quando está desagradável. Esses comportamentos (ou outros que se ajustam a cada pessoa são percebidos pelo outro como tendo um significado específico. Tanto é assim que o significado não é questionado, mas tomado como verdadeiro, e reagimos a ele de maneira automática e completa a cada vez que o comportamento ocorre. Esses comportamentos são equivalências comportamentais complexas. Emboras as equivalências comportamentais complexas tenham sido, no âmbito cultural, documentadas por antropólogos e outros cientistas sociais, muito pouco tem sido feito na exploração do significado das equivalências idiossincráticas a que todos nós recorremos para criar um sentido que explique o comportamento de outra pessoa.

Um dos aspectos mais significativos das equivalências comportamentais complexas é que as pessoas têm uma enorme flexibilidade ao estabelecê-las, o que permite que um mesmo comportamento seja interpretado de forma diferente por indivíduos diferentes. Por exemplo:

> Quando Jonathan interage com estranhos, ou com pessoas a quem conhece há pouco tempo, sempre desvia os olhos para baixo, move-se para a frente e para trás de um pé para o outro, ondula os ombros para a frente e para baixo, e quando fala, o que não é freqüente, suas palavras são murmuradas.

Dois estranhos podem ter reações muito diferentes ao comportamento de Jonathan. O primeiro pode interpretar o comportamento dele como timidez (isto é, se encaixaria na sua equivalência comportamental complexa de timidez). Pode parecer ao segundo que Jonathan tem alguma coisa a esconder, que seu comportamento sugere uma possível desonestidade. Assim, o primeiro poderia reagir com um sentimento de proteção, oferecendo-lhe tranqüilidade, enquanto o segundo poderia sentir suspeita e desconfiança, retraindo-se da interação ou exigindo a verdade. Ao ler a descrição de Jonathan, é possível que o leitor tenha formulado sua própria opinião acerca do significado do comportamento dele — que tipo de pessoa ele era (acanhado, tímido, despretensioso, desconfortável, insociável, confuso, estúpido, desrespeitoso etc.) Se foi esse o caso, então estava reagindo automaticamente à sua própria e singular série de equivalências comportamentais complexas.

O papel especial que as equivalências comportamentais complexas desempenham em relação à fase de atração segundo o padrão inicial tem a ver com o modo como elas se inter-relacionam com os critérios (normas) que cada pessoa tem sobre o que faz outra pessoa atraente. Entre as infinitas possibilidades de escolha, cada um de nós forma, consciente ou inconscientemente, alguma combinação de critérios que representem para nós o que torna outra pessoa atraente. Exemplos desse tipo de critério são inteligência, poder pessoal, bondade, boa aparência, sensualidade, riqueza, gentileza, senso de humor, cordialidade, altivez etc. Também estabelecemos equivalências comportamentais complexas para cada critério. Isto é, especificamos para nós mesmos quais comportamentos revelam que a outra pessoa possui ou satisfaz esse critério. Da mesma forma, especificamos também os comportamentos que não só não satisfazem esse critério, como também comprovam o seu oposto (estúpido, incompetente, cruel, feio, pouco sensual, pobre, rude, impassível, frio, submisso etc.).

Para tornar este conceito mais imediatamente significativo, podemos dedicar alguns minutos a recordar uma pessoa por quem nos sentimos atraídos há algum tempo atrás — talvez alguém que tenhamos encontrado no começo ou no fim da adolescência. Podemos observar o que nos atraiu tão fortemente naquela época. As bases dessa antiga atração são identificadas em termos das qualidades manifestadas de algum modo pela pessoa, pelos sentimentos que ela foi capaz de provocar em nós quando estávamos perto dela, ou por uma combinação dessas possibilidades? Orientemos nossa atenção para detalhes ainda mais sutis, discernindo comportamentos diferentes que exprimiam essas mensagens. Uma vez que isso tenha sido examinado de maneira satisfatória, peço ao leitor que deixe o passado, retorne ao presente e identifique alguém por quem esteja bastante atraído hoje. Mais uma vez, observe quais são as qualidades manifestadas que o atraem e quais os comportamentos específicos que exprimem essas qualidades? Esse padrão comportamental e cognitivo — a formulação e a reação automática às equivalências comportamentais complexas — é a verdade que se esconde atrás do ditado: "A beleza está nos olhos de quem a vê".

**Atração.** Não encontro maneira melhor de introduzir o leitor nos estágios do padrão inicial do que contando a história de David e Sue. No começo, David achava que Sue era exatamente a mulher que ele procurava. Sua voz suave e sua maneira indolente de falar, até mesmo o modo como se interrompia e pensava um pouco antes de dizer algo, eram tão sérias, tão atraentes! Tinha uma aparência inteiramente deliciosa, mas vestia-se de maneira conservadora, sem chamar a atenção sobre si mesma (ao contrário de algumas mulheres exibidas, que não o atraíam). Ele gostava especialmente da maneira como ela pedia seus conselhos e opiniões sobre muitos assuntos. Isso o fazia sentir-se respeitado. Isso também o fazia saber que ela reconhecia sua inteligência. Ele vibrava quando ela o tocava, o que acontecia com freqüência, quase sempre segurando sua mão ou encostando-se nele sempre que estavam juntos. Ela era ótima companhia — pouco exigente e cordata. Foram tempos divertidos, sem confrontos desagradáveis. David achava que Sue era bonita, inteligente, séria e sensual. E, felizmente, Sue achava que David era tremendamente atraente. Ele era forte e inteligente, e sabia as respostas para tudo. Ele conversava realmente com ela, e esperava que ela ouvisse o que tinha a dizer. Ele era tão determinado, tão seguro de si! Ela achava que a maneira como ele a encarava nos olhos era *sexy*, e sua alimentação e seus exercícios habituais comprovavam que ele era responsável e disciplinado. Além disso, ele não lhe pedia nada; ela podia sentar-se silenciosamente ao seu lado e sentir que não era necessário representar para ele.

Enquanto David e Sue consideravam-se mutuamente irresistíveis, havia outras pessoas que não podiam imaginar o que um via no outro. Alguns achavam que Sue era estúpida, chata e complacente, e David um sabe-tudo pedante. Mas David e Sue viam o mundo cor-de-rosa, o que tornava qualquer coisa maravilhosa. Uma vez que seus respectivos critérios de atração se tinham encontrado, viam um ao outro somente através dos olhos da paixão. De uma maneira não muito diferente daquela que uma mãe olha seu filho, temos a tendência de ver a pessoa amada como uma criatura especial, acima e além dos outros mortais. Nós a consideramos através de um filtro especial criado pela nossa crença em sua amabilidade, desejabilidade, dignidade etc. Ela preenche todas as nossas equivalências comportamentais complexas contextualmente importantes. É um tempo de alegria, pleno de intensidade, excitação e romance.

**Apreciação**. A próxima fase, a apreciação, é atingida se a atração é suficiente e se mantém por tempo suficiente (isto é, se as equivalências comportamentais complexas continuam a ser preenchidas por tempo bastante) para formar um relacionamento estável. Assim, David e Sue são agora um casal, estão talvez seriamente comprometidos, vivem juntos, ou mesmo casados. A despeito da formalidade do seu compromisso, eles vivenciam a si mesmos como um casal, e têm prazer em estar juntos. Entre todas as possibilidades de experiência com que podiam notar e reagir um ao outro, eles distinguiam aquelas que satisfaziam e preenchiam os estados desejados de corpo e mente por que mais ansiavam. Seus filtros permitiam a livre passagem de todas as provas de que eram amados e de que o companheiro era adorável. É natural que se sentissem apaixonados, já que prestavam atenção às coisas que acrescentavam a suas experiências. Eles não davam como certa a presença do companheiro, mas, ao invés disso, apreciavam realmente um ao outro. Esta fase pode basear-se em um vasto círculo de ilusão, ou em vários graus de lúcida compreensão do que o outro quer e do que precisa. Quanto mais baseada a relação estiver na compreensão lúcida, maior será a probabilidade de que se mantenha. (Naturalmente, alguns relacionamentos se mantêm mesmo quando calcados em ilusões; de qualquer modo, geralmente acabam tornando-se insatisfatórios.) Neste caso, uma base lúcida depende do conhecimento que cada um tem das equivalências comportamentais complexas significativas do outro e da disposição, da capacidade e do desejo de satisfazê-las. Por exemplo: como sabemos que somos amados? Como expressamos nosso amor? De que modo as pessoas que nos amam sabem que são realmente amadas por nós? Através da mesma maneira pela qual expressamos nosso amor? Temos certeza disso? Ou simplesmente partimos do princípio de que é assim? Se fizéssemos uma lista das experiências significantes que julgamos necessárias para estabelecer e manter um relacionamento satisfatório, quais seriam elas? Será que na nossa lista estariam incluídos respeito, confiança, amor, apoio, cuidado, desafio? E quanto às outras? Se respeito estava na lista, o que nosso parceiro faz que nos proporciona a experiência de sermos respeitados? E quanto ao desrespeito? De que modo oferecemos a nosso parceiro a experiência de que ele está sendo respeitado? Pedindo a sua opinião, partilhando com ele uma intuição pessoal, seguindo seus conselhos, guardando seus segredos, permitindo que ele discorde de nós, desafiando-o, fazendo críticas? A princípio isto pode parecer óbvio, mas há uma variedade infinita de coisas que as pessoas consideram significantes ou insignificantes. Uma vez obtive um resultado aparentemente miraculoso com um casal ao fazer com que ele baixasse a tampa do vaso sanitário depois de urinar. Após ter escorregado no assento freqüentemente na escuridão da noite, a esposa chegou à conclusão de que o assento sanitário era, para todos os efeitos, a manifestação máxima da desconsideração e do desrespeito que ele nutria por ela. Começou a vê-lo através de um filtro que o pintava como um homem que odiava verdadeiramente sua mulher.

Até que a significação de comportamentos aparentemente fortuitos seja conhecida, há pouca chance de que duas pessoas satisfaçam consistentemente as vontades e necessidades uma da outra. Conhecer o significado ou a intenção do comportamento do nosso parceiro também aumenta a possibilidade de que haja estima e compreensão. É importante saber que ele limpa a cozinha porque se sente apaixonado, e não culpado; que se a voz dela soa rude quando diz não, não é porque ela esteja zangada, mas porque odeia dizer não a ele, quando na verdade gostaria de dar-lhe o que ele pede. Tem-se lidado com este tipo de conhecimento como se tivéssemos que conhecê-lo automaticamente, como se tivéssemos nascido com ele. Em todos os lugares a que vou, vejo e ouço pessoas brigarem tragicamente a partir de mal-entendidos que envolvem equivalências comportamentais complexas.

Há passos básicos para alcançar e manter um estado de apreciação num relacionamento. O primeiro deles é saber o que queremos e do que precisamos num relacionamento. Outro é saber o que especificamente satisfaz esses desejos e necessidades. Um terceiro passo é ser capaz de suscitar, carinhosamente, esses comportamentos satisfatórios no parceiro. Estes passos aplicam-se a cada uma das pessoas envolvidas no relacionamento. Subjacente a esses passos, está a necessidade de flexibilidade de comportamento, de modo que disponhamos de diversas maneiras de termos nossos desejos e necessidades satisfeitos, assim como o comportamento deve ser flexível a fim de satisfazer os desejos e necessidades do parceiro. Pôr em prática esses passos (bem como os outros discutidos mais adiante neste capítulo) com os casais que nos procuram constitui um meta-resultado bem-definido para a terapia conjugal.

**Hábito**. O hábito pode ser uma fase muito positiva, desde que retorne ciclicamente à apreciação e inclua uma ocasional viagem de volta à atração. O hábito é a experiência de acostumar-se a alguma coisa. Se a pessoa permanece numa sala por um tempo muito longo, pode, depois de um certo período, não notar mais cada nuança de cor, textura ou forma que a constitui. Ela deixa de ser nova ou apreciada, torna-se familiar, mas talvez precisemos dessa familiaridade para manter nossa atenção livre para outras coisas. Com os relacionamentos acontece o mesmo processo. Nós nos apaixonamos com intensidade excitante, ardemos durante a apreciação e ganhamos conforto e segurança com a familiaridade e a dependência. Esta fase pode ser maravilhosa, mas isto depende em larga medida do que os indivíduos procuram: segurança ou aventura. Se eles são aventureiros, o hábito pode ser o mesmo que o tédio. Se procuram segurança, o hábito pode significar contentamento e satisfação. Para o melhor ou para o pior, eles agora estão habituados um ao outro. As lentes não são mais tão cor-de-rosa, mas o rubor ainda não desapareceu.

Às vezes um casal procurará terapia neste momento. Não haverá dificuldades para detectar que aquilo que outrora fora uma fonte de grande alegria decaiu até o esquecimento. O perigo é se uma das pessoas resolve fazer o sentimento reaflorar atiçando o ciúme do outro, ou tratando a experiência como o começo de uma longa e melancólica rendição. Uma reação útil é redirecionar a atenção deles para aquilo que é agradável, bem como guiá-los em novas descobertas de como seduzir e agradar o outro. Se o que observamos tende mais para a apatia do que para a hostilidade, a prescrição de interlúdios românticos pode vir a ser um bom caminho e fazer uma diferença significativa. Este é um momento importante para se provocar um renascimento da relação, não para criar problemas para ela. Descobri uma alternativa útil, que prescrevo aos casais que atravessam dificuldades nesta fase. Consiste em fazê-los dedicar dois fins de semana, nos próximos dois meses, a levar a cabo as instruções que se seguem. Cada um deve elaborar e planejar um fim de semana completo, com atividades das quais ambos participarão. Cada um deve fazer o planejamento e os preparativos inteiramente sozinho, para que todo o fim de semana seja uma experiência surpreendente para o outro. O único embaraço é manter o projeto dentro de um orçamento previsto. Cada um deve planejar o fim de semana de modo a satisfazer as próprias fantasias sobre como passar o tempo com o parceiro. O fim de semana é, assim, uma experiência em que o outro descobre os desejos, antigos e nunca revelados, ou novos e recém-formados, do parceiro. Geralmente, dedico a sessão seguinte a integrar às suas vidas cotidianas os aspectos que mais apreciaram nos fins de semana, e a adicionar senso de humor e ajustar qualquer aspecto que tenha ficado abaixo da expectativa. Embora com freqüência isto seja suficiente como terapia para um casal, cabe aqui um alerta: esta intervenção é inadequada a casais que estejam em quaisquer das fases subseqüentes do padrão inicial, pois torna-se então uma oportunidade propícia aos desapontamentos ou à expressão de hostilidades.

## Como o amor começa a acabar
**Expectativa**. A diferença entre dever e prazer costuma mostrar sua cara feia na fase da expectativa. Todos nós provavelmente conhecemos casais que viviam juntos e então se casaram, e aí começaram a brigar por coisas aparentemente insignificantes. Ela era mãe solteira, e, no início, quando ele se levantava de manhã e levava a criança è escola, ela ficava contente. Depois que eles se casaram, ela esperava que ele fizesse isso. Talvez ela se sentisse amada quando ele fazia as compras no supermercado e cozinhava, mas agora isso é algo que ele *deve* fazer, é seu dever como marido. Antigamente, a massagem nas costas que ela lhe fazia era realmente especial; agora ele nem sabe há quanto tempo não ganha uma. Antigamente, a habilidade dela para fazer um orçamento e economizar era uma prova de sua inteligência; agora, é melhor ela tomar cuidado, para não arriscar o futuro deles. As expectativas são o grande passo para a grande queda conhecida como desapontamento.

É fácil passar do hábito à expectativa. O que antes era apreciado passa despercebido. Então muda novamente, tornando-se o modo "como deve ser", ao invés da gratificação de um desejo importante. Esta fase é assinalada pelo predomínio das queixas sobre os agradecimentos. Os filtros passam a notar mais o que está ausente do que o que está presente. Lembram-se de David e Sue? Antigamente era significativo que David voltasse para casa na hora, mas agora só se nota quando ele não o faz. Se ele se lembra de todos os feriados, mas se esquece de lhe dar algo no Dia dos Namorados, é a isto que Sue dá mais importância: ela entrou no estágio da expectativa. Obviamente, as expectativas quanto à expressão sexual num relacionamento são brutais, sejam elas quanto à freqüência, à duração ou ao tipo. Uma transição do romance para o dever ocorre na mesma proporção da distância entre "querer" e "dever". O aspecto mais significativo desta fase é que os filtros passaram a notar quando os comportamentos altamente valorizados *não* estão presentes, ao invés de notar quando eles estão. Sem dar-se conta, o casal começa a desprezar, e portanto a arriscar, o que antes era tão precioso. Uma coisa é Sue esperar que David saiba as respostas para suas perguntas. Entretanto, se ele *tem* de saber a resposta, ela vai notar e reagir mais quando ele não souber do que quando souber. Quando trabalhei com um casal no qual a mulher esperava muito e apreciava pouco, conduzi-a através de um processo, de modo a que, a cada vez que o marido saísse de casa, ela considerasse que talvez aquela fosse a última vez que o via. (Quando a levei por este processo de considerar que ele era mortal, e que eles não sabiam quando o outro morreria, consegui informações de que ele estava fantasiando sair por aquela porta para sempre.) Em conseqüência disso, ela tornou suas despedidas amorosas e ficava feliz de vê-lo quando estavam novamente juntos. Nesta fase de expectativa, com freqüência a intervenção mais eficaz é fazer com que cada um trate o outro novamente como um amante, em vez de um cônjuge.

Parece-nos natural desenvolver expectativas em nossas vidas. Imaginemos a nossa reação se fôssemos lavar o rosto e não houvesse água na torneira. Qual é nossa reação quando falta luz por mais do que alguns minutos? E quando o carro quebra? Embora seja normal considerar essas coisas como certas e esperar que elas estejam disponíveis quando as quisermos, não é útil ter tais expectativas em relação a um parceiro. Isto pode transformar um romance suculento e exuberante num emprego amargo e penoso.

Mais uma vez, os comportamentos que nos permitem saber que a fase de expectativa chegou são aqueles que indicam que uma pessoa nota mais quando algo desejado *não* ocorre do que quando ocorre. Há mais queixas do que cumprimentos. Na fase de expectativa, a *ausência de comportamentos desejados* está prestes a tornar-se a equivalência comportamental complexa para não ser amado, respeitado ou desejado.

**Desapontamento/Desilusão**. Passar da expectativa para o desapontamento/desilusão é um passo curto. Uma vez que a ausência de comportamentos altamente valorizados passe a significar a negação de equivalências comportamentais complexas importantes, os filtros são ajustados para deixar passar outras ofensas. Nesta fase, é comum as pessoas se queixarem de que o parceiro adquiriu novos maus hábitos, que, na investigação, se revelam presentes desde o início da relação. A diferença é que agora estão sendo vivenciados sob uma luz diferente, menos lisonjeira. Prestar atenção e reagir à ausência de atendimento dos desejos, mais do que à sua satisfação, conduz à experiência de não ser amado, respeitado etc. Infelizmente, as pessoas geralmente reagem à sensação de não serem amadas determinando para si mesmas que o parceiro que as magoou não é realmente digno de amor, não as respeita, não liga para elas, e por aí vai. Somos uma espécie criativa, bastante capazes de encontrar o que procuramos.

Assim, com os filtros reajustados, os exemplos que formam a base da desilusão e da insatisfação começam a se amontoar — às vezes rapidamente, às vezes devagar. Talvez haja pequenas feridas continuamente infligidas, assim como a sensação de sermos apedrejados com grãos de areia. Às vezes é uma experiência evidente, que violenta uma equivalência comportamental complexa essencial, como infidelidade ou violência. Esta fase costuma ser caracterizada por um efeito gangorra, geralmente vivenciado como confusão. O sinal mais significativo de que uma pessoa ainda está na fase desapontamento/desilusão, e ainda não passou adiante, é que ela ainda se lembra do passado como algo maravilhoso, e geralmente anseia "que tudo volte a ser como era". Mesmo que a maior parte de sua experiência atual seja negativa e a deixe sempre insatisfeita, suas memórias servem como fontes ricas de anseio e possibilidades. Desde que consigamos pegá-la neste ponto, não é tão difícil redirecionar o foco da atenção, reajustando assim seus filtros.

Para conseguir redirecionar o foco de atenção neste ponto, é preciso duas coisas. Em primeiro lugar, o cliente precisa ter motivação para recuperar a alegria e a satisfação do passado. Em segundo, é necessário que ele se comprometa firmemente a, no futuro, ser responsável por suscitar no parceiro os comportamentos que deseja. Direcioná-lo para revivenciar todas as experiências alegres e gratificantes do passado não apenas o ajudará a instalar a motivação, mas também a recuperar a crença (antes assumida automaticamente) de que é possível e desejável receber aquilo que deseja e de que precisa. A ênfase nas futuras conseqüências traumáticas e negativas de uma separação ou de um divórcio também ajudará a estabelecer a motivação e o compromisso. Assegurando que o cliente tenha um repertório de como suscitar as reações desejadas da outra pessoa, é possível ajudá-lo a assumir o controle da criação da experiência que deseja. Esta nova reação de motivação e engajamento na busca ativa das reações desejadas o levará a novamente notar quando os comportamentos altamente valorizados *estão presentes*, tornando-os novamente apreciados.

## Desapaixonar-se
**Limiar/Reorientação perceptiva** ▷ **Verificação.** Infelizmente, é comum que ao menos um membro do casal ultrapasse o limite e entre na fase do limiar antes de procurar terapia. Isto aumenta o desafio para

todos. O ponto do limiar é o momento em que se passa a acreditar que o relacionamento acabou, que não vale a pena, que mantê-lo não pode e não vai oferecer a gratificação necessária e desejada das equivalências comportamentais complexas altamente valorizadas. Uma vez alcançado o limiar, as lembranças da pessoa mudam — ela se dissocia das experiências agradáveis passadas e se associa integralmente às recordações desagradáveis passadas. Ela até sabe que houve bons momentos, mas não é capaz de senti-los. Está fora dos bons momentos e dentro de todos os maus momentos. Seus filtros não apenas estão ajustados para notar as experiências ofensivas do presente, mas foram ajustados para focalizar o passado e o futuro de uma maneira que torna o desagradável mais real e significativo do que o agradável. As lentes rosadas estão despedaçadas e um par cinzento tomou seu lugar. É então que ouvimos: "É tarde demais, não há mais nada a fazer"; "Agora sei quem ele realmente é"; "Claro, ela costumava fazer coisas legais — mas era por acaso".

Esta experiência triste e desalentadora também é terrível para o parceiro que ainda não alcançou o limiar. Não é um erro de percepção de nossa parte achar que é inútil fazer qualquer coisa. O parceiro percebe tudo como um exemplo que comprova a crença de que ele é uma criatura monstruosa ou que o relacionamento ocorre inadvertidamente. As pessoas às vezes acumulam pequenas experiências e reagem apenas quando elas alcançam um patamar. Como a gota d'água que fez transbordar o copo, qualquer incidente aparentemente insignificante, as deixa ultrajadas e furiosas. Isto apenas serve para confundir e embaraçar ainda mais o cônjuge. Além disso, se um deles ultrapassou o limiar e o outro não, o primeiro estará inclinado a sabotar, mesmo que inconscientemente, nossos esforços para conseguir uma reconciliação. É por isso que é importante concentrar nossos esforços em trazê-lo de volta para o outro lado do limiar antes de prosseguir com as intervenções com o casal.

Uma vez que o ponto do limiar seja alcançado e surja uma crença diametralmente oposta à manutenção do relacionamento, a confirmação começa e a experiência cotidiana passa a ser vista através deste novo filtro perceptual. Os comportamentos são vivenciados como o preenchimento de equivalências comportamentais complexas *negativas* altamente valorizadas: o parceiro é obviamente estúpido, desonesto, feio etc. Mesmo que não se vá tão longe, os filtros existentes comprovam, através de repetidas revelações, a inutilidade de continuar a relação. É interessante notar que com freqüência as pessoas continuam juntas a vida toda, sem procurar terapia, mesmo tendo ultrapassado o limiar. Uma vez fiz uma terapia familiar com uma família cujos problemas giravam em torno dos pais idosos e doentes, que desprezavam um ao outro e que eram propensos a gritar e discutir violentamente. Poucas vezes ouvi insultos tão maldosos quanto os proferidos por essas duas pessoas idosas.

Enquanto reunimos informações para desenvolver um resultado bem-definido e nos familiarizamos com as informações comportamentais que evidenciam o estado atual, é necessário atentar para os sinais que indicam que fase do padrão inicial cada pessoa está vivenciando. Deve-se prestar atenção especialmente às reações suscitadas por lembranças agradáveis e desagradáveis. Os cônjuges são capazes de tornar a vivenciar prazeres passados enquanto recordam os bons velhos tempos, ainda que apenas brevemente? As lembranças desagradáveis constituem o real? O que acontece quando eles são direcionados para possíveis futuros gratificantes? Será necessário regular a diferença entre o *desencorajamento* que sentem em relação ao futuro e sua *repulsa* à continuação do relacionamento.

Há muitas formas de obter estas informações. Muitas vezes faço meus clientes jogarem cartas. Dou oito cartas a cada um, quatro vermelhas e quatro pretas. Eles devem dar uma carta vermelha ao parceiro a cada vez que se sentirem magoados, ofendidos ou incompreendidos por algum comportamento (não importa se o parceiro está falando comigo, diretamente com ele, ou mesmo se não diz nada). Devem dar ao parceiro uma carta preta a cada vez que se sentem alvo de cuidados, lisonjeados, compreendidos etc., por qualquer coisa que o parceiro faça. As cartas propiciam uma inegável fonte de retorno às reações que um suscita no outro. Costumo interrompê-los a cada carta jogada para explorar o que, especificamente, foi vivenciado como ofensivo ou atencioso, tanto para o seu aprendizado quanto para o meu. O jogo é uma metáfora comportamental para a premissa de que *o significado da comunicação é a reação suscitada*. Engajá-los na consideração das reações possíveis que suas comunicações estão aptas a suscitar no outro é um passo positivo.

Se eu estiver trabalhando com um casal, mas vendo-os um de cada vez, talvez use a seguinte técnica. Primeiro faço-os pensar em um lugar onde eles adorariam passar um fim de semana de lazer. Quando tiverem escolhido o lugar, peço-lhes que pensem em três pessoas com quem costumavam passar seu tempo, sendo um deles o cônjuge. Faço-os então imaginar — um de cada vez — como seria ir a esse mesmo lugar com cada uma das três pessoas. (Enquanto fazem isso, tenho oportunidade de avaliar suas reações, prestando atenção às indicações de que uma experiência projetada seja melhor ou pior do que outra.) Peço-lhes então que imaginem ir até lá sozinhos. Em seguida, com alguém que não seja nenhum dos três primeiros. Deste modo, posso sutilmente conseguir informações sobre outras relações importantes. Faço-os então rever estas experiências imaginadas dos fins de semana e classificá-las, da mais à menos atraente. Se o cônjuge não encabeçar a lista, posso saber quem está no topo e o que o torna uma companhia mais agradável para um fim de semana. Isto é de grande valor para determinar quais comportamentos o parceiro deveria adotar para subir na classificação. Embora estes sejam dois modos possíveis de obter informações, é preciso assegurar-se de que, não importa o que se faça, o comportamento dos clientes revelará, desde que se esteja atento, sua posição no padrão inicial.

Qualquer que seja sua posição, o estado desejado está no domínio da apreciação, com viagens regulares à atração, para obter sedução e graça, e ao hábito, para obter segurança e confiança.

Em resumo, quatro técnicas são necessárias para construir e manter relacionamentos com um alto nível de amor e apreciação. A primeira qualidade é saber o que queremos e o que a pessoa com quem nos importamos quer. Devemos nos perguntar o que nos faz sentir amados, queridos, protegidos e respeitados. É necessário encontrar as respostas com detalhes sensorialmente ricos, e que sejam inequívocos. Não podemos partir do princípio de que as necessidades de nosso parceiro sejam iguais às nossas. Devemos fazer perguntas. Descobrir o que o faz sentir-se amado, querido, apreciado, protegido e respeitado.

A segunda qualidade é ter o desejo e a flexibilidade de comportamento para expressar e manifestar as equivalências comportamentais complexas positivas importantes para o parceiro do modo como ele precisa que elas sejam expressas, bem como ter uma variedade de meios de suscitar no parceiro os comportamentos e reações que desejamos.

A terceira qualidade é ter acuidade sensorial para notar as dicas que mostram se nós ou nosso parceiro nos desviamos dos estados positivos desejados de atração, apreciação e hábito.

A quarta qualidade é ter a capacidade e o compromisso de conduzir-se ou ao parceiro de volta à atração, à apreciação e ao hábito, se isto alguma vez for necessário.

Desde que estas quatro qualidades estejam presentes, duas pessoas podem viver num estado maravilhoso, de incrível apreciação, com o conforto, a segurança e o enriquecimento que caracterizam um relacionamento maduro e gratificante. Estas qualidades estabelecem e ajudam a manter uma base sólida, possibilitando a um casal vencer com intensidade e paixão os obstáculos da vida.

# III Técnicas para substituir problemas por realização

## CAPÍTULO 10

# Ancoragem

Uma vez que já se tenha compreendido o estado atual e se conheça o conjunto de experiências que constitui o estado desejado pelo cliente, a tarefa agora é fazê-lo evoluir *do* estado atual *para* o estado desejado. É importante que o terapeuta disponha de várias opções efetivas para realizar a transformação. Com várias opções, pode-se escolher um método que seja adequado tanto ao cliente quanto ao conteúdo específico do problema.

Do mesmo modo que um carpinteiro escolhe cuidadosamente a serra adequada a um trabalho específico, e uma costureira seleciona entre uma vasta coleção de agulhas — algumas para seda e gaze, outras para lã ou couro — a mais adequada, um terapeuta eficiente deve decidir qual intervenção, ou combinação de intervenções, se encaixa melhor nas necessidades de cada cliente. Há muitos modos diferentes de efetuar uma mudança. Meu objetivo ao apresentar as intervenções seguintes é fornecer uma variedade de instrumentos eficazes, cada um especialmente idealizado para um tipo específico de problemas. Dispor de um vasto repertório de técnicas permitirá realizar um trabalho apropriado e efetivo de mudanças, transformando a vivência do cliente — de um conjunto de limitações num conjunto de opções.

Uma premissa básica do meu trabalho é que as pessoas dispõem de todos os recursos necessários para fazer as mudanças que querem e de que precisam. Meu trabalho é ajudá-las a ter acesso e a organizar esses recursos para fazer dessas mudanças desejadas um fato consumado. A despeito da veracidade ou não desta premissa básica, quando estruturo meu comportamento *como se* fosse verdade, os resultados dão um amplo testemunho da sua utilidade.

Os recursos de que falo aqui encontram-se em cada uma das nossas histórias pessoais. Toda e qualquer experiência já vivida pode ser útil. Quase todo mundo já teve a experiência de sentir-se confiante ou ousado, ou agressivo ou relaxado. Cada uma destas experiências é um possível recurso. Minha tarefa é tornar esses recursos disponíveis nos contextos em que são necessários. Bandler, Grinder, DeLozier e eu desenvolvemos um método exatamente para isto, que chamamos *ancoragem*.

Do mesmo modo como certos estímulos externos são associados a experiências passadas (desta forma evocando-as), é possível *associar deliberadamente* um estímulo a uma experiência específica. Uma vez feita a associação, é possível deflagrar a experiência à vontade. Funciona do mesmo modo que a linguagem.

Por exemplo, se eu pedir a alguém que se lembre de um momento em que se sentiu muito confiante, um momento em que se sentiu realmente satisfeito consigo mesmo, minhas palavras o enviam numa busca de suas experiências passadas. Enquanto a pessoa tem acesso a várias recordações congruentes com estar confiante e satisfeito consigo mesmo, diversos aspectos dessas experiências penetram na experiência atual. Por outro lado, sabemos como é possível ficar zangado de novo ao recordar uma discussão, ou novamente apavorado pela recordação de um filme ou incidente aterrorizante. A reavivação de uma lembrança (uma experiência gerada internamente) faz-nos vivenciar novamente muitos dos mesmos sentimentos que nos acometeram no momento de formação da lembrança.

A ancoragem utiliza este processo natural fazendo uma associação deliberada entre um estímulo e uma experiência específica. Todos nós estamos familiarizados com alguns exemplos deste processo, como nossas reações quando ouvimos o Hino Nacional ou vemos nossa bandeira, ou talvez nossa reação a alguém que nos faz um gesto desaforado. É possível que os russos tenham entendido este princípio quando, após a Revolução, mantiveram todas as melodias de suas canções nacionais, mudando apenas as letras. As melodias já estavam associadas a reações patrióticas, por isso a mera mudança das letras tornava as novas associações quase automáticas. Indo mais adiante, qual o adulto, que, ao visitar uma escola de primeiro grau, não foi invadido por um fluxo de recordações e sentimentos que fizeram parte de sua infância? Quem consegue se lembrar da primeira vez em que recebeu um beijo apaixonado, evocando integralmente esta experiência, e todos os sentimentos associados àquele beijo?

Estes são exemplos de como um aspecto (estímulo) da nossa experiência *atual* evoca ou deflagra uma experiência *passada*, de forma tal que os sentimentos se tornam congruentes com aquela experiência anterior. Descobri que, através da inserção deliberada e discreta de um novo estímulo enquanto a pessoa está completamente absorta em uma experiência, este novo estímulo fica associado à experiência evocada. Este novo estímulo pode ser um som, um toque, um *input* visual específico, ou mesmo um gosto ou um cheiro. Se o tempo for preciso, reinduzir o mesmo estímulo exato traz de volta as sensações da experiência evocada. Este procedimento é chamado de *ancoragem*. Ao estímulo específico inserido damos o nome de *âncora*. A âncora pode ser utilizada para deflagrar repetidamente a experiência associada. Por exemplo, se a cliente e seu parceiro se sentiram particularmente românticos enquanto ouviam uma determinada música, da próxima vez que a mesma música for tocada eles serão invadidos novamente por aqueles pensamentos e sentimentos românticos. A "sua música" estará sendo tocada. A ancoragem permite que a pessoa fixe tais sentimentos à sua escolha, tendo-os à sua disposição a qualquer momento desejado.

Ser capaz de identificar quando uma pessoa teve acesso a uma experiência importante é essencial para efetuar a ancoragem. Num capítulo anterior, discutimos a conexão entre estímulos externos e experiências relevantes. Esta discussão acentuou a importância do reconhecimento de expressões específicas. Uma vez que não é possível saber exatamente qual o estado interno que uma pessoa está vivenciando apenas pela sua expressão, devemos confiar nos nossos sentidos para detectar as expressões externas de uma experiência interna e para distinguir uma experiência da outra. Com a ancoragem, as áreas específicas que é útil enfocar — porque nelas a mudança é bastante radical para ser facilmente detectável — são o tom da voz, a cor da pele, o tamanho dos lábios, o tônus dos músculos faciais, a temperatura da pele, o ritmo da respiração e o local da respiração (na parte superior ou inferior do peito). É possível reconhecer e diferenciar as várias expressões de uma pessoa suscitando nela diversas reações intensas que correspondam a estados internos diferentes.

Podemos suscitar reações internas diversas simplesmente pedindo que a pessoa tenha acesso a uma série de emoções passadas, tais como a última vez que ficou furiosa, ou apavorada, ou apaixonada, observando e ouvindo então as mudanças. Quanto mais o terapeuta praticar, mais será capaz de detectar as diferenças importantes. Os lábios de uma pessoa podem se tornar mais finos, o rosto mais pálido e a respiração mais superficial quando ela recorda uma experiência apavorante; por outro lado, os lábios geralmente ficam mais cheios, o rosto afogueado e a respiração mais profunda, com um relaxamento do tônus muscular facial, durante o acesso a uma lembrança de sentimentos apaixonados. Quanto mais treinarmos, mais nossos olhos e ouvidos se acostumarão a detectar estas mínimas diferenças. Se não detectar qualquer mudança, ou perceber apenas mudanças muito pequenas, nas reações do observado, o terapeuta precisa verificar duas coisas. Primeiro: o tom de voz, a expressão facial e a palavras do terapeuta estão congruentes com a reação que ele está pedindo? Quanto mais expressivo ele for, maior será a expressividade que estará apto a suscitar. Seu próprio comportamento precisa ser congruente com a reação que está pedindo. Se estamos pedindo uma lembrança apaixonada, devemos pedi-la num tom de voz e com uma expressão facial apropriados: talvez uma voz baixa, quente, sussurrante, com uma piscadela. O sucesso da ancoragem depende muito da flexibilidade de comportamento do terapeuta, uma vez que ele estará freqüentemente utilizando sua própria expressividade para suscitar reações desejadas.

Em segundo lugar, deve-se verificar se, ao relembrar as experiências passadas solicitadas, os clientes *estão* na imagem ou *vêem* a si mesmos nela. Quando alguém se vê na imagem, trata-se de uma imagem construída, e isto pode freqüentemente ser percebido pela observação das pistas de acesso dos clientes. Se não ficar claro se eles estão se vendo na imagem ou não, devemos perguntar-lhes isso diretamente. Esta é uma descoberta crucial, porque, se eles se estiverem vendo na imagem, não estarão revivendo os sentimentos passados; ao invés disso, estarão vivenciando sentimentos *sobre* a experiência passada. Para exemplificar, gostaria de que o leitor se imaginasse numa montanha-russa e se visse no primeiro assento, subindo aquela primeira grande montanha, de modo a que estivesse *se vendo* sentado na montanha-russa. Então traga seu próprio corpo para dentro do quadro, de modo que possa sentir-se sentado naquele assento, olhando para cima, sentindo-se subir mais e mais até o topo da montanha, de onde pode ver *todo* o caminho para baixo. Então, sinta seu estômago subir enquanto o corpo cai, e ouça seu próprio grito enquanto corre para baixo. Obviamente, há uma grande diferença entre as duas imagens. A diferença é crucial. Se o cliente se estiver observando na experiência passada, o terapeuta não estará ancorando os poderosos sentimentos que estariam presentes se ele estivesse dentro do quadro. Se descobrirmos que ele de fato se está observando, podemos pedir-lhe simplesmente que entre no quadro e sinta o que sentiu na ocasião, ouça os sons presentes, e veja apenas o que viu na experiência passada.

Uma vez que possamos suscitar e detectar expressões diversas, podemos ancorá-las. Quer dizer, enquanto observamos uma expressão completa (uma representação externa de uma experiência interna), à qual seria útil ter acesso para fins terapêuticos, podemos fornecer um estímulo ao qual a expressão se torna associada. (Pode ser um toque no dorso da mão ou um estalo dos dedos.) A detonação deste estímulo no tempo certo trará de volta a mesma expressão, o que significa trazer de volta também o estado interno associado.

Muitos terapeutas já utilizam este processo através do emprego de um tom e de cadências vocais especiais quando fazem hipnose ou fantasias direcionadas. Este tom de voz torna-se uma âncora para os estados alterados que são vivenciados quando ele é empregado. Também no trabalho da *gestalt* com cadeiras cada uma das duas cadeiras torna-se uma âncora para um estado emocional diferente, e o cliente muda radicalmente quando passa de uma cadeira para outra.

Para ancorar uma reação com sucesso devem-se seguir três regras:

- ☐ Fazer com que o cliente tenha acesso à experiência desejada (ou induzi-la) do modo mais poderoso e completo possível.

☐ Inserir um estímulo no momento de maior expressão ou de reação mais intensa. O tempo é crucial!

☐ Assegurar-se de que o estímulo possa ser reproduzido *com exatidão*. A repetição do estímulo só trará de volta o estado interno *se* for repetido exatamente. Embora eu possa descrever o estabelecimento de uma âncora como um toque no joelho, no ombro ou no dorso da mão do cliente, na verdade é um toque muito mais específico. Eu repito esses toques exatamente, inclusive quanto à pressão. O terapeuta pode e deve testar estas diretrizes em sua própria experiência, tanto para comprová-las quanto para descobrir se há, e qual é, a margem para manobra.

A utilização da ancoragem tal como é descrita aqui dá ao terapeuta acesso aos vários estados experienciais de um cliente. Uma reclamação comum quando se trabalha com pessoas mentalmente perturbadas é que elas mudam com relação a quem, o que e como são com muita rapidez. Assim que um terapeuta se encaminha para a direção adequada com um cliente deste tipo, ele se volta para uma outra direção. A ancoragem pode servir para estabilizar o estado emocional do cliente, dando ao terapeuta a oportunidade de chegar a um objetivo desejado.

Experiências sexuais desejáveis também podem ser ancoradas. Geralmente os casais já têm âncoras úteis à sua disposição. Há o caso de um homem que sempre sabia que teria uma noite fantástica quando a esposa vestia uma determinada camisola. Vê-la naquela camisola excitava-o imediatamente. Assim, a camisola servia como uma âncora que deflagrava nele um estado de excitação. Um outro casal havia combinado dicas que davam um ao outro em relação aos seus desejos sexuais — dicas baseadas no lado da cama em que se deitavam. Descobri que as mulheres usam freqüentemente um comportamento não-verbal específico, um toque discreto, que indica ao parceiro que estão prontas para a penetração.

Nos casos de disfunção sexual, há também âncoras que deflagram a experiência indesejada. A âncora está muitas vezes fora da consciência da pessoa, que percebe apenas a experiência indesejada dela resultante.

Uma moça chamada Melissa procurou-me em busca de terapia devido a uma disfunção sexual. Ela ficava completamente petrificada quando homens a abordavam sexualmente. A mera solicitação para que descrevesse sua experiência quando um homem a abordava deixava-a aterrorizada. Então, ancorei esta reação. Em seguida, enquanto usava esta âncora para deflagrar o mesmo conjunto de sensações, pedi-lhe que retrocedesse no tempo e descrevesse outras ocasiões em que tivera aquelas mesmas sensações.

A questão não era reunir informações referentes a como era possível que ela ficasse apavorada quando era abordada por homens, e sim obter uma resposta experiencial para a pergunta: "O que a impede de

se sentir à vontade quando é abordada por homens?" Os passos precisos deste método de obtenção de informações são:
1. Identificar a expressão (as dicas externas) que indica que o cliente está vivenciando o estado desejado.
2. Ancorar este estado com um toque que possa ser repetido e mantido.
3. Reter a âncora e, enquanto o cliente vivencia as sensações indesejadas, instruí-lo para viajar no passado em busca de outras ocasiões em que tenha tido as mesmas sensações.
4. Enquanto o cliente prossegue na volta à sua história pessoal, usar a sobreposição para ajudá-lo a recuperar todos os detalhes das experiências passadas individuais. (Isto nos propicia mais alternativas do que teríamos se os detalhes completos fossem deixados fora da consciência — ver "Quando os sistemas de conduta e representacional principal diferem". Procurar obter, através da descrição do cliente, informações sobre essas experiências que sejam relevantes para o estado atual.
5. Trazer o cliente de volta ao presente, assegurando-se de que ele esteja confortável e seguro. Perguntar o que ele descobriu nessa viagem ao passado.

O uso da técnica da ancoragem segundo este método permitiu-me conduzir Melissa, através de sua história pessoal, a um incidente de infância há muito esquecido: uma ocasião em que sua mãe havia aparentemente feito com que um amigo da família se comportasse sedutoramente em relação a Melissa. Enquanto ele o fazia, a mãe a prevenia energicamente de que um homem que se comportasse daquela maneira pretendia machucá-la seriamente, e que aquele comportamento significava que o homem era perigoso e que ela deveria fugir o mais rápido possível. Uma vez que este material aflorou à consciência, foi muito mais fácil para Melissa deixar de lado a mensagem bem-intencionada de sua mãe. Melissa agora acreditava que não precisava mais da proteção que essa mensagem pretendia lhe dar e que, de fato, podia proteger-se de homens perigosos de outras maneiras. Através da ancoragem, tivemos acesso a experiências do passado de Melissa, o que lhe forneceu recursos mais adequados à realização de seus desejos atuais.

### Ancoragem com casais

A ancoragem também pode ser usada para tornar reações desejadas mais disponíveis para os membros de um casal. Quando um casal busca terapia, toda a sua história de experiências mutuamente compartilhadas está disponível como um recurso. O fato de que são um casal indica que em algum momento do passado eles quiseram um ao outro, que talvez se tenham amado, e que sonharam com um futuro feliz. No mínimo, enfrentaram juntos alguns momentos difíceis.

A ancoragem me permite ter acesso a essas experiências passadas e empregá-las para construir um relacionamento melhor para eles. E, se eles procuraram terapia, é exatamente agora que revivenciar os sentimentos que os uniram pode ser muito útil.

Um exemplo de um casal que me procurou em busca de aconselhamento: a cada vez que ela lhe lançava o seu olhar convidativo mais *sexy*, ele a achava engraçada, até mesmo ridícula. Seu olhar convidativo definitivamente não suscitava nele a reação que ela esperava. Sua vontade era encontrar e reagir a homens que respondessem ao seu olhar convidativo como ela queria que fizessem. Mas ela amava o marido, e afirmava que ficaria contente se ele ao menos reagisse de um modo que incentivasse sua sexualidade. Naquele momento, uma opção teria sido ensiná-la a parar de lançar-lhe aquele olhar e encontrar um novo comportamento capaz de fornecer-lhe o que queria. Mas mudar o comportamento externo é geralmente um objetivo a longo prazo, que para ser alcançado exige tempo e uma forte motivação da parte do indivíduo.

Uma outra alternativa, mais fácil de realizar, era simplesmente pedir a ele que se lembrasse de uma ocasião em que realmente a achou *sexy* — talvez no primeiro encontro, ou quando a cortejava. Eu não sabia ao certo quando, mas certamente houvera uma época em que ele simplesmente não conseguia resistir aos atrativos dela. Escolhi este método e usei meu comportamento analógico — tom de voz, postura corporal, etc. — para ajudá-lo a se lembrar de uma ocasião em que realmente a desejara. Quando observei mudanças em sua respiração, na cor da pele e no tamanho dos lábios, e percebi no tom e na cadência de sua voz mudanças que indicavam que ele estava de fato relembrando tal experiência — e quando tive certeza de que a estava relembrando bem o suficiente para estar realmente revivenciando tais sentimentos de desejo —, *naquele* momento inseri uma pista discreta e sutil (uma âncora) na sua experiência. Como o tempo da minha âncora era concomitante com as sensações que ele relembrava, a cada vez que eu usasse a âncora ele teria novamente a mesma experiência. Neste caso, a âncora era um toque no ombro; como eu freqüentemente toco nas pessoas enquanto falo com elas, poderia espontaneamente repetir o gesto sem interromper a experiência.

Então, *testei* a âncora tocando seu ombro exatamente como havia feito antes, tendo o cuidado de verificar se estava obtendo a mesma reação da expressão original (tensão facial, tamanho dos lábios, padrões de respiração etc.) Depois de me assegurar de que a âncora funcionava, eu a utilizava a cada vez que ela lhe lançava seu olhar convidativo, que a fiz repetir seguidamente.

Ao fazer isso, eu associava a experiência dele de desejá-la (que eu podia trazer de volta tocando seu ombro) ao olhar convidativo dela. Assim, obtive a reação que ela desejava dele e associei-a ao comportamento *dela*. É claro que uma outra opção teria sido fazer com que ela apenas tocasse o ombro dele quando quisesse fazê-lo saber que o desejava, dando-lhe assim uma oportunidade para reagir. Contudo, preferi ter acesso à experiência desejada nele como uma reação ao comportamento *espontâneo* dela.

A ancoragem também se mostrou útil no trabalho com uma mulher que participava de um seminário realizado em Tucson. Seu problema era que, embora amasse profundamente o marido, não tinha desejo sexual por ele. Sendo muito mais velho do que ela, ele não se encaixava na imagem do Adônis que ela achava excitante. Este problema vinha perturbando há muito tempo seu relacionamento, que, não fosse por isso, seria muito feliz.

Como essa mulher gerava suas sensações corporais basicamente a partir de imagens internas — isto é, usava um guia visual para uma representação cinestésica —, eu simplesmente pedia a ela que imaginasse a figura masculina perfeita, e então me avisasse, assentindo com a cabeça, quando a tivesse. Enquanto ela visualizava vários corpos masculinos, sua pele se ruborizou, seus lábios se intumesceram e sua respiração ficou mais profunda. Quando começou a fazer o sinal, eu me inclinei e toquei-a levemente no ombro direito, dizendo: "Excelente, tenho certeza de que ele é muito bonito". Eu havia associado um toque muito específico em seu ombro direito à experiência que ela tivera enquanto visualizava o físico masculino perfeito. Ela não sabia disto conscientemente. Pouco depois, enquanto continuávamos a conversar, novamente toquei-lhe o ombro direito, para verificar se a ancoragem fora feita com sucesso. A mesma expressão externa voltou. Em seguida, pedi-lhe que visualizasse o marido de pé, nu, diante dela, e que assentisse quando pudesse vê-lo claramente. Quando ela começou a assentir, eu disse: "Bom, agora continue a olhar para ele e observe como seus sentimentos mudam quando você o vê de um novo jeito". Enquanto dizia isso, repeti o toque no ombro, deflagrando a reação que ela queria ter com o marido. Sua respiração tornou-se mais profunda, sua pele ruborizou-se e seus lábios intumesceram-se como da vez anterior. Repeti este processo mais duas vezes enquanto estávamos juntas. Quando o marido veio buscá-la no fim do dia, aproveitei sua presença para instruí-lo, em particular, a tocá-la no ombro quando quisesse fazê-la saber que a desejava. Enquanto ele fez a experiência no meu consultório, observei-a atentamente para ter certeza de que a âncora funcionava quando ele a tocava. (Eu precisava me assegurar de que sua reação era ao toque, e não, em parte, a mim.) O toque no ombro não seria necessário por muito tempo, porque a experiência de ser excitada pela experiência visual do marido iria generalizar-se. Enquanto isso, seus toques especiais continuariam a ser significativos. Desta forma, utilizei o processo de ancoragem para situar a experiência desejada (ser excitada) e então associá-la ao contexto no qual aquela mulher queria vivenciá-la.

## Além dos toques

Até este momento da apresentação da ancoragem, discuti basicamente o uso de âncoras cinestésicas. É fácil, para mim, utilizar esta forma de ancoragem, porque o toque é um aspecto natural do meu próprio padrão de comunicação. Entretanto, usar âncoras cinestésicas tem outras vantagens. Uma delas é que podem ser retidas — e o seu efeito mantido — mais prontamente do que as âncoras visuais ou auditivas. Quando quero demonstrar essa técnica em seminários, meu toque específico fica óbvio para o público, facilitando assim o processo de ensino. Além disso, na transferência do uso de uma âncora, um toque pode ser repetido por outra pessoa com maior precisão do que um tom de voz ou uma expressão facial. Isto aumenta a capacidade do cliente de usar a âncora de modo eficaz.

Entretanto, as âncoras visuais e auditivas têm propriedades especiais que as tornam preferíveis para algumas pessoas, em alguns contextos. Richard Bandler utiliza quase exclusivamente mudanças no tom e na cadência da voz como âncoras auditivas. Dada a dificuldade de perceber tais mudanças, a não ser para um ouvido muito treinado, estas âncoras permanecem muito distantes do domínio da consciência. A habilidade em alterar as qualidades da voz intencionalmente é fácil para Richard, enquanto eu levei muito tempo para aprender a controlar conscientemente estes aspectos sutis do meu comportamento. Há alguns anos, durante uma sessão com um casal, fiquei impressionada com a utilidade dessa habilidade. Richard e eu estávamos trabalhando juntos com um casal, e notei que ele estava usando os padrões de entonação e tonalidade do marido em sua própria voz para ancorar a mulher a cada vez que um de nós suscitava nela uma reação positiva forte. Assim, os padrões de entonação e tonalidade espontâneos do marido continuariam (e continuaram) a suscitar reações positivas na esposa. Desta forma, obtivemos uma mudança geral e difusa no clima entre eles.

As âncoras auditivas contêm uma enorme gama de possibilidades, que vão desde essas sutis mudanças vocais ao bater de um lápis, ao rangido de uma cadeira, a uma música, ou mesmo ao tique-taque de um relógio. A importância está no tempo da âncora e na capacidade de repetir o mesmo estímulo auditivo à vontade.

Da mesma forma, algumas propriedades especiais tornam o uso de âncoras visuais mais apropriado para certas pessoas e contextos. Em situações de violência em potencial, uma âncora visual é mais adequada do que uma cinestésica, uma vez que o toque pode ser perigoso. Enquanto trabalhava com uma mulher cujo marido era propenso a reações violentas, ensinei-a a adotar uma posição intimidante de caratê. (O marido não estava participando da terapia.) Dei-lhe então instruções para adotar aquela posição quando uma situação de violência fosse iminente, e ela não pudesse fugir ou defender-se adequadamente. Isto aconteceu, e ela assumiu a posição. Sua descrição da reação do marido foi de que ele parou, pareceu confuso e então começou a rir. Eu não sabia que ele teria aquela reação específica, mas segui a regra que diz que um comportamento novo e diferente suscita reações novas e diferentes. Já que aquela posição havia suscitado uma reação tão útil no marido, instruí-la a usá-la sempre que as tensões começassem a aumentar. Assim, ela se tornou uma eficaz âncora visual, que suscitava bom humor no seu antes furioso marido.

Assim, qualquer modalidade de ancoragem pode ser útil. É possível determinar se o uso de uma âncora particular é adequado respondendo a estas perguntas: A âncora é apropriada para o contexto? Pode ser repetida facilmente? Pode ser feita como um comportamento natural, integrado às interações cotidianas?

## CAPÍTULO 11

# Como mudar a história pessoal

Nossas histórias pessoais são nossas lembranças de experiências passadas e, como tais, podem ser mudadas. Os benefícios que decorrem de sermos capazes de alterar nossas memórias, e por conseguinte nossa história, são demonstrados pelo trabalho que fiz com um outro cliente, Chuck. Ele se acreditava um completo fracasso com as mulheres, especialmente no contexto sexual. A julgar pelo seu comportamento, era fácil concordar com sua crença. Ele havia feito terapia durante dois anos e tinha sido mandado a mim pelo seu terapeuta, um psicólogo, que pensava que eu seria especialmente eficaz para ajudar Chuck neste problema.

Chuck tinha certeza de fracassar com mulheres em praticamente qualquer situação e uma certeza absoluta no que se referia a encontros sexuais. Afirmava que esta certeza se baseava em sua experiência passada e não podia imaginar que as coisas pudessem algum dia ser diferentes ou melhores. Enquanto conversávamos, percebi que o comportamento de Chuck era geralmente ditado por acontecimentos passados. Ele usava imagens eidéticas (passadas) para orientar seu comportamento presente. O que ele fazia bem na vida, fazia muito bem — repetidamente. Usava essas imagens eidéticas como um sistema de conduta, e então as representava cinestesicamente como sensações referentes ao que ia fazer. Então, sempre que entrava em contato com uma mulher, tinha acesso a imagens visuais de experiências passadas mal-sucedidas (o único tipo de experiência que ele conhecia), o que lhe dava a certeza de que iria estragar tudo de novo. E, obviamente, estragava. Para mudar rapidamente seu comportamento habitual com respeito às mulheres, eu precisava alterar essas imagens eidéticas passadas. Para conseguir isto, empreguei a *mudança de história*, uma técnica que utiliza a ancoragem. A transcrição parcial que se segue ilustra o uso desta importante técnica:

**LCB:** Chuck, pode me contar novamente como se sente quando aborda uma mulher?

**Chuck:** Claro. Se há alguma coisa que quero esquecer é isso. Mas eu me sinto realmente uma merda, sabe? *(Enquanto ele respondia, observei-o atentamente para ver se a mesma expressão anterior reaparecia quando ele falava em mulheres. Uma parte dessa expressão era uma pista de acesso para cima e para a esquerda.)*

**LCB:** *(Quando a expressão estava completa, toquei-no no joelho direito.)* Bom, é importante que você se lembre dessa sensação agora.

**Chuck:** Tudo bem. Por quê?

**LCB:** Você vai entender logo. Agora, pegue aquela sensação *(Toquei-o novamente no joelho direito e mantive o toque, observando a expressão voltar)* de se sentir "uma merda", e me diga que cena do seu passado lhe vem à cabeça.

**Chuck:** Bem, foi há uns dois anos, quando saí com uma mulher. Eu, ahn, eu a convidei para sair. Uau! Foi um verdadeiro desastre!

**LCB:** Eu acredito. Agora, quero que pegue essa sensação e volte no tempo. Volte ao seu passado e encontre outras situações em que teve a mesma sensação.

**Chuck:** *(Fechando os olhos)* Tudo bem.

**LCB:** Isso mesmo. Volte no tempo. Vou interromper você de vez em quando.

Enquanto procurava no passado o caminho fornecido por essa sensação particular, Chuck se lembrou de outras experiências em que tivera a mesma sensação. Assim, enquanto outros aspectos do conteúdo das experiências mudavam — como quem o acompanhava, a idade que ele tinha, quem dissera o quê etc. —, o aspecto sensorial das experiências permanecia constante. Enquanto ele fazia isto, observei se havia acentuações sutis na expressão: maior intensidade na cor da pele, aprofundamento das rugas na testa e em torno da boca, aperto dos lábios e mudanças na respiração. Estes excessos indicavam que ele estava se lembrando de experiências especialmente intensas durante as quais aquela sensação desagradável surgira.

Manter a âncora constante torna a sensação constante e assegura que a procura através do tempo seja feita na trilha de uma sensação específica. Quando eu via uma acentuação dizia a Chuck:

**LCB:** Aí! Pare aí. Olhe bem para essa cena. Ela faz sentido para você em relação às suas sensações? *(Com a outra mão, assinalo esta experiência específica com um toque no seu outro joelho, para poder voltar a ela mais tarde.)*

**Chuck:** Faz, faz sentido.

**LCB:** E que idade você tinha?

**Chuck:** Tinha dezesseis anos na época.

**LCB:** Bom, muito bom. Agora continue viajando de volta no tempo como você estava fazendo.
**Chuck:** Está bem.

Novamente, esperei pelas acentuações. O tempo passou, até que a expressão se acentuou exageradamente:

**LCB:** Pare aí. Olhe bem para essa cena. Diga-me, que idade você tem?
**Chuck:** Mais ou menos seis anos. (*A voz está cada vez mais aguda, mais infantil do que antes*).
**LCB:** E o que está acontecendo com você, Chuck?
**Chuck:** Estou numa escola paroquial. Eu odiava a escola, e tinha problemas com as freiras. Não me lembro por quê, mas me lembro que de algum modo essa foi a primeira vez que percebi que as freiras eram mulheres. Não sei o que eu pensava que elas eram antes, mas esta foi a primeira vez que soube que elas eram mulheres.
**LCB:** (*Novamente, assinalei isto com um toque diferente no joelho, para facilitar sua volta a esta experiência, então tirei as mãos dos seus joelhos.*) Agora, Chuck, quero que você volte para cá. Abra os olhos e veja-me. Oi. Foi uma viagem e tanto a que você fez! Já voltou mesmo para cá? Pode sentir o encosto da cadeira?
**Chuck:** Sim, claro que estou aqui.
**LCB:** Bom. Agora eu gostaria de que você pensasse sobre o tipo de recurso de que você teria precisado naquelas experiências para que elas tivessem sido boas, para que tivessem sido satisfatórias.
**Chuck:** O que você quer dizer com recursos?
**LCB:** Por exemplo, sentir-se confiante, ou agressivo, ou relaxado. Se você tivesse podido ser agressivo, por exemplo, então teria agido de modo diferente, e aquelas experiências poderiam ter sido satisfatórias, ao invés de lhe darem a sensação de ser uma merda.
**Chuck:** Bem, eu precisava que as mulheres daquelas experiências gostassem de mim.
**LCB:** Eu concordo. Mas o que você poderia ter feito para fazê-las gostarem de você?
**Chuck:** Eu não sei.
**LCB:** Você se sente bem com homens?
**Chuck:** Sim, muito bem.
**LCB:** Que recurso você usa para lidar com homens que torna tudo tão diferente?
**Chuck:** Eu não sei. Eu fico à vontade, eu acho. É, realmente à vontade. Eu não me preocupo com o que vai acontecer. Eu me sinto como se não importasse.

**LCB:** Bom, bom. É isso que estou procurando. Chuck, agora vá em frente e se lembre de uma ocasião em que se sentiu bastante à vontade, do jeito que acabou de descrever, talvez uma ocasião em que alguém estivesse nervoso, mas você estivesse realmente calmo e relaxado. (*Enquanto dizia isto, inclinei-me calmamente para a frente, para poder alcançar seu braço e ancorar esta experiência.*)

**Chuck:** Já encontrei uma.

**LCB:** Bom (*tocando seu antebraço*), conte-me como foi.

**Chuck:** Pedi um aumento a meu chefe, e eu estava muito calmo. Não importava o que ele dissesse. Eu não tinha nada a perder, então estava realmente à vontade.

**LCB:** Ótimo (*tirando a mão do braço*). Muitas pessoas não teriam conseguido fazer isso. Você conhece essa sensação de estar realmente à vontade? (*Toquei seu braço novamente e pude ver a expressão relaxada voltar*).

**Chuck:** Sim.

**LCB:** Bem, agora quero que você leve essa sensação de relaxamento para aquelas outras experiências. Então, começando pela mais recente que você observou, quero que você leve essa sensação com você e perceba como tudo fica diferente. (*Esta sensação permanece porque mantenho a mão no antebraço dele, usando assim a âncora para acionar sensações de relaxamento.*) Observe como você se comporta com *estas sensações* e como as mulheres reagem diferente.

**Chuck:** Tudo bem.

**LCB:** Bom. Quando você tiver passado por essa primeira experiência e estiver totalmente satisfeito com ela, quero que me faça um sinal com a cabeça. Vamos lá.

**Chuck:** (*O tempo passa, e Chuck assente.*)

**LCB:** Ótimo, agora quero que você volte à época em que tinha dezesseis anos (*com a outra mão, aciono a âncora no joelho, que assinala aquela experiência*) e faça tudo de novo, como fez com a última experiência. E quando tiver passado por ela e estiver totalmente satisfeito, me dê um sinal.

**Chuck:** (*Novamente o tempo passa e Chuck assente.*)

**LCB:** Ótimo. Agora, quero que você faça a mesma coisa com a última experiência (*aciono a âncora adequada*), aquela em que você tinha seis anos e estava com as freiras. Faça a mesma coisa que você acabou de fazer.

**Chuck:** (*O tempo passa, e Chuck começa a franzir levemente as sobrancelhas.*)

**LCB:** Oh, oh. O que está havendo?

**Chuck:** Não tenho certeza, mas não está dando muito certo com essa. Está melhor do que era, mas ainda me sinto um pouco mal.

**LCB:** Tudo bem. Isso só quer dizer que você precisa de um outro recurso. (*Solto as âncoras tirando minhas mãos.*) Afinal de contas, às vezes um garoto de seis anos precisa de toda a ajuda possível quando está enrascado com as freiras. Volte e vamos descobrir o de que mais você precisa levar de volta com você. (*Chuck abre os olhos e retorna ao aqui e agora.*) E aí, do que você acha que o garotinho precisava?

**Chuck:** Bom, elas me fizeram sentir como se eu fosse realmente mau. Realmente mau e sujo.

**LCB:** Mas agora você sabe que não é assim, não é?

**Chuck:** Depois de dois anos de terapia, espero que sim.

**LCB:** Bom. Agora me conte uma ocasião em que você fez alguma coisa maravilhosa, talvez algo legal para alguém, e que fez você se sentir uma pessoa *realmente boa*.

**Chuck:** Hummm, deixe-me ver (*Olhos para cima e à esquerda*). Bem, eu, ahn, ajudei meu vizinho a consertar o carro dele. Eu nem o conhecia direito, mas ele estava todo enrolado. Eu estava vendo pela janela, e saí e dei uma ajuda. Demorou a tarde toda, mas senti que tinha feito uma coisa muito legal. (*Enquanto ele descreve o incidente, eu o ancoro novamente no antebraço com a outra mão.*)

**LCB:** Fico com vontade de ser sua vizinha. Agora, você conhece essa sensação de estar feliz consigo mesmo, de saber que é mesmo um bom ser humano (*Aciono a âncora*)?

**Chuck:** Sim.

**LCB:** E aquela sensação de estar muito à vontade? (*Aciono a âncora do relaxamento; minhas duas mãos estão agora no seu antebraço, deflagrando ao mesmo tempo ambas as âncoras de recurso.*)

**Chuck:** Sim.

**LCB :** Bem, leve *todas* essas sensações de volta, reencontre as freiras e faça um sinal quando a experiência tiver acontecido de um modo que realmente o satisfaça.

**Chuck:** (*Chuck fecha os olhos. Alguns momentos depois, ele sorri largamente e assente.*)

**LCB:** (*Soltando seu braço*) Ótimo. Faz a maior diferença quando você pode levar seus recursos aonde são necessários, não faz?

**Chuck:** E como faz! Essas experiências parecem meio engraçadas agora.

**LCB:** Parecem? Ótimo. Então volte e recorde-as novamente, para ter certeza.

**Chuck:** Tudo bem. (*Fecha os olhos, fica calado por alguns momentos, então sorri*). Sim, não eram nada de mais.

**LCB:** Ótimo. Agora, quando é a próxima vez que você vai estar com uma mulher? Que não eu, claro.

**Chuck:** (*Rindo*) Ah, você não conta. Você é uma terapeuta.

**LCB:** Muito obrigada. Mas quando você vai estar com uma mulher que de algum modo seja importante?

**Chuck:** Bem, não vou, a não ser que arranje um encontro.

**LCB:** Quando é que você terá uma oportunidade de fazer isso?

**Chuck:** Bem, eu poderia me aproximar da Sally. É uma garota do trabalho. É solteira e atraente.
**LCB:** Ótimo. Quero que você imagine como vai abordá-la, mas leve junto essa sensação de relaxamento e aqueles bons sentimentos sobre você mesmo, está bem? (*Não estou usando agora qualquer âncora, para descobrir se as mudanças que ocorreram relativas às percepções do passado se generalizarão em imaginações futuras.*)
**Chuck:** Está. (*Fecha os olhos, fica sentado quieto, dá um meio sorriso.*)
**LCB:** Como seriam as coisas com a Sally?
**Chuck:** Bem, muito boas. Não fui exatamente Paul Newman, mas também não fiquei apavorado de falar com ela.
**LCB:** Fantástico. Isso merece um aperto de mãos. Então você realmente se sentiu bem falando com ela. Isso é simplesmente demais. (*Apertamo-nos as mãos ritualisticamente. Assim, apertar as mãos também pode ser uma âncora para esta bem-sucedida experiência internamente gerada, que poderá no futuro ser acionada por um aperto de mãos.*)

Daí por diante, foi fácil dar a Chuck projeções futuras e desempenho de papéis para que ele se sentisse relaxado e à vontade em relação às mulheres. É possível mudar a história de uma pessoa incorporando recursos ao contexto em que são necessários. De certo modo, a história de Chuck o havia impedido de expressar novos comportamentos. Até que sua história fosse subjetivamente mudada, ele somente poderia viver um presente e um futuro predeterminados no que diz respeito a mulheres. Nossas histórias pessoais são conjuntos de percepções de experiências passadas e, deste modo, podem ser alteradas. Chuck usou suas lembranças do passado para antecipar o futuro e mesmo programar-se para ele. Isto é verdade para todos nós, em larga medida. No caso de Chuck, mudar o passado em relação às mulheres de um modo que gerou boas sensações e um sentimento de satisfação permitiu-lhe também mudar seu comportamento presente e futuro. Assim como um único trauma facilmente se espalha para muitos contextos associados, descobri que só é preciso mudar algumas poucas experiências importantes do passado para que ocorram generalizações para outras experiências passadas. Mudar sua história produziu um conjunto alternativo de imagens eidéticas que Chuck poderia evocar quando pensasse no relacionamento com mulheres. Em geral, um único recurso adicional é suficiente para o uso eficiente da mudança de história. No caso de Chuck, sua experiência com as freiras era tão poderosa que foi necessário um segundo recurso.

Descobri a tremenda eficácia da mudança de história quando prestei atenção a como as pessoas podem distorcer suas experiências internamente geradas e então agir com base na distorção, esquecendo que ela foi originalmente criada por eles mesmos. Por exemplo, o ciúme é uma experiência que quase sempre resulta de imagens construídas da pessoa amada com outra, tendo como resultado que a pessoa que constrói as imagens se sente mal diante das imagens que ela mesma criou. Então, age com base nessa imagem e na reação que ela provoca como se tivessem sido vivenciadas externamente. Na verdade, às vezes é impossível convencer uma pessoa ciumenta de que suas imaginações não ocorreram de fato. Uma vez alcançada, uma imagem construída pode ser armazenada e evocada como uma imagem eidética. Por causa disto, se souber que criou a imagem, a pessoa deve utilizar para recordações outro sistema que não o visual.

Mudar a história é uma utilização deste mesmo processo. Quanto mais completa e rica em detalhes for a mudança de história internamente gerada, maior será a possibilidade de obter a mesma validade da história "real". Devido à nossa capacidade de armazenar experiências e utilizá-las como recursos, a história modificada torna-se uma experiência consumada e pode servir como uma base para o futuro. As etapas da técnica da mudança de história são:

**1.** Ancorar a sensação indesejada ou desagradável.

**2.** Utilizar esta âncora para ajudar o cliente a voltar no tempo, encontrando outras ocasiões em que se sentiu da mesma maneira.

**3.** Quando acentuações da expressão forem observadas, interromper o cliente e fazê-lo ver a experiência completa, assinalando sua idade quando ela ocorreu. Estabelecer uma âncora para cada experiência, para que se possa voltar à experiência específica se for necessário (estas âncoras podem ser auditivas ou cinestésicas).

**4.** Uma vez que o cliente tenha identificado três ou quatro dessas experiências, soltar a âncora e trazê-lo de volta ao presente.

**5.** Pedir ao cliente para identificar o recurso de que necessitava naquelas experiências passadas para que elas fossem satisfatórias. Assegurar-se de que o recurso influencia as experiências comportamental e subjetiva do cliente. Muitas pessoas, como Chuck, pensam que tudo estaria bem se as outras pessoas fossem diferentes. O ponto, entretanto, é que o *cliente* fique diferente, o que lhe permitirá fazer novas descobertas ao suscitar reações diferentes das outras pessoas envolvidas na experiência passada. Uma vez identificado o recurso necessário, é necessário ajudar o cliente a ter acesso a uma experiência na qual dispunha total e autenticamente desse recurso. Ancorar.

**6.** Utilizando a âncora do recurso, fazer com que o cliente vá a cada uma das experiências passadas já identificadas e mudá-las usando o recurso adicional. Podem-se utilizar as âncoras que designam cada uma das três ou quatro experiências para ajudar o cliente a ir diretamente a elas. Pedir ao cliente que assinale com a cabeça quando estiver satisfeito com a experiência modificada, e então prosseguir com a seguinte. (Se o cliente não estiver satisfeito com o novo resultado produzido na antiga experiência, voltar à etapa 5. Deve-se escolher mais um recurso, ou um recurso diferente, mais apropriado à experiência passada específica, e então proceder novamente à etapa 6.)

7. Fazer o cliente rememorar as experiências passadas sem qualquer âncora para descobrir se essas recordações mudaram subjetivamente de fato.
8. Quando as experiências passadas tiverem mudado, pedir ao cliente que projete essas mudanças para o futuro. Isto é, fazê-lo imaginar a próxima vez em que é provável que uma situação semelhante ocorra, sugerindo-lhe que leve o recurso adicional consigo. Nenhuma âncora deve ser usada. Esta é uma forma de testar se as mudanças se generalizaram e se foram plenamente integradas.

Esta técnica dá ao terapeuta um modo de saber qual resultado está buscando, um modo de obter este resultado e um modo de testar sua consecução. Com esta técnica, é melhor usar âncoras cinestésicas, porque podem ser mantidas constantes. As âncoras auditivas, ao contrário, são difíceis de manter, e as visuais serão ineficazes se o cliente estiver de olhos fechados. Se o terapeuta estiver trabalhando com um cliente que não consegue "ver" imagens, deve usar então o processo de sobreposição para trazer visualizações à consciência antes de prosseguir com a técnica da mudança de história.

## Como mudar a história pessoal com casais

O mesmo procedimento também é útil com casais. Se ambos continuam a trazer à baila uma experiência ruim — uma discussão, uma situação em que um feriu os sentimentos do outro, ou uma ocasião em que um dos dois ficou especialmente magoado —, deve-se usar a mudança de história. Isto vai curar a dor que a experiência lhes traz, limpar a área para o futuro e educá-los quanto ao que fazer da próxima vez em que surgir uma situação do mesmo tipo. Uma vez que eles já identificaram o acontecimento importante, podemos conduzi-los direto a ele. (Na verdade, é geralmente difícil conduzi-los para *longe* dessas lembranças antes de efetuar nelas alguma mudança positiva.) Uma vez que ambos estejam tendo acesso às suas recordações do que aconteceu, devem identificar para si mesmos o que mais queriam que tivesse acontecido, e de que recurso(s) precisavam dispor para ter alcançado um final mais satisfatório. Eles não devem descrever o que aconteceu, porque é muito improvável que concordem inteiramente — e não queremos que eles discutam, mas que parem de discutir. Deve-se enfatizar que este processo visa a torná-los *em si mesmos* diferentes, não ao parceiro. Devemos ajudar cada um deles a ter acesso ao recurso e levá-lo de volta ao acontecimento passado. Quando cada um deles estiver satisfeito com sua representação interna do passado, podemos fazê-los aplicar o mesmo recurso a outras ocasiões ruins semelhantes, para checar a utilidade dos recursos escolhidos. O próximo passo é identificar uma área atual de conflito que se assemelhe ao acontecimento passado. Aqui, devem ser utilizadas as âncoras para o conflito atual. Se não houver um conflito atual (algumas pessoas só brigam por causa do passado, fazendo dele o seu conflito atual), eles devem representar o antigo, utilizando os recursos para chegar a uma solução satisfatória para ambos no presente. É claro que o terapeuta pode fazer as duas coisas, se quiser. Se a qualquer momento eles não estiverem indo bem, devem ser interrompidos. O terapeuta deve perguntar a cada um que outro recurso pessoal seria útil. Se perceber que um deles (ou ambos) está além da fase da expectativa no padrão inicial, deve deixar a representação do conflito no presente até ter evidências de um compromisso mútuo em melhorar o relacionamento: Se isto não ocorrer, é porque o compromisso inconsciente é ver o caso mais como negativo do que como positivo, e o comportamento do parceiro será encarado apenas sob este prisma. As etapas anteriores à representação são úteis, não importa onde eles estejam no padrão inicial. A ênfase em seu próprio comportamento e sua capacidade de influenciar a qualidade da experiência os capacitam e os levam para longe das acusações ao parceiro.

## CAPÍTULO 12

# Dissociação visual-cinestésica

Os clientes que procuram terapia estão às vezes sofrendo em decorrência de uma experiência passada fortemente traumática. Sua reação é tão intensa que, quando alguma coisa associada ao trauma ocorre em sua experiência atual, eles ficam completamente dominados por sentimentos pertinentes ao episódio anterior. Em resumo, apresentam uma reação fóbica.

Este era o caso da mulher mencionada anteriormente, que tinha uma reação fóbica à visão de um pênis ereto. Os estudos de caso apresentados por Master e Johnson mencionam um senhor que se deparou com a esposa praticando intercurso sexual com seu amante; depois disso, tornou-se impotente com ela. A cada vez que começava a fazer amor com ela, visualizava aquele incidente infeliz e sentia-se novamente como se sentira então.

Todas as reações fóbicas têm esta mesma forma: um estímulo externo deflagra sensações associadas a uma experiência traumática passada ou, às vezes, a uma experiência traumática projetada no futuro. Isto não acontece apenas na disfunção sexual fóbica, mas também com fobias referentes a altura, escuridão, lugares fechados etc. O incidente passado está freqüentemente fora do alcance da consciência do cliente. Nestes casos, voltar no tempo (como na técnica da mudança de história) e então sobrepor às sensações modalidades visuais e auditivas pode trazer à consciência as experiências passadas.

Às vezes é difícil encontrar uma experiência subjetivamente positiva forte o suficiente para contrabalançar o terror opressivo ou a aflição típicos das reações fóbicas. Quando isto acontece, simples técnicas de ancoragem não são suficientes. Torna-se então necessário encontrar um modo de diminuir ao máximo possível a intensidade do trauma.

Uma maneira de conseguir isso é levar o cliente a dissociar as *sensações* relacionadas com o trauma. A técnica da *dissociação visual-cinestésica* tríplice é particularmente adequada a tais casos. Esta técnica vale-se de alguns dos aspectos únicos da visualização interna. Se uma pessoa relembra visualmente uma experiência como se estivesse nela, seus sentimentos estão contidos na própria experiência. Mas quando as pessoas *vêem a si mesmas* passando por uma experiência, têm sentimentos *sobre* o que vêem.

Enquanto meus colegas e eu investigávamos a relevância de pistas de acesso para o comportamento humano, descobrimos que algumas pessoas recordavam de modos diferentes suas experiências passadas agradáveis e desagradáveis. Recordavam-se das experiências passadas desagradáveis através de imagens construídas (isto é, viam-se a si mesmas na imagem e assim tinham sentimentos *sobre* a experiência passada), ao passo que utilizavam imagens eidéticas ao lembrar experiências passadas agradáveis (estavam na imagem e voltavam a vivenciar diretamente os sentimentos agradáveis do passado). Este processo natural e inconsciente de seleção permite ao indivíduo o luxo de vivenciar novamente prazeres passados e de dissociar-se de sensações passadas desagradáveis, embora mantenha todas essas experiências disponíveis para a consciência. Deste modo, a mente consciente pode aprender com os traumas passados sem tornar a vivenciá-los. Pessoas cujos processos inconscientes fazem as distinções acima mencionadas recuperam-se com uma certa facilidade de experiências infelizes ou desagradáveis. Devido à sua capacidade de recordá-las sob um ponto de vista dissociado, a dor é menor e a perspectiva é mais clara.

° As reações fóbicas ocorrem quando as pessoas vivenciam os sentimentos desagradáveis presentes durante o trauma. A técnica da dissociação visual-cinestésica tríplice emprega o processo descrito acima e o expande, acrescentando a dissociação e a ancoragem. A técnica consiste em fazer com que as pessoas se observem de uma terceira posição, que lhes permite observar a si mesmas observando-se ao passarem pela experiência traumática. Deste modo, as pessoas podem ficar à vontade mesmo enquanto relembram a experiência, porque o aspecto cinestésico (as sensações) está dissociado da memória visual. Como a dissociação dupla que ocorre naturalmente em algumas pessoas às vezes não é suficiente para impedir que o cliente fóbico entre em contato com a realidade do trauma, o uso da terceira posição é acrescentado como uma garantia contra a ocorrência desta possibilidade indesejável.

Usei esta técnica centenas de vezes, nos mais variados tipos de traumas. Uma mulher que havia testemunhado a morte de sua jovem irmã e após dois anos ainda estava imobilizada pela tristeza conseguiu superar a experiência. Um homem cuja primeira experiência sexual havia sido dolorosamente traumática conseguiu vê-la como algo engraçado, e não mais como algo que continuamente o inibia.

Utilizei esta técnica com um casal que buscava aconselhamento após uma experiência que havia sido traumática para ambos. Ela havia feito uma mastectomia dupla e, quando pela primeira vez mostrou a ele seu corpo nu, ele não conseguiu esconder o choque. Conduzir cada um deles através deste processo ajudou-os enormemente a restabelecer a terna sexualidade que existia antes da cirurgia. Em seguida, apresento uma breve descrição do uso desta técnica em um caso particularmente difícil e dramático.

Fui chamada pela polícia para trabalhar com uma mulher, Jessica, que havia sido vítima de um estupro especialmente brutal. Ela não conseguia dar às autoridades qualquer informação sobre seu agressor, porque qualquer referência ao incidente deflagrava uma ocorrência psicótica tão forte que era necessário sedá-la. Também reagia violentamente ao ser tocada ou manipulada pelo pessoal masculino do hospital, tornando difícil para a equipe cuidar de suas necessidades físicas. Recusava-se a permitir que o namorado a visitasse e ficava muito perturbada quando, apesar disso, ele o fazia.

Jessica estava no hospital havia pouco mais de três dias quando comecei a trabalhar com ela. Durante nossas duas primeiras sessões, uma pela manhã e outra à noite, dediquei-me a estabelecer confiança e *rapport* com ela, e imediatamente comecei a estabelecer âncoras fortes, que lhe dessem segurança e conforto. Utilizando técnicas hipnóticas, pude ajudá-la a recordar ocasiões de segurança na infância, e ancorei essas experiências. Às vezes ela me dizia que não sabia se poderia continuar, então lhe pedi que segurasse meu braço como uma âncora para sentir-se segura e permanecer na experiência presente.

Como pretendia utilizar a técnica da dissociação visual-cinestésica tríplice com ela, era preciso que eu mesma fosse uma âncora forte, e que tivesse acesso às suas sensações de conforto e segurança. Só assim poderia impedi-la de ter acesso às sensações associadas à experiência de ser estuprada, que pertenciam ao passado e não à sua experiência atual. Após a nossa terceira sessão, achei que já havia estabelecido a confiança necessária e as âncoras apropriadas. Considerando as circunstâncias, estávamos indo muito bem. A quarta sessão foi como se segue:

**LCB:** Jessica, você confia em mim, não confia?
**Jessica:** Sim, confio em você.
**LCB:** Isso é bom, porque vou falar com você e, como sei que confia em mim, você vai ouvir o que eu disser. Jessica, você está comigo neste quarto. Somente você e eu estamos aqui. Você está confortavelmente sentada na cama e eu estou do seu lado. Você pode sentir o meu braço? (*Jessica estende a mão para o meu antebraço*) É bom se segurar em alguém, não é?
**Jessica:** É.
**LCB:** Você se lembra como fica protegida enquanto segura o meu braço? (*Jessica faz que sim.*) Jessica, aconteceu uma coisa com uma *parte* de você alguns dias atrás. (*Neste caso usei a descrição de uma "parte" para dissociar mais Jessica do incidente.*)
**Jessica:** (*Jessica começa a ficar tensa e a demonstrar uma reação de medo.*)

**LCB:** Calma, Jessica. Você está aqui agora. Aqui comigo, muito segura. Respire fundo e olhe para mim. (*Ela aquiesce e relaxa visivelmente.*) O que aconteceu, aconteceu a apenas uma parte de você, não a você toda. Você compreende? Apenas uma parte de você. E você está aqui agora. (*Jessica assente e continua a segurar o meu braço.*) Essa parte de você precisa da sua ajuda, Jessica. Você tem que descobrir algumas coisas para que ela fique bem novamente. Você está aqui agora, está segura comigo, e pode ser muito forte e até mesmo muito firme. Mas, neste momento, essa parte não está bem e precisa de você. Vai ser difícil para vocês duas se sentirem bem até que você a ajude. Você sabe que eu estou aqui, não sabe, Jessica? Vai começar junto comigo a ajudá-la?

**Jessica:** (*Jessica faz que sim.*)

**LCB:** Ótimo, Jessica. A última vez em que essa parte estava bem foi imediatamente *antes* de uma coisa ruim acontecer a ela. Eu gostaria que você visse essa parte — visse a ela — à sua frente. Mas veja-a do jeito que ela era *antes* de qualquer coisa ruim acontecer. Faça-me um sinal quando puder vê-la fora de você, à sua frente.

**Jessica:** (*Suas pupilas se dilatam, os músculos faciais relaxam. Ela ainda está me segurando.*) Estou vendo.

**LCB:** Isso é ótimo, Jessica. Como ela está? Parece estar bem lá? (*Indicando com um gesto o local da visualização.*) Você pode ver como ela está vestida?

**Jessica:** Posso. Ela está usando *jeans* e uma camiseta azul.

**LCB:** Ótimo. Agora mantenha-a lá, e sinta você mesma segurando meu braço.

**Jessica:** Tudo bem.

**LCB:** Agora, Jessica, quero que você comece a flutuar para fora do seu corpo, para trás de você mesma — para que possa ver-se sentada perto de mim. Veja-se segurando o meu braço e observando à sua frente a parte de Jessica que precisa de ajuda. Flutue para fora até que possa ver Jessica perto de mim, observando a Jessica mais jovem à frente. Você estará observando a si mesma se observando. Quando puder se ver aqui comigo, faça um sinal com a cabeça.

**Jessica:** (*Jessica fica completamente imóvel, sua respiração está mais relaxada, sua mão pousada de leve no meu braço. Ela assente.*)

**LCB:** (*Estico minha outra mão e coloco-a sobre a dela para ancorar esta dissociação tríplice.*) Muito bom. Agora você pode começar a ajudar *aquela* parte de você que está *ali* na frente. A Jessica um pouquinho *mais jovem ali* na frente. Observe devagar enquanto a cena começa a acontecer. Deixe *aquela* parte sua mostrar a *você* o que aconteceu para que *você* sai-

*ba como ajudar a ela.* Preste atenção para que *você continue à vontade* observando *a Jessica hoje* observar a Jessica *mais jovem* passar por *aquela* experiência que aconteceu *naquela ocasião.*

Enquanto Jessica, da terceira posição continuava a visualizar-se na experiência passada, observei-a atentamente para ver se havia qualquer sinal de que ela estivesse ficando associada à experiência (quer dizer, tendo as sensações de ser estuprada, em lugar das sensações de estar segura e confortável comigo no presente). Durante alguns minutos repeti algumas vezes estas sugestões e instruções:

**LCB:** *Você*, Jessica, está-se sentindo à vontade *aqui, agora*, enquanto observa você mesma observando a Jessica *mais jovem ali*, passando por *aquela* experiência. E *você* está aprendendo. Aprendendo o que aquela Jessica *mais jovem* vai precisar que *você* faça.

Sempre que eu notava mudanças na respiração e na tensão muscular, que indicavam que ela estava submergindo na realidade da cena de estupro, usava a âncora no seu braço para ajudá-la a permanecer na dissociação tríplice e repetia as instruções, enfatizando as palavras que reforçavam o processo dissociativo: *ela, lá, a Jessica mais jovem* (qualquer coisa anterior ao presente é mais jovem, mesmo se de apenas quatro dias antes); *você, aqui, agora, Jessica de hoje, segura* etc.

Enquanto ela continuava, seus olhos se encheram de lágrimas, que logo escorreram pelo seu rosto.

**LCB:** Tudo bem, Jessica. Observe-se aqui comigo, chorando por ela. Ela merece as suas lágrimas, e quando *aquela* experiência tiver acabado e *aquela Jessica mais jovem então* estiver calma, faça que sim com a cabeça.

As lágrimas de Jessica eram mais uma reação ao que tinha acontecido, do que um revivenciar da agressão. Jessica continuou a chorar silenciosamente, de olhos abertos e pupilas dilatadas, olhando fixamente para a cena à sua frente. Após alguns minutos, ela assentiu.

**LCB:** Muito bom, Jessica. Sei que você viu um bocado de coisas e que aprendeu bastante. Agora, quero que flutue de volta para o seu corpo — aqui, perto de mim —, sentindo sua mão no meu braço, lembrando-lhe a sensação de segurança de agora. Quando você estiver de volta, dê um sinal.
**Jessica:** (*Jessica assente.*)
**LCB:** Tudo bem, Jessica. Você acabou de observar o seu eu mais jovem passar por uma experiência terrível. Ela precisa muito de

você. Logo você irá até ela, vai pegá-la nos braços e abraçá-la, assegurando-lhe que você vem do futuro dela e que tudo vai ficar bem. Outras pessoas vão ajudá-la, e você pode garantir que ela vai se sentir segura de novo. Jessica, ela precisa saber que você a ama e se preocupa com ela. Ela precisa saber que vai ficar bem e, principalmente, que você a aprecia. Ela passou por uma experiência horrível, e você está pronta para fazer isso, Jessica?

**Jessica:** *(Ela assente, e começa a soluçar. Estica os braços para a frente, depois os traz para junto de si, embalando-se e soluçando.)*

Durante as sessões seguintes, usei a mesma dissociação tríplice para ajudá-la a recuperar informações importantes para a polícia sobre o agressor. Ela melhorou muito rapidamente, e seu namorado mostrou-se atencioso e prestativo. Nossas sessões finais foram usadas para aconselhamento pré-nupcial.

As etapas da dissociação visual-cinestésica tríplice são:
1. Estabelecer uma âncora forte para conforto.
2. Mantendo a âncora, fazer o cliente visualizar fora de si e à sua frente o seu eu mais jovem, na primeira cena de incidente traumático, imobilizando a cena como uma foto. Assim, ele está sentado lá, do lado do terapeuta, observando seu eu mais jovem à sua frente.
3. Quando ele puder ver claramente seu eu mais jovem, deve flutuar para fora do corpo, para que possa ver o primeiro eu sentado lá, do seu lado, observando o eu mais jovem. Há agora três eus: a perspectiva visual permanece na terceira posição, o corpo real na segunda e o eu mais jovem, passando pelo trauma, na primeira. Quando esta dissociação tríplice for obtida, deve ser ancorada.
4. Agora o cliente deve repassar a experiência inteira, e o terapeuta precisa assegurar-se de que ele permaneça cinestesicamente dissociado do incidente traumático através do uso de âncoras e de padrões verbais que separem as três posições — *ele, lá, o seu eu mais jovem, aquela experiência, o que aconteceu, o que aconteceu na ocasião, você, aqui, hoje, observando a você mesmo*, etc.
5. Quando a experiência tiver sido integralmente vista, o cliente deve flutuar de volta da terceira posição para a segunda (deste modo a perspectiva visual será integrada à posição corporal real.)
6. A pessoa que está ali no presente deve ir até a mais jovem (a que passou pela experiência traumática) e assegurar-lhe que vem do futuro, dando à mais jovem o conforto e a apreciação de que ela precisa.
7. Quando a pessoa que está ali no presente perceber que o seu eu mais jovem visualizado compreende, o terapeuta deve fazer com que ambas se integrem, trazendo a parte mais jovem de volta para dentro do corpo.

O diagrama seguinte ajudará a esclarecer as etapas envolvidas.

Ancora-se o cliente (2) para que ele se sinta seguro no presente. O cliente então visualiza o seu eu mais jovem (1) e flutua para fora do corpo para ter a perspectiva visual de (3). Ancora-se o estado dissociativo. O episódio traumático é repassado em (3), após o que (3) se integra de volta a (2). Então (2) conforta e tranqüiliza (1), e finalmente (2) traz (1) para dentro de (2), restando apenas o terapeuta e seu cliente.

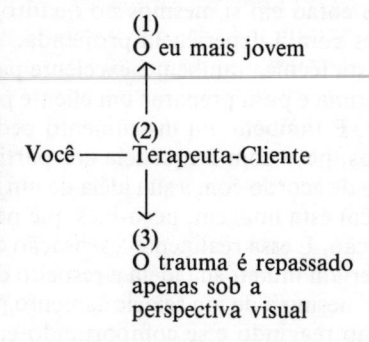

```
          (1)
          O eu mais jovem
          ↑
          (2)
Você ——— Terapeuta-Cliente
          ↓
          (3)
          O trauma é repassado
          apenas sob a
          perspectiva visual
```

Se a qualquer momento o cliente submergir na realidade e começar a reviver as sensações do trauma passado, deve-se parar com tudo. O terapeuta deve trazê-lo totalmente para o presente, restabelecer a primeira âncora forte positiva e recomeçar. Em alguns poucos casos, tive que parar e recomeçar este processo duas ou três vezes até que a pessoa fosse capaz de permanecer dissociada o suficiente para que o processo se completasse.

Este processo primeiro dissocia cuidadosamente o cliente e então integra plenamente as partes dissociadas da pessoa. É muito eficaz para lidar com casos que envolvem uma experiência passada muito poderosa, que influencia negativamente a experiência atual do cliente. Há alguns comentários típicos dos clientes sobre este processo: "Colocou as coisas na perspectiva certa", "Eu posso lembrar o ocorrido, mas não me sinto mais esmagado por ele", e "Eu achava que só queria esquecer que aquela coisa horrível tinha acontecido, mas agora acho que foi bom, aprendi muito com isso".

## Como associar-se à experiência

O processo inverso ao que acabo de descrever é útil para clientes que *perderam* as sensações corporais: por exemplo, uma mulher que não sente nada em toda a região pélvica, ou um homem cuja impotência se deve à insensibilidade no pênis. Em tais casos, descobri que fazer a pessoa visualizar-se claramente, com o seu eu visualizado gostando obviamente da experiência sexual, era uma técnica muito eficaz. Quando a pessoa consegue realmente ver-se reagindo com uma sensação plena (no caso do homem, ver-se com uma ereção total), eu então a faço sentir-se flutuando para dentro da sua própria visualização. Assim, ela associa ao aspecto cinestésico da experiência visual desejada, *entrando no quadro*.

O processo de associação é, então, o inverso do processo de dissociação visual-cinestésica. Os clientes visualizam a si mesmos numa cena e ajustam a imagem até que esteja boa para eles.

Entram então em si mesmos no quadro, para sentir as sensações congruentes com a experiência projetada.

Esta técnica também é excelente para a obtenção de mudanças na auto-estima e para preparar um cliente para expressar novos comportamentos. É também um instrumento pedagógico. Quando conduzo seminários, peço com freqüência aos participantes que se imaginem interagindo de acordo com a sua idéia de um relacionamento perfeito. Quando obtêm esta imagem, peço-lhes que penetrem em si mesmos e notem a sensação. É essa realmente a sensação de um relacionamento perfeito, ou deveriam mudar sua idéia a respeito desse relacionamento? Se a sensação é mesmo a de um relacionamento perfeito, faço-os memorizar como estão reagindo e se comportando em relação à outra pessoa. Eles podem então utilizar esta lembrança para avaliar continuamente seu comportamento. Isto lhes garante que continuem a manifestar as qualidades e características que identificaram como necessárias para tornar real o futuro almejado.

## CAPÍTULO 13

# Remodelagem

A crença subjacente ao processo de *remodelagem* é que todo comportamento (interno e externo), todo sintoma e toda comunicação são de algum modo úteis e significativos. Inerente à estrutura da remodelagem está a crença de que as pessoas tenham todos os recursos de que precisam para realizar qualquer mudança desejada. Isto pode ser verdade ou não. O que importa é que, quando organizo meu comportamento como se fosse verdade, fica mais fácil conseguir mudanças positivas. Lembre-se de que nós, humanos, nunca vivenciamos o mundo diretamente, mas, ao contrário, criamos mapas ou modelos de nossa experiência de mundo, de modo que a única realidade que conhecemos é a subjetiva. Adotar a crença acima nos dá uma ótima vantagem. Já que as realidades subjetivas podem ser alteradas e reorganizadas, temos então a oportunidade de moldar nossas realidades de maneiras úteis e benéficas.

Para que isto fique mais claro e concreto, gostaria de apresentar um exemplo típico de como utilizo esta crença para produzir mudanças nas realidades subjetivas de meus clientes. Durante um seminário em Nova York, um casal pediu-me ajuda para um problema muito específico e um tanto incomum. Parece que o carpete da casa deles era felpudo e ficava marcado pelas pegadas. É claro que isto em si mesmo não era um problema, mas a mulher tinha uma compulsão de passar o aspirador no carpete para apagar as pegadas. Como a cada vez que alguém andava sobre ele deixava pegadas, ela passava um bom tempo aspirando, o que deixava todo mundo louco e era uma fonte de enorme tensão entre ela e o marido. Cada vez que ela via uma pegada no carpete, sentia-se mal e não melhorava até que a tivesse aspirado. Depois de ouvir o caso, perguntei a mim mesma como aquela mulher poderia vivenciar pegadas no carpete como uma experiência positiva, para que não sentisse aquela necessidade constante de aspirar. A resposta facilitou muito minha tarefa. Pedi-lhe que fechasse os olhos e visse sua casa acarpetada — visse que o carpete estava perfeito, que não havia um único fio fora do lugar. Enquanto ela se deleitava vendo o carpete tão perfeito, sugeri-lhe que se conscientizasse de que havia também um silêncio absoluto na casa, e, enquanto ela ouvia o silêncio, entendeu que estava *totalmente* sozinha. As pessoas que ela amava tinham ido embora e ela estava *totalmente sozinha* com seu carpete perfeito. Disse-lhe então que agora ela compreenderia finalmente que cada pegada no carpete era um sinal de que a família estava por perto. Assim, no futuro, cada vez que ela visse uma pegada no carpete, poderia sentir a proximidade da família e o amor que sentia por eles. Poderia olhar com carinho para cada pegada, assim como para os presentes do Dia das Mães guardados ano após ano. Afinal, disse a ela, a quem pertencia aquele pé grande ou pequeno que pisara lá para que ela visse?

Ao fazer isto, remodelei "pegadas no carpete" para acionar sentimentos de amor e ternura, ao invés de uma compulsão de limpeza. Por estranho que possa parecer, isto funcionou com ela, e, realmente, faz mais sentido sentir-se bem com as pegadas do que mal por causa delas.

Além deste tipo de remodelagem, meus colegas e eu desenvolvemos técnicas explícitas passo a passo para alcançar mudanças positivas. Estas técnicas podem ser integradas ao comportamento de um cliente para que ele seja capaz de realizar mudanças pessoais sem necessidade de um terapeuta. Enquanto outros métodos terapêuticos e de resolução de conflitos trabalham com o *conteúdo* de problemas individuais, estas técnicas explícitas de remodelagem procuram reorganizar os processos internos de uma pessoa em *recursos* integrados, *orientados para o processo*, que podem ser aplicados a qualquer tipo de conflito interno. Isto é obtido com o emprego máximo de recursos e com um fluxo livre de comunicação interno à pessoa. Referimo-nos às pessoas assim reorganizadas como generativas. Elas são capazes de gerar novos comportamentos, e mesmo uma nova reorganização de si, se surgir uma necessidade ou um desejo.

Em comparação com outros modelos terapêuticos (que na maior parte são implicitamente métodos de organização de seres humanos de modo a reduzir a complexidade do comportamento, para que o terapeuta possa ser mais bem-sucedido em seu trabalho), a remodelagem é um método que permite a organização de sistemas humanos. Modelos terapêuticos que se preocupam em conseguir uma mudança particular ou em resolver um conflito particular ignoram a possibilidade de se construir um sistema generativo que possa resolver conflitos futuros e provocar mudanças futuras por si mesmo. Com a remodelagem, uma mudança particular é alcançada ou um conflito particular é resolvido através de um processo que pode ser generalizado para outros contextos e integrado ao comportamento corrente do sistema humano, seja este sistema um indivíduo, um casal ou qualquer outro tipo de organização sistêmica humana.

## Remodelagem em seis passos — como separar a intenção do comportamento

Há essencialmente dois tipos de remodelagem: a *remodelagem em seis passos*, que separa as intenções dos comportamentos, e a *remodelagem contextual*. A remodelagem em seis passos, um processo de separação da intenção do comportamento, compreende seis passos distintos e consecutivos:

**1. Identificar um comportamento indesejado.** O terapeuta deve identificar um comportamento ou sintoma específico indesejado. O comportamento pode ser qualquer sintoma fisiológico, qualquer ação que o cliente não pode evitar, ou qualquer comportamento que o impeça ou iniba de agir de uma maneira desejada.

**2. Entrar em contato com o lado que gera o comportamento identificado.** Esta etapa inicia a construção de uma ponte entre os processos conscientes e inconscientes. O cliente utiliza o diálogo interno para perguntar: "Esse lado meu que gera este comportamento quer se comunicar comigo?" Então, presta muita atenção a qualquer reação — sons, imagens, sensações ou palavras. O terapeuta também observa se há alguma reação comportamental importante da qual o cliente talvez não esteja ciente.

Se a reação não for verbal, deve-se procurar tornar a comunicação o menos ambígua possível, o que se pode conseguir marcando a intensificação da reação como um sim e sua diminuição como um não. Por exemplo, uma imagem mais clara, um som mais alto ou uma sensação mais forte indicariam uma reação afirmativa. Se o comportamento for um sintoma, é mais eficaz usá-lo como um meio de comunicação; se o sintoma for por exemplo, dormência, pode-se ampliá-la para indicar sim e diminuí-la para indicar não.

**3. Separar a intenção do comportamento.** Uma vez estabelecida a comunicação, a tarefa é descobrir a intenção que está por trás do comportamento. Assim, o cliente deve perguntar: "O que você está tentando fazer por mim?". Novamente, a resposta pode vir em imagens, palavras ou sensações. Se houver apenas sensações e for impossível decodificá-las, deve-se usar a sobreposição para construir uma representação mais completa.

Às vezes a resposta parecerá uma intenção indesejável, como "Estou tentando matar você", ou "Estou impedindo-o de fazer sexo". Quando isto acontecer, será preciso voltar atrás e o cliente deve perguntar: "O que você está tentando fazer por mim ao me matar?" Isto permite obter uma resposta mais útil, do tipo "Estou tentando salvá-lo desta vida miserável que se arrasta", ou "Se você fizer sexo, vai se machucar e isto não é bom". Neste exemplo, o passo extra para trás revelou que a intenção era de proteção. Deve-se voltar sempre, até descobrir uma intenção positiva.

**4. Encontrar três novas maneiras de satisfazer a intenção.** É mais comum fazer isto através do acesso à parte criativa do cliente (ou à parte inteligente, esperta, ou planejadora etc.), fazendo-a gerar três novos modos mais satisfatórios de realizar a intenção. Se o cliente não tiver uma parte criativa, o terapeuta deve criá-la, fazendo-o lembrar-se de uma ocasião em que foi criativo e estabelecendo então uma âncora que permita o acesso àquela criatividade (a parte criativa). Se o cliente alegar que nunca foi criativo, devemos perguntar-lhe se conhece alguém que considere criativo. Se a resposta for sim, ele deve imaginar esta pessoa, visual e auditivamente, fazendo então com que a pessoa imaginada gere três modos melhores de satisfazer a intenção. (Obviamente, as respostas também são geradas a partir dos próprios processos internos do cliente, mas esta técnica serve para contornar sensações do tipo "eu não consigo".) A alternativa menos desejável, mas que ainda assim é uma opção, é que o próprio terapeuta sugira alternativas possíveis.

**5. Fazer com que o lado do cliente originalmente identificado aceite as novas escolhas e a responsabilidade de gerá-las quando necessário.** O cliente deve perguntar ao seu lado original se concorda que as três novas escolhas são no mínimo tão eficazes quanto o comportamento original indesejado. Se ele disser "sim" (usando o modo de comunicação preestabelecido para garantir continuidade), o cliente deve perguntar a esse seu lado se aceita a responsabilidade de gerar os novos comportamentos em contextos apropriados.

Se esse seu lado não concordar que as novas escolhas são melhores do que o comportamento original, o cliente deve pedir ao seu lado criativo que tente conseguir melhores opções. Se ele não aceitar a responsabilidade de gerar os novos comportamentos (o que acontece muito raramente), o cliente deve procurar um lado seu que a aceite.

**6. Fazer uma verificação ecológica.** Na etapa final, o cliente deve perguntar-se, internamente, se há algum lado seu que se oponha aos acordos fechados. Se houver uma reação afirmativa, o terapeuta deve certificar-se de que a resposta é sim através do procedimento proposto na segunda etapa. Se houver uma objeção, o processo deve ser refeito, para identificar a objeção, separando-a da intenção, e daí em diante até o fim. Quando não houver objeções durante a verificação ecológica, o processo estará completo.

Às vezes acontece que o lado que gera o comportamento indesejado se recusa a comunicar-se conscientemente. Se for este o caso, os seguintes passos, que estão fora da consciência do cliente, podem substituir os passos mencionados acima:

**Passo 2.** Uma resposta negativa também é uma comunicação que pode ser usada. Assim, deve-se partir do princípio de que o contato foi feito e passar ao passo seguinte.

**Passos 3 e 4.** O terapeuta deve perguntar ao lado do cliente que gera o comportamento indesejado se ele sabe o que está fazendo pela pessoa. Se ele responder sim, este lado deve ir sozinho ao lado criativo e conseguir três modos de fazê-lo melhor. O terapeuta deve pedir-lhe que dê um sinal específico quando tiver conseguido.

Os passos restantes requerem apenas uma reação afirmativa ou negativa, e a mente consciente não precisa conhecer o conteúdo específico dos novos comportamentos. Já que na remodelagem em seis passos as mudanças acontecem sem intervenção consciente, esta experiência freqüentemente fornece ao cliente uma base para respeitar e apreciar mais seus processos inconscientes.

Em alguns casos raros, um dos lados pode responder negativamente, dizendo que não sabe o que faz pelo cliente. Depois de lhe perguntar se tem certeza disso, é possível pedir-lhe diretamente que *pare* de gerar o comportamento indesejado. Durante toda a minha experiência com a remodelagem em seis passos, essa reação só ocorreu uma vez. O lado do cliente disse que tinha esquecido qual era a intenção. Entretanto, sujeitou-se às instruções, interrompendo o comportamento indesejado (enurese).

## Remodelagem contextual

O segundo tipo de remodelagem é a *remodelagem contextual*, que pressupõe que *todos* os comportamentos são úteis em *algum* contexto. Com esta técnica, a tarefa é identificar o contexto no qual o comportamento é apropriado, conectando então um ao outro. Os passos são os mesmos delineados anteriormente, à exceção do terceiro, que se torna *estabelecer o contexto útil*, e do quarto, necessário apenas se o lado que gera o comportamento não souber de nenhum contexto apropriado. Quando isto acontece, o lado criativo pode ser chamado a gerar possíveis contextos apropriados. No quinto passo, o lado aceita a responsabilidade de gerar o comportamento *apenas* nos contextos apropriados.

Na transcrição a seguir, demonstro o uso de uma combinação destas técnicas de remodelagem com Tom, um cliente que sofria de impotência.

**LCB:** Bem, Tom, sei que o seu lado que o impede de ter a reação que deseja está tentando fazer uma coisa positiva por você. Então, quero que você vá para dentro de si mesmo e pergunte a esse seu lado o que ele está tentando fazer, prestando atenção a todas as palavras, imagens, sons e sensações que ocorrerem.

**Tom:** *(Fecha os olhos momentaneamente, o corpo pula para trás, como que evitando ser atingido.)*
**LCB:** E aí, o que aconteceu?
**Tom:** Perguntei, mas ninguém respondeu.
**LCB:** Respondeu, sim. O que aconteceu?
**Tom:** Bem, vi minha mãe exatamente do jeito que ela ficava quando... bem... você sabe. *(Tom foi seduzido pela mãe quando era adolescente e não podia ter um desempenho adequado. Esta inadequação continuou até o presente.)*
**LCB:** E aí...
**Tom:** E aí nada... Tive a mesma sensação que sempre tenho quando me lembro da minha mãe daquele jeito.
**LCB:** E você não acha que essa imagem e a sensação que ela causa têm alguma coisa a ver com a pergunta que você fez?
**Tom:** Bom, pensando por aí... Mas minha mãe está morta e enterrada. O que isso tem a ver comigo agora?
**LCB:** Ela está morta e enterrada, mas sua imagem não. Agora, entre novamente e pergunte a esse seu lado se ele vai lhe dizer o que está tentando fazer por você. Se a resposta for sim, faça-o mostrar-lhe a mesma imagem novamente. Se for não, faça-o fazer uma outra coisa qualquer.
**Tom:** *(Fecha os olhos, manifesta o mesmo pulo involuntário para trás.)*
**LCB:** Ótimo, a resposta é sim.
**Tom:** Como você soube?
**LCB:** Foi fácil. Peça-o para ir adiante e dizer-lhe o quê.
**Tom:** *(Fecha os olhos por alguns momentos e então os abre, mas fica sentado quieto mais alguns momentos.)*
**LCB:** E aí?
**Tom:** Ele diz que está tentando me proteger de minha mãe.
**LCB:** Você concorda que precisa de proteção contra sua mãe, e talvez contra coisas relacionadas à sua mãe?
**Tom:** Sim, claro.
**LCB:** Como o quê?
**Tom:** Ela era uma puta nojenta. Castradora. Ela teria me destruído.
**LCB:** Ah, então você concorda que precisava de proteção contra ela.
**Tom:** É, mas... Como é que ser impotente vai me proteger dela? E ela está morta agora.
**LCB:** Eu não sei. Você consegue *ver* como isso poderia ter protegido você dela na época?
**Tom:** Hummm *(Olhos para cima, à esquerda, direita, esquerda).* Sim.
**LCB:** Gostando você ou não, há alguns lados seus que acham que você ainda precisa de proteção contra a possibilidade de ser destruído, ou castrado, ou o que quer que você prefira dizer, certo?
**Tom:** Sim, mas não assim.
**LCB:** Quero que você procure o seu lado criativo e peça-lhe para sugerir três *outras* maneiras de proteger você.

**Tom**: Meu lado criativo?
**LCB**: Sim, sei que você tem um. Vá para dentro e dê-lhe uma chance de fazer a sua parte. Ele pode responder com imagens, palavras, sensações ou o que for, e você talvez não entenda, mas preste muita atenção à sua experiência.
**Tom**: *(Fecha os olhos por algum tempo; assente com a cabeça uma, duas, três vezes; sorri.)* Consegui.
**LCB**: O que você conseguiu?
**Tom**: Bom, perguntei lá dentro como você disse e no início nada aconteceu. Então comecei a ver filmezinhos curtos. Eu me vi dando um soco nela, acertando bem do lado da cabeça. Depois uma outra imagem, eu me vi abandonando-a. Saindo bem pela porta da frente. Aí, a melhor de todas, eu só ri na cara dela. Ha, ha, ha, ha.
**LCB**: Ótimo. Essas opções parecem ser muito melhores. Só uma coisa: quem estava nessas suas imagens?
**Tom**: Ah, minha mulher. *(Pausa.)* Claro. É, minha mulher.
**LCB**: Hummm, e aí? Bem, deixe isso prá lá por enquanto. Vamos continuar. Agora, quero que você pergunte ao seu lado que começou a deixá-lo impotente se ele concorda que esses modos de proteger você são mais úteis. Preste atenção à sua experiência. Se a resposta for sim, faça-o mostrar-lhe a imagem de sua mãe de novo.
**Tom**: *(Fecha os olhos.)* Ele disse que sim. Não dá para arranjar um outro modo de dizer sim? Esse é tão desagradável.
**LCB**: Claro. Peça a ele que diga sim de outro jeito. Talvez uma sensação de calor, de formigamento na coluna.
**Tom**: *(Fecha os olhos, abre-os, sorri.)* Tudo bem.
**LCB**: Agora, pergunte a ele se quer gerar esses novos comportamentos para você sempre que for preciso. Já que esse é o lado que gerou o problema original, ele já sabe quando você precisa desses comportamentos. Certo?
**Tom**: Certo.
**LCB**: Errado.
**Tom**: Ahn?
**LCB**: Errado. A não ser que você considere que encontros sexuais são boas ocasiões para socar sua parceira, abandoná-la ou rir na cara dela. *(Passando da separação da intenção à remodelagem comportamental para a contextualização dos novos comportamentos.)*
**Tom**: Ah, entendi. Mas teria sido bom fazer isso com a minha velha... quero dizer, minha mãe.
**LCB**: Sim, mas naquela época, não agora. Como você pode saber quando está na hora de se proteger daquelas coisas que sua mãe tentava fazer com você?
**Tom**: Você quer dizer fazia comigo... Não sei.
**LCB**: Entre e peça ao seu lado criativo que lhe mostre quando você precisa usar aqueles comportamentos.

**Tom**: *(Fecha os olhos por um tempo, sua expressão facial muda, o rosto fica mais vermelho; ele franze as sobrancelhas, aperta os lábios, abre os olhos.)* Tudo bem.
**LCB**: Tudo bem. E aí, como você sabe que está na hora de usar esses comportamentos?
**Tom**: *(Olhos para baixo, à direita)* Quando me sinto pressionado. Quando alguém está tentando se aproveitar de mim. Você sabe, quando estão tentando me prejudicar, me obrigar a fazer algo que não quero.
**LCB**: Quando estão tentando obrigá-lo a fazer algo que você não quer. Muito bem. Agora, volte a pergunte àquele lado seu — o primeiro — se ele concorda que quando você se sente desse jeito, pressionado, está na hora de gerar esses comportamentos de socar, abandonar ou rir.
**Tom**: Está bem *(fecha os olhos)*. Não me lembro o que é para perguntar.
**LCB**: *(Repito as instruções anteriores.)*
**Tom**: *(Fecha os olhos, sorri.)* Disse que sim. Acho que ele entende isso melhor do que eu.
**LCB**: Espero que sim *(sorrindo)*. Na verdade, é ele que importa. Então, pergunte a ele se vai gerar os novos comportamentos, mais úteis, na hora certa, em vez do antigo. Você sabe qual é o antigo — impotência.
**Tom**: Está bem *(fecha os olhos)*. Respondeu com a sensação de calor. E se eu só tiver essa sensação de calor e ela na verdade não quiser dizer nada?
**LCB**: Você é mesmo desconfiado, não? Faça-lhe uma pergunta cuja resposta você sabe que vai ser não, para ver o que acontece.
**Tom**: Está bem *(olhos para cima, à esquerda; então fechados. Tom assume a postura de quando vai para dentro de si; abre os olhos, ri.)* Bom, não tive mesmo a sensação boa de calor; com certeza, não tive.
**LCB**: Quer me dizer o que foi que você perguntou?
**Tom**: Não *(enrubescendo)*. Acho que vou guardar isso para mim.
**LCB**: Bem, agora você acredita? Pergunte se alguma parte sua faz objeção a esses acordos que fechamos.
**Tom**: Está bem *(fecha os olhos.)* Tive uma sensação estranha.
**LCB**: Pergunte se a sensação estranha significa que há uma objeção.
**Tom**: *(Fecha os olhos.)* A sensação estranha de novo.
**LCB**: Espere um instante. Pergunte se todas as suas partes estão satisfeitas com o que aconteceu.
**Tom**: *(Entra dentro de si mesmo, sorri.)* Tive a sensação boa de calor.
**LCB**: Peça-lhes que dêem a mesma resposta se ela significar sim.
**Tom**: *(Fecha os olhos, sorri.)* Deram a mesma resposta.
**LCB**: Bom, temos que ter cuidado para manter os sim e os não separados. Bem, isso quer dizer que já é *tempo* de você dar uma *festa*

*de inauguração*, você sabe o que eu quero dizer *(risada)*. Mas quero que você espere ao menos uma semana, enquanto suas partes *se acostumam às mudanças*. E não importa o quanto você *reaja*, espere até que não possa *esperar mais*. Porque *você* agora vai *começar* a aprender novos modos, mais gostosos, de reagir a estímulos sexuais. Sem precisar dos antigos, que vão ser substituídos. Mas vamos falar sobre isso quando chegar a hora.

Com Tom, a remodelagem serviu para fazê-lo ver a utilidade de um comportamento muito desprezado. Ele pôde assim encarar sua impotência como algo útil, capaz de protegê-lo do que a mãe poderia fazer com ele. Embora ele às vezes ainda precisasse de proteção contra outras pessoas que não sua mãe, podia encontrar comportamentos mais úteis — apresentados pelos seus próprios recursos internos. Mesmo assim, *a cronometragem* de tais comportamentos ainda não era apropriada; os novos comportamentos precisavam resultar de estímulos apropriados. Esta transcrição demonstra então uma integração dos dois processos de remodelagem: separar a intenção do comportamento e encontrar o contexto adequado.

A remodelagem feita com sistemas humanos de mais de um membro (um casal, por exemplo) obedece os mesmos passos já apresentados, mas usa o(s) outro(s) membro(s) do sistema como recurso criativo. A transcrição parcial de uma sessão de aconselhamento com um casal, apresentada a seguir, ilustra o uso da remodelagem neste contexto terapêutico.

**LCB:** Tony, o que você gostaria que fosse diferente com você e sua esposa. O que o faria feliz?
**Tony:** Eu queria que ela parasse de me encher o saco o tempo todo.
**LCB:** E você, Nancy, o que você gostaria que mudasse?
**Nancy:** Ele.
**LCB:** Sim, mas o que dele, especificamente? Escolha algo para começar.
**Nancy:** Suas queixas intermináveis. Não agüento isso.
**LCB:** Então, você quer que ele pare de se lamentar, e ele quer que você pare de encher o saco.
**Tony:** Então a gente faz uma troca?
**LCB:** Não acredito que isso fosse durar muito. Tony, quero que você pense nisso com muito cuidado. O de que é que você realmente gostaria que a Nancy fizesse quando você fica se queixando? Agora pense nisso e me diga quando tiver uma resposta. Enquanto ele faz isso, Nancy, eu gostaria de que você fizesse o mesmo com suas reclamações.
**Nancy:** Ah, isso é fácil. Quero que ele se mexa e faça algo em casa.
**LCB:** Então, o que você realmente quer com toda essa reclamação é uma ajuda dele. Está certo? *(Intenção separada do comportamento.)*

**Nancy:** Sim.
**Tony:** Bem, o que realmente quero dela é apoio — que ela entenda como eu fico cansado e não me pressione.
**LCB:** Então, quando você se queixa, o que você realmente quer é um pouco de apoio? *(Intenção separada do comportamento.)*
**Tony:** É.
**LCB:** Como, especificamente, você gostaria que Nancy o apoiasse?
**Tony:** Você sabe, talvez me abraçando, me paparicando um pouco, fazendo eu me sentir apreciado.
**LCB:** Então, se ela abraçasse você, o paparicasse um pouco, dissesse coisas legais — você se sentiria apoiado. Certo?
**Tony:** Sim, sentiria.
**LCB:** Bem, o que eu sei é que, nesse momento, seu jeito de dizer a ela que quer apoio é se queixar. E suas queixas só fazem com que ela continue a encher o seu saco. Certo, Nancy?
**Nancy:** Certo.
**LCB:** Agora, não há nada de mal em querer apoio, e consegui-lo é importante. Mas o que você tem feito é exatamente a coisa certa para conseguir amolações, e a coisa errada para conseguir apoio, ao menos da Nancy. Então, parabéns, você achou a melhor maneira de fazer Nancy encher o seu saco.
**Tony:** Ah, obrigado.
**LCB:** Você gostaria de ter algumas maneiras de conseguir de Nancy o que você *realmente* quer?
**Tony:** Claro, mas não faço idéia de quais sejam essas maneiras.
**LCB:** Acredito. Mas há uma pessoa aqui que pode lhe dizer exatamente o que fazer para conseguir o apoio que você quer.
**Tony:** Então me diga logo.
**LCB:** Ah, eu não sei, mas *ela* sabe. Nancy, o que é que este homem poderia fazer para conseguir o apoio de que precisa? Só você sabe. *(Nancy é usada como um lado criativo.)*
**Nancy:** Bem, nunca pensei nisso...
**LCB:** Esta é a sua chance. Pode dizer a ele o que fazer em vez de ficar se queixando. Ele se queixa para chamar sua atenção, mas não é esse o tipo de atenção que ele quer. Então, o que Tony poderia fazer para que você o abraçasse, o paparicasse um pouquinho? Um pouco de carinho, você entende.
**Nancy:** Bem, se ao menos ele fosse legal comigo.
**LCB:** Vamos ser mais específicas. Você se lembra de já ter sentido vontade de fazer isso que ele quer?
**Nancy:** Bem, claro, já devo ter sentido.
**LCB:** Está certo. E o que ele fez que lhe deu essa vontade?
**Nancy:** Não tenho certeza de que ele já fez isso alguma vez, mas bastava ele chegar, me abraçar, e me dizer que estava morto de cansaço ou exausto, e que precisava de mim, que eu me derreteria toda e o paparicaria.

LCB: Ótimo. Ouça isso, Tony. Eis aí a sua resposta. Você pode fazer isso? Abraçá-la e dizer que está exausto e precisa dela?
Tony: Claro que posso. É só que isso nunca me ocorreu.
LCB: Você sabe quando está precisando desse apoio, Tony? Quero dizer, você tem algum jeito de saber quando está na hora de conseguir apoio, em vez de se lamentar? *(Estabelecer o contexto para gerar o novo comportamento.)*
Tony: Sei, eu sei quando. Eu posso sentir quando o chão está desaparecendo debaixo dos meus pés. É aí que preciso de apoio.
LCB: Isso é bonito. E então, ambos acham este novo arranjo melhor do que o antigo?
Tony: Eu acho.
Nancy: Eu também.
LCB: Bom. Agora, sobre aquelas reclamações... *(O processo de remodelagem continuou, com Nancy usando Tony como lado criativo.)*

## Como comunicar-se com um sintoma

Como mencionei antes, é possível utilizar a remodelagem para livrar uma pessoa de sintomas problemáticos, estabelecendo uma comunicação com o sistema. No exemplo que se segue, Carol procurou a terapia em busca de alívio para dores de cabeça recorrentes. É provável que todo mundo tenha dor de cabeça de vez em quando, mas as dores de Carol formavam um padrão significativo. Surgiam quando ela estava prestes a ficar sozinha com um homem, e desapareciam quando essa situação se modificava. À exceção deste contexto particular, Carol ficava calma e à vontade em situações sociais.

Sabendo que tal padrão comportamental sistemático constituía uma comunicação significativa de seus processos inconscientes, decidi usar a remodelagem com Carol. Comecei dando-lhe estas instruções:

LCB: Carol, você se lembra da última vez em que esteve sozinha com um homem?
Carol: Sim. *(Seus olhos se movem para baixo e para a direita, sua testa e suas têmporas contraem-se visivelmente, enquanto os músculos ao redor dos olhos se enrijecem.)*
LCB: E quando você se lembra volta a sentir um pouco de dor de cabeça?
Carol: Sim. Meu Deus, eu sinto, sim!
LCB: Bom. Olhe para mim e me diga quando ela tiver ido embora.
Carol: *(Ela consente; em poucos minutos, seus músculos relaxam e sua testa se torna novamente suave.)*
LCB: Carol, quero que você use o seu diálogo interno, entre em você mesma e pergunte: "Esse lado meu que me faz sentir dor de ca-

beça quer se comunicar comigo conscientemente?" Então, quero que você preste atenção a quaisquer sensações, imagens, sons ou palavras que aparecerem — qualquer reação que seja. Vamos lá.

**Carol:** Tudo bem. *(Seus olhos vão para baixo e para a esquerda, e surge de novo a mesma contração dos músculos faciais.)*

**LCB:** Bom. Estou vendo que ele reagiu.

**Carol:** Bem, tive uma pontada de dor de cabeça, se é a isso que você se refere.

**LCB:** Excelente. Não poderia ter uma reação melhor. *(É preferível usar o sintoma como veículo de comunicação. Isto garante que a comunicação foi estabelecida com o lado ou o processo inconsciente adequados.)* Agora, temos que ter certeza de que entendemos corretamente esse lado seu. Por isso, quero que você entre em você e diga: "Se esta sensação na minha cabeça significa sim, e você quer se comunicar comigo conscientemente, então intensifique a sensação; senão, faça-a ir embora". Entendeu?

**Carol:** Entendi. *(Carol fecha os olhos, e logo aparece a mesma contração muscular. As contrações musculares servem agora como um meio visual para que eu saiba as respostas que Carol está tendo, enquanto experimenta o mesmo fenômeno cinestesicamente. Logo em seguida, Carol abre os olhos.)* Ele intensificou a sensação.

**LCB:** Isso é bom. Agora temos um modo de nos comunicar explicitamente com esse lado. Entre e agradeça-lhe por comunicar-se com você.

**Carol:** *(Ela aquiesce.)*

**LCB:** Agora entre e pergunte se ele quer lhe contar o que está tentando fazer por você ao provocar as dores de cabeça.

**Carol:** *(Carol assente e exibe o comportamento de quando está entrando em si mesma. Novamente, seus músculos faciais se contraem.)* Senti a dor de novo, então acho que ele quer me contar. É difícil acreditar que ele está fazendo algo de bom para mim.

**LCB:** Acredito em você. Mas sei que ele está. Todos os seus comportamentos são de algum modo significativos. Entre e diga "obrigada" de novo, e peça-lhe para prosseguir e dizer o que está tentando fazer por você. Ele pode contar-lhe com palavras ou imagens, o que for.

**Carol:** Está bem *(fecha os olhos por alguns instantes)*. Hummm.

**LCB:** Você entendeu a resposta?

**Carol:** Ah, entendi. Ele disse que está me protegendo porque não consigo dizer não, especialmente para homens.

**LCB:** Bem, você já sabia disso?

**Carol:** Não. Não tinha idéia. Na verdade, nunca tive nem que dizer não, por causa da dor de cabeça.

**LCB:** Bom, então esse seu lado fez um bom trabalho, não fez?

**Carol:** É, acho que sim.
**LCB:** Você concorda que a intenção dele é positiva? Você quer ser protegida das conseqüências de não conseguir dizer não aos homens?
**Carol:** Eu preferiria só dizer não.
**LCB:** Você conseguiria?
**Carol:** Bem... acho que sim.
**LCB:** Então, *você* acha que sim, mas *esse lado* seu aparentemente não concorda.
**Carol:** Bem, na verdade tenho mesmo dificuldade em dizer não às pessoas, especialmente homens.
**LCB:** Então, talvez você precise mesmo dessa proteção, ao menos até aprender a dizer não.
**Carol:** É, preciso mesmo. Antes das dores de cabeça, eu, ahn, me meti em muitas encrencas. Eu concordo que esse meu lado tem boas intenções.
**LCB:** Você só não gosta do modo como ele satisfaz essas intenções, certo?
**Carol:** Certo.
**LCB:** Até que você esteja perita em dizer não quando for necessário, gostaria de continuar a ser protegida das conseqüências de não conseguir dizer não?
**Carol:** Sim.
**LCB:** Entre e agradeça a esse seu lado por ter protegido você durante esse anos todos.
**Carol:** *(Fecha os olhos.)* Está bem.
**LCB:** Agora, você tem algum lado seu que considera o seu lado criativo?
**Carol:** Tenho, tenho sim.
**LCB:** Bom. Quero que você entre em contato com seu lado criativo e lhe pergunte se ele gostaria de gerar três outros modos de satisfazer a mesma intenção enquanto você aprende a dizer não.
**Carol:** *(Fecha os olhos, sorri.)* Ele diz que sim.
**LCB:** Como ele disse que sim?
**Carol:** Ele escreveu S-I-M em cores brilhantes do arco-íris, como se espera de uma parte criativa.
**LCB:** Ótimo. Peça-lhe para continuar.
**Carol:** *(Carol fecha os olhos e inclina a cabeça para trás; assente uma, duas e então três vezes.)* Consegui.
**LCB:** Quer me dizer quais são?
**Carol:** Claro. A primeira é só ficar sozinha com homens a quem eu queira dizer sim. A segunda é ficar feia para que ele não queira nada comigo. E a terceira é ocupá-lo com atividades que o afastem de sexo em vez de aproximá-lo.
**LCB:** Ótimo. Agora leve essas três novas opções ao seu lado que provoca as dores de cabeça e pergunte-lhe se concorda em que elas vão funcionar tão bem quanto as dores.

**Carol:** Tudo bem. (*Fecha os olhos por alguns momentos, então seus músculos faciais se contraem e depois relaxam.*) Ele disse que sim, e então a dor de cabeça desapareceu.
**LCB:** Ótimo! Chega de dores de cabeça. Agora, pergunte dentro de você se algum outro lado seu se opõe a esses acordos.
**Carol:** (*Fecha os olhos.*) Sim. Tem um SIM estampado.
**LCB:** Pergunte qual é a objeção.
**Carol:** Ele diz em letras grandes, em negrito! APRENDA A DIZER NÃO!
**LCB:** Concordo plenamente. Entre e assegure a esse lado seu que é exatamente isso o que você vai fazer, e, já que ele não teve qualquer problema em levantar uma objeção, ele pode ser muito útil nesse processo.
**Carol:** Ele está dizendo ACEITO em letras maiúsculas e em negrito.
**LCB:** Bom. Pergunte se há alguma outra objeção aos acordos fechados.
**Carol:** (*Fecha os olhos. Abre-os.*) Parece tudo bem. Estou me sentindo ótima.

Carol aprendeu a identificar um comportamento indesejado (dores de cabeça) como um modo de satisfazer uma intenção positiva (evitar problemas). Estabeleceu comunicação entre seus processos verbais conscientes e os processos inconscientes que geravam seu sintoma. Em sessões posteriores, ajudei Carol a ter acesso e a organizar suas reações para capacitá-la a dizer não educadamente em contextos apropriados. Também empregamos a remodelagem em outro conteúdo, para que o processo em si pudesse ser integrado ao seu comportamento. Em breve ela podia fazê-lo sozinha, dispensando a necessidade de um terapeuta.

A disfunção sexual é freqüentemente uma manifestação de incongruência entre processos comportamentais conscientes e inconscientes. A remodelagem alinha esses processos, estabelecendo um metassistema voltado para o bem-estar do organismo inteiro. Esse metassistema é um lado verbalizante que pode entrar em contato e se comunicar com todos os lados da pessoa nos níveis consciente ou inconsciente. Ele não toma partido, e não rotula comportamentos ou lados como maus ou doentes. Em vez disso, simplesmente atua como mediador para alinhar várias facções de um indivíduo ou casal. Desde modo, todos os recursos inerentes são utilizados para alcançar os objetivos definidos pelo sistema como um todo (pessoa, casal ou família). Uma vez que todos os passos da remodelagem tenham sido aprendidos e estejam integrados ao comportamento natural, a pessoa pode realizar por si só quantas mudanças desejar.

# CAPÍTULO 14

# Sobreposição

Um método fundamental para o aperfeiçoamento do cliente é ajudá-lo a gerar experiências internas ricas, plenas, vívidas, que envolvam todas as modalidades sensoriais. Além de produzir uma experiência profundamente modificada, isto desenvolve no cliente a habilidade de usar seus processos internos como recursos: os instrumentos exigidos para gerar experiências necessárias. A *sobreposição* é uma técnica utilizada para realizar a construção de tais experiências. Começa com uma verbalização congruente com o sistema representacional primário do cliente, e prossegue com a adição, uma a uma, das outras modalidades sensoriais. Isto é feito verbalmente, utilizando os pontos naturais de interseção que existem entre os sentidos.

Por exemplo, no caso de uma pessoa altamente visual, o processo começa com a criação de uma imagem de, vamos dizer, uma árvore ou de um bosque. Quando foi possível ver claramente as árvores à frente, observar as cores e as formas variadas das folhas e galhos, então pode-se começar a observar o início dos movimentos, a leve oscilação das folhas e galhos. Enquanto se observam as folhas e galhos, pode-se começar a ouvir o som da brisa que sopra suavemente entre as árvores, fazendo as folhas farfalharem. E, enquanto escuta o som sussurrante da brisa que passa, a pessoa pode começar a sentir o frescor que atinge seu rosto. Com o frescor da brisa no rosto, pode começar a sentir a suavidade do perfume das árvores que ela lhe traz.

Começando-se com a experiência visual — a imagem de uma árvore —, e então sobrepondo-se a experiência sensorial em seus pontos naturais de interseção, é possível expandir a representação original de modo a incluir todas as modalidades sensoriais de uma vibrante experiência internamente gerada. Se for possível ver o vento agitando as folhas e os galhos, para ouvir o som do vento será um passo curto. Ouvindo o vento, certamente também é possível senti-lo soprar no rosto. E sendo possível sentir o sopro, fica fácil sentir o frescor da brisa e o perfume das árvores que podem ser vistas claramente.

Desse modo, nossos sentidos trabalham juntos para criar experiências integrais. Partindo-se de qualquer uma das modalidades sensoriais e avançando-se através dos pontos naturais de interseção, pode-se facilmente construir uma experiência rica e plena. Nossos sentidos trabalham *naturalmente*. Seria estranho, de fato, ver uma gota d'água no braço e não sentir simultaneamente sua umidade e, talvez, ouvir o som da chuva caindo e sentir o cheiro da umidade no ar. Quando se usa a sobreposição, é útil dirigir palavras evocativas ao sistema sensorial que está sendo descrito. No quadro abaixo estão as palavras que usei no exemplo precedente.

| Visual | Auditivo | Cinestésico | Olfativo |
|---|---|---|---|
| ver | ouvir | sentir | cheiro |
| claramente | som | frescor | suavidade |
| imagem | farfalhar | sopro | perfume |
| cores | escutar | segurar | |
| formas | sussurrar | | |
| observar | | | |

Para usar a sobreposição eficazmente, é preciso descrever as características subjacentes a cada modalidade. Abaixo segue uma breve lista das características sensorial-específicas de cada sistema:

| Visual | Auditivo | Cinestésico | Olfativo/Gustativo |
|---|---|---|---|
| cor | tempo | peso | odor |
| brilho | volume | temperatura | concentração |
| saturação | tom | densidade | essência |
| posição | posição | posição | textura |
| textura | timbre | textura | fragrância |
| clareza | | movimento | umidade |
| forma | | formas | gosto |
| movimento | | | temperatura |

Embora a sobreposição de sistemas representacionais seja uma técnica eficaz em e por si mesma, ela é com freqüência um aspecto integral de padrões de comunicação projetados para enriquecer a experiência de uma pessoa. A sobreposição é particularmente útil com clientes incapazes de enfocar conscientemente a parte cinestésica da experiência em contexto sexual.

Para que a seqüência natural de processos internos e externos que compõem a experiência sexual bem-sucedida ocorra, a parte cinestésica da experiência — isto é, as sensações corporais — deve estar consciente. É possível trazer essas sensações à consciência, e enfatizá-las, começando com o que estiver consciente e acrescentando então as outras modalidades.

A sobreposição pode ser um modo valioso de ajudar pessoas cujos processos internos afetem sua capacidade de sentir, parcial ou totalmente, o intenso prazer da experiência sexual. A sobreposição traz à consciência aspectos que são excluídos da experiência e serve também para alinhar os processos internos e externos de modo a que a experiência se torne congruente.

Para ensinar pessoas altamente visuais a utilizarem o que vêem como guia em direção às suas sensações, usei a sobreposição das seguintes maneiras:

> "Olhe para ele. Você o vê claramente? Bom. Agora, enquanto ele chega mais perto e você vê aquele brilho nos olhos dele, você pode começar a se maravilhar, realmente. E enquanto ele chega ainda mais perto, de modo que você possa ver seus ombros, o rosto dele próximo ao seu, você começa a ouvi-lo murmurar. Enquanto ele fala baixinho, você sente a respiração dele no seu ouvido, talvez fazendo um pouco de cócegas. As palavras e a proximidade dele mudam o ritmo da sua respiração".

> "Quando você vê a mão dela se esticando para você, e tocando-o levemente, você pode sentir a temperatura da pele dela quando a mão dela repousa junto à sua."

> "À medida que você ouve o tom da sua voz, você fica consciente dos sentimentos que estão por trás dela."

> "Quando você a vê olhando para você daquele jeito tão especial, você pode dizer a si mesmo o quanto ela o deseja, e então sentir como é bom ser desejado."

> "Enquanto você ouve a mudança de ritmo da sua respiração, sua excitação aumenta."

> "Quando você se aproxima e a acaricia, e nota que sua pele encosta na dela, você toma consciência da textura da pele dela. E quando vo-

cê desliza sua mão, e sente as mudanças de um local para outro, você pode ver a expressão no rosto dela."

Estes são exemplos de instruções que podem ser dadas quando se utiliza o princípio da sobreposição. No caso de clientes que nunca tiveram uma experiência sexual bem-sucedida, ou que são terrivelmente tímidos e inibidos, descobri que é útil conduzi-los através de fantasias induzidas de experiências sexuais, utilizando a sobreposição e mantendo a máxima indeterminação. Isto os deixa livres para gerarem internamente a experiência que os satisfizer mais. A arte de manter a indeterminação, e ainda assim ser específico o suficiente para gerar uma rica fantasia induzida, é aprendida através do estudo de padrões de linguagem, especialmente aqueles encontrados no volume I de *Padrões das técnicas hipnóticas de Milton H. Erickson, M.D.*, de Bandler e Grinder. Mantendo a indeterminação ao conduzir verbalizações para experiências positivas, posso ajudar um cliente a ter acesso a uma fantasia a partir dos seus próprios recursos internos, ao invés das minhas experiências internas. Por exemplo, posso dizer: "E pode haver uma certa sensação de satisfação em saber o que você sabe". Uma "certa sensação de satisfação" não especifica que tipo de experiência é essa, e "saber o que você sabe" não especifica a experiência de saber, deixando também oculto o que é sabido.

Este método é especialmente eficaz com clientes que costumam dizer "Eu simplesmente não consigo me *ver* fazendo isso" quando lhes perguntamos o que os impede de ter o tipo de experiências sexuais que desejam. Tal resposta me diz que seu comportamento provavelmente mudaria se eles *pudessem* "ver a si mesmos fazendo isso". Já que ver a si mesmo fazendo algo é inerentemente uma experiência internamente gerada, é adequado usar a fantasia induzida — que assegura o emprego dos princípios da sobreposição para garantir uma experiência rica e plena.

Pode-se ensinar os clientes a usar seus próprios processos internos para intensificar sua experiência sexual. Uma vez que tenhamos descoberto como o cliente gera sensações corporais (isto é, se o faz diretamente ou a partir de palavras, imagens ou sons), podemos ensiná-lo a usar essa informação. Como um exemplo disto, mencionei anteriormente uma terapeuta sexual que reclamava de só ter orgasmos usando um vibrador. Investigando, descobri que, quando ela estava fazendo amor, suas vozes internas começavam a atormentá-la, dizendo: "Ele está ficando cansado, você nunca vai conseguir", e coisas do gênero. Quando isto acontecia, ela ficava preocupada e ansiosa, o que desviava sua consciência da experiência sexual em si.

Era importante para seu amante que ela tivesse um orgasmo com ele, e ela também queria muito isso. Mas, devido à ansiedade produzida pelas vozes, eles recomeçavam repetidamente o ato sexual da fase inicial de excitação, até que a descrição que as vozes faziam do cansaço dele, e mesmo do seu aborrecimento, finalmente se concretizava — tornava-se uma profecia que se cumpria por si mesma.

Embora houvesse muitas possibilidades de intervenção nesta situação, optei por ensiná-la a usar suas vozes internas para descrever a experiência externa do momento: descrever onde ele a estava tocando, o calor de suas mãos, a suavidade ou firmeza do seu toque, o som e o ritmo das suas respirações, a batida do seu próprio coração. À medida que ela aprendia isso, ensinei-a também a usar essas descrições internas para aproximá-la da experiência que desejava. Quer dizer, ensinei-a a fazer verbalmente com que uma experiência presente levasse a uma experiência desejada: "Enquanto eu o sinto movendo-se comigo, vou ficando cada vez mais excitada, respirando mais e mais rápido, chegando cada vez mais perto do orgasmo". Essas verbalizações implicam que, *já que* ela o sente mover-se com ela, ela fica mais excitada e *já que* ela está respirando mais rapidamente, ela está chegando perto do orgasmo.

Este método permitiu-lhe sentir-se desejosa, excitada e mesmo orgásmica, porque seus estados emocionais derivavam primariamente do seu diálogo interno. Alinhou as experiências sensoriais externas e os processos internos, de modo a produzir o resultado desejado. Mais tarde, descobri com prazer que, com a continuidade do processo, as vozes internas começaram a sair da sua consciência, deixando que os prazeres cinestésicos ocupassem integralmente sua atenção. Ela também me contou que conseguia induzir outras experiências desejadas — tais como cautela, confiança e tranquilidade — empregando da mesma maneira suas vozes internas.

Descobri também que a sobreposição era útil para ajudar clientes a identificar-se com a experiência do parceiro. Tanto homens quanto mulheres perguntavam-me frequentemente o que eu achava que seus parceiros esperavam deles sexualmente. É quase sempre verdade que, uma vez que tenham tido a experiência internamente gerada de ser o parceiro, eles venham a se comportar de maneira criativa e apropriada. Por "ser o parceiro" quero dizer imaginar o que gostariam de experimentar sexualmente *consigo mesmos*. Isto inclui imaginar o que a outra pessoa está vivenciando, isto é, colocar-se no seu lugar.

Para usar a sobreposição deste modo, o cliente imagina-se entrando no corpo do parceiro sexual. Começando com o sistema representacional mais típico, usa o princípio da sobreposição para desenvolver a experiência integral. Vê a si mesmo da perspectiva do parceiro, aproximando-se, ouvindo o som de suas próprias palavras, o tom de sua própria voz, o toque de suas próprias mãos e de seu corpo. Imaginar-se integralmente sob a perspectiva do parceiro dá ao cliente o *feedback* de que ele precisa. Durante esta experiência, os clientes costumam alterar e ajustar seu próprio comportamento imaginado, tornando-o mais atraente desta nova perspectiva. Obviamente, o cliente deve usar o retorno sensorial direto oferecido pelo parceiro no contexto sexual real para saber se seus comportamentos estão de fato suscitando a reação desejada. Relatos subseqüentes dos clientes indicaram que geralmente os parceiros adoram os novos comportamentos.

Esta técnica provou ser muito eficaz com uma mulher que me procurou especificamente em busca do aconselhamento sexual. Ela reclamava que tinha sempre que tomar a iniciativa com o marido no plano sexual, enquanto ele ficava passivo. Além disso, ele se recusava a acompanhá-la no aconselhamento e parecia contente com a situação atual. Na minha primeira sessão com essa mulher, utilizei a sobreposição para gerar para ela a experiência de ser seu marido. No papel dele, ela gostou muito da sensação de ser tão desejada, e liberada em suas próprias iniciativas. Na semana seguinte, ela me telefonou cancelando nosso próximo encontro. Quando perguntei a razão, ela respondeu que estava tudo bem. Em seguida, deu-me mais detalhes, contando que havia gostado tanto de se identificar com o marido que compartilhara a experiência com ele. Ela então pediu-lhe que imaginasse ser ela, o que ele fez, e em seguida que fingisse *se comportar* como ela. No início ele achou a experiência boba e engraçada, mas ela reagiu tão favoravelmente que ele repetiu o mesmo jogo durante a semana. Eles agora estavam se revezando na troca de papéis, alternando passividade e iniciativa. Esta mulher superou até mesmo as minhas melhores expectativas ao utilizar criativamente sua experiência para suscitar a reação que mais desejava do marido. Desde então, venho ensinando aos clientes que vêm sem seus parceiros este e outros métodos semelhantes, que os tornam capazes de suscitar por conta própria comportamentos desejados. Quando faço isso, utilizo sempre a sobreposição para primeiro induzir o cliente a um estado de identificação com o parceiro, permitindo que essa experiência sirva de base para ações subseqüentes.

Da mesma maneira, é altamente estimulante para algumas pessoas tocar seu parceiro imaginando ao mesmo tempo a sensação do próprio toque na pele do outro. Esta técnica é especialmente apropriada para casais em que um dos membros tem aversão ao sexo oral. Imaginar a sensação que a manipulação oral dos genitais deve provocar no parceiro pode torná-la de repente excitante. Interrogando clientes que gostavam muito de praticar *cunnilungus* ou *fellatio*, descobri que eles de fato utilizavam esta estratégia com freqüência.

Além de útil no contexto da expressão sexual, a sobreposição é um meio de iniciar experiências úteis que de outro modo seriam inacessíveis. Um problema muito comum na terapia de casais é um dos dois, ou ambos, sentirem-se não-amados e incapazes de despertar o amor de alguém. Ter que demonstrar amor continuamente é uma carga muito pesada para o parceiro. Isto cansa mesmo a pessoa mais amorosa. O resultado bem-definido neste caso deve incluir a experiência de ser digno de amor como uma habilidade internamente gerada, e não como uma dependência contínua de outra pessoa. O próximo capítulo apresenta uma técnica muito útil na obtenção deste resultado.

## CAPÍTULO 15

# Olhar para si mesmo através dos olhos de quem o ama

Pedirei ao leitor que imagine, por um momento, que é um escritor e que está escrevendo um livro do qual é ao mesmo tempo um personagem, ao lado de muitas outras pessoas que ajudaram a fazer de sua vida o que ela é hoje.

O leitor deve identificar alguém que saiba que o ama. Não é importante que ele ame essa pessoa, mas é muito importante que saiba que ela o ama. Deverá procurar entre as pessoas que passaram por sua vida até encontrar aquela que sabe que o ama.

O leitor/escritor está sentado a uma escrivaninha ou a uma mesa, onde há uma máquina de escrever, papéis, canetas etc. À sua frente há janelas, ou talvez portas corrediças de vidro, que permitem ver o lado de fora. Lá, entretida em algum assunto de seu interesse, está aquela pessoa especial que *sabe* que o ama. Chegou o instante no livro em que o autor deve descrever essa personagem real. Ele se senta, olhando para ela, preocupado com as possibilidades formais de como descrever esta pessoa através de palavras — como apreender e expressar em palavras aquilo que a torna especial, que permitiriam ao leitor vê-la como ele a vê. Então passa a descrever para si mesmo os gestos, palavras, olhares e comportamentos peculiares que fazem desta pessoa o que ela é — seu humor, sua paixão, seu intelecto, suas loucuras, seus pontos fracos, sua força e sua fraqueza: o específico e o global que se aglutinam para tornar esta pessoa única em todo o mundo. Ao ouvir sua própria descrição, sente as sensações que surgem e passam através de si mesmo enquanto observa a pessoa que está do outro lado do vidro.

À medida que sua descrição vai chegando ao fim, o autor muda calmamente de posição e percepção. Flutua para fora de seu lugar à mesa, sai da sala e penetra na pessoa que está do outro lado do vidro — transforma-se na pessoa que o ama. De lá, seus olhos fixam-se na atividade na qual ele esteve tão absorvido e vêem a si próprio sentado, trabalhando no livro. Ele se vê a si mesmo através dos olhos de alguém que o ama; vê pela primeira vez o que a pessoa que o ama enxerga quando olha para ele. Observando atentamente, o autor percebe seus próprios gestos, palavras e olhares, segundo a descrição daquele que o ama. Vendo-se a si mesmo através dos olhos de alguém que o ama, pode então reconhecer as qualidades e atributos que lhe eram desconhecidos, ou vistos como faltas por seus próprios olhos. Vendo a si mesmo através dos pensamentos, percepções e lembranças de alguém que o ama, o autor se descobre um ser digno de amor — alguém que enriquece outra pessoa pelo simples fato de ser como é. Ouve e vê o que a outra pessoa aprecia nele. Retendo bem tudo aquilo que vale a pena conhecer, o autor retorna lentamente ao seu próprio ser, lembrando quem é para aquele que o ama.

Esta técnica é uma forma especial de dissociação. Leva alguém para fora de si mesmo, enquanto influencia sua percepção de si. Tem sido universalmente útil para desenvolver critérios apropriados de autoavaliação e é particularmente apropriada para lidar com estados de depressão, solidão e autodepreciação. Também tem sido consistentemente poderosa com casais, pois fornece a cada pessoa recursos para gerar internamente a experiência de ser amada, aliviando a necessidade constante de verificação externa por parte da pessoa amada — coisa que com freqüência faz ruir um relacionamento. Também é útil para criar um estado interno no qual o indivíduo se sente digno de amor, podendo a partir daí expressar naturalmente comportamentos mais amorosos, que intensificam o relacionamento.

Esta é uma técnica que pode ser aplicada em si próprio e nos outros. O terapeuta precisa acompanhar atentamente as reações do cliente à medida que avança. Estes são os sete passos que constituem a técnica:

**1.** Estabelecer a experiência de ser um autor.
**2.** Fazer com que o cliente identifique alguém que ele *saiba* que o ama. Se não houver alguém nesta condição em sua vida atual, deve-se orientá-lo para um momento do passado em que houve alguém que com certeza o amou. Se ele afirmar que esta pessoa nunca existiu, é necessário ajudá-lo a criar tal pessoa, tomando o cuidado para que seja criado alguém a quem o cliente apreciará.
**3.** Estabelecer a postura de estar sentado, olhando além de uma janela para alguém que o ama.
**4.** Fazer com que o cliente descreva para si mesmo as características essenciais, grandes ou pequenas, que reconhecidamente tornam aquela pessoa especial para ele.
**5.** Fazer com que ele flutue para dentro do corpo da pessoa que o ama — o terapeuta, deve usar toda a sua habilidade na sobreposição e ancorar essa posição dissociada com o tom de sua voz. Se for difícil para o cliente manter a posição, deve-se criar uma âncora cinestésica. Se for difícil para ele ver a si mesmo, deve-se usar a sobreposição e então ancorar o estado. (Usar os mesmos passos da dissociação V-C, com

a exceção de que o cliente estará vendo a si mesmo através dos olhos de alguém que o ama, e não através de seus próprios olhos.)

**6.** Pedir ao cliente que descreva para si mesmo o que ele ama na pessoa que está vendo. Reforçar este estado perceptivo especial com padrões verbais ("veja você mesmo através dos olhos de alguém que o ama"). Direcionar a consciência do cliente para aspectos de si mesmo que ele não perceberia se os visse com seus próprios olhos.

**7.** Reassociá-lo então de volta ao seu próprio corpo, trazendo consigo aquilo que é importante, isto é, *sentir-se digno de ser amado*.

## CAPÍTULO 16

# Metáfora terapêutica

Uma discussão sobre os métodos capazes de levar o cliente do estado atual ao estado desejado estaria incompleta se não oferecesse uma explicação sobre o uso da *metáfora terapêutica*, uma técnica especial de contar histórias que propicia à pessoa descobertas importantes, conscientes ou inconscientes, que gera novos comportamentos produtivos.

A arte da metáfora terapêutica foi ricamente desenvolvida por Milton H. Erickson, M.D., um especialista tanto na construção quanto na enunciação de metáforas terapêuticas. Recomendo sua leitura. Gostaria de oferecer aqui apenas os fundamentos mais elementares da construção de metáforas, juntamente com alguns exemplos, para que cada um possa entender o processo geral e começar a desenvolver sua própria habilidade.

Para ser eficaz, uma metáfora deve:

**1.** Ser isomorfa ao conteúdo do problema. Ser isomorfa é ter uma estrutura idêntica ou semelhante. Seguir à risca uma dieta é uma situação isomorfa a manter-se dentro de um orçamento — as duas têm componentes similares.
**2.** Oferecer uma experiência substitutiva na qual a pessoa tenha a oportunidade de operar a partir de um conjunto diferente de filtros, que lhe possibilite o acesso a escolhas antes desconhecidas.
**3.** Oferecer uma solução, ou conjunto de soluções, para a situação isomorfa, que possa ser generalizada para o problema, levando o cliente a fazer as mudanças adequadas.

Por se tratar de um método seguro e inofensivo de lidar com assuntos que as pessoas têm dificuldades em abordar, as metáforas podem ser extremamente eficazes em problemas cuja solução é difícil através de outras técnicas.

As etapas básicas de construção de uma metáfora são:
**1.** Identificar completamente o problema.

2. Definir as partes estruturais do problema e as "personagens" adequadas.
3. Encontrar uma situação isomorfa. (David Gordon recomenda praticar com analogias, isto é, "Você sabe, a vida é como vinho: manejando bem ela fica melhor com a idade".
4. Oferecer uma solução lógica. Determinar o que seria útil descobrir e então encontrar contextos nos quais essas descobertas seriam evidentes.
5. Acomodar esta estrutura em uma história divertida, ou que disfarce a intenção (para evitar a resistência do cliente).

O caso que narro a seguir é um exemplo pertinente do uso da metáfora para ajudar um cliente a alcançar uma mudança pessoal.

Uma mulher atraente chamada Dot procurou-me em busca de aconselhamento. Queria ajuda para aprender a controlar seu comportamento promíscuo. Era casada com um homem bom (sua descrição) e tinha dois filhos adoráveis, mas mantinha relações extraconjugais quando e com quem fosse possível. Queria parar com este comportamento. Utilizei os elementos da sua descrição, expostos a seguir, para criar uma metáfora terapêutica. Como tantas mulheres atraentes hoje, Dot também se preocupava com o excesso de peso (problema que ela não tinha), e assim usei este conteúdo para que a metáfora aparentasse ser uma extensão natural da nossa interação terapêutica.

| Descrição do problema | Metáfora terapêutica |
|---|---|
| A promiscuidade está fazendo Dot perder o marido e a auto-estima. | Uma mulher a caminho da obesidade |
| Dot não resiste à tentação dos outros homens | Uma mulher que não consegue resistir a sobremesas e pratos tentadores quando come fora. |
| Dot acha mais excitante o sexo fora do casamento. | Esta mulher adora comer fora. |
| Dot está insatisfeita com suas relações sexuais conjugais. | Esta mulher mal toca na comida que faz em casa. |
| Cada experiência extraconjugal gera mais culpa e aumenta a possibilidade de Dot perder o marido. | Cada vez que come fora a mulher fica mais gorda. |

| | |
|---|---|
| A culpa de Dot torna-se tão dolorosa que ela *tem* que fazer algo a esse respeito. Ela tem insônias etc. | A mulher gorda *tem* que tomar alguma providência quanto a seus hábitos. Ela não entra mais em nenhuma roupa. |
| Dot nunca desenvolveu comportamentos sexuais satisfatórios com o marido. | A mulher gorda nunca aprendeu a cozinhar bem para si mesma. |

Cada um dos elementos da metáfora construída até aqui é isomorfo (isto é, há uma correspondência estrita na estrutura) ao problema apresentado. Eles acompanham o problema apresentado de modo tal que ambos têm a mesma forma. O passo seguinte é passar do acompanhamento do problema à busca de uma solução comportamental.

A reação desejada é que Dot mude seu comportamento de modo a resolver seu problema. Assim, a partir da mulher obesa, a história deve de algum modo propiciar uma mudança de comportamento adequada, uma vez que metaforicamente a mulher obesa representa Dot.

| Solução do problema | Solução metafórica |
|---|---|
| Para Dot aplicar sua energia no desenvolvimento de experiências sexuais satisfatórias com o marido. | A mulher dedicou-se a rearrumar a cozinha. Começou a ler livros de receita, para escolher pratos apetitosos, e começou a experimentar refeições saudáveis e satisfatórias. |
| Para Dot encontrar a satisfação necessária em casa. | Com o tempo, mais rápido do que se imagina, ela descobriu que não havia nos restaurantes nada comparável às suas refeições caseiras e perdeu a vontade de empanturrar-se em outros lugares, satisfazendo-se em casa. |
| Para Dot orgulhar-se de sua relação conjugal e encontrar satisfação sexual com o marido. | Agora esbelta, esta mulher outrora gorda orgulha-se muito de suas habilidades culinárias, bem como da sua figura. |

São esses os elementos de uma metáfora terapêutica criada para suscitar um resultado específico. Para garantir a eficácia desse processo de contar histórias, são utilizadas a ancoragem e várias outras técnicas, verbais e não-verbais. Enquanto relatava essa história a Dot, procurei torná-la realmente interessante para que ela se identificasse com o assunto. Ela então vivenciou as emoções provocadas pela história, o que me permitiu ancorar (cinestésica, visual e auditivamente) as experiências internamente geradas para fazer a mudança. Utilizei também a sobreposição para tornar a metáfora mais rica e atraente.

Um casal, Don e Iris, procurou aconselhamento conjugal para melhorar uma relação que se vinha deteriorando há algum tempo. Don era seis anos mais velho do que Iris. Estavam casados havia seis anos e tinham dois filhos, de quatro e dois anos. Durante o namoro Iris era uma mulher esbelta e atraente; desde então, contudo, ela engordara cerca de vinte e cinco quilos. Ganhara peso durante os dois períodos de gravidez e não o perdera depois. Don não gostava de sua aparência e havia alguns meses não tomava qualquer iniciativa sexual. Como ocupava uma posição de gerência numa grande empresa, tinha compromissos sociais relativos ao trabalho. Decidiu escondê-los de Iris, preferindo ir sozinho a arriscar-se ao embaraço que a aparência da mulher lhe causaria.

Fora Don quem decidira ter filhos, e ele havia convencido Iris de que isto seria bom para eles. Mas à medida que ela engordava durante sua primeira gravidez, Don começou a trabalhar além do expediente. Mesmo na época do aconselhamento, as flutuações de peso de Iris estavam diretamente relacionadas ao tempo que Don passava com ela, e suas orgias alimentares ocorriam nas noites em que ele fazia horas extras. Embora não houvesse indícios de que ele estivesse tendo um caso (ou tivesse tido), era óbvio que a idéia lhe ocorrera.

Don era cuidadoso com sua aparência e falava sobre como via a si mesmo. Iris, por outro lado, falava sobre como sua vida era vazia e de como precisava de algo que a preenchesse. A representação da experiência de Don era tipicamente visual; a de Iris, primordialmente cinestésica. Eram ambos congruentes quanto ao amor que sentiam um pelo outro, embora Don quase tivesse arrepios ao olhar para Iris. Ambos descreviam a experiência sexual que haviam tido juntos antes como "idílica". Com duas crianças pequenas em casa, Iris era extremamente dependente de Don para tudo que excedesse seu papel de mãe.

O estado desejado, para Don e Iris, era que ela emagrecesse, reavivando assim seu desejo físico por ela. Para Iris, o desejo de Don (ou a falta dele) exercia um forte controle sobre a condição de sua experiência subjetiva. Quanto mais ele se afastava dela, mais ela comia para preencher aquele vazio doloroso, o que, por sua vez, fazia-o afastar-se ainda mais.

Já que uma maior atenção da parte de Don ajudaria muito a fazer com que Iris emagrecesse, tornando-a também mais feliz e melhorando sua auto-estima, eu poderia simplesmente ter explicado a ele o resultado de suas atitudes, e confiado em suas boas intenções para resolver o problema. Mas elas não estavam bastando. De algum modo, sua experiência de estar com Iris, do jeito que ela era, precisava ser realçada.

Eu tinha certeza de que, se Don pudesse dar a Iris um apoio carinhoso, protetor mesmo, ela reagiria a isso emagrecendo e "sendo mais ela mesma" (suas próprias palavras). Entretanto, sua aparência atual impedia qualquer um dos dois de suscitar a reação desejada do outro.

Assim, tendo em mente dois objetivos — um a curto prazo, de aumentar a atenção de Don para com Iris, e outro a longo prazo, de fortalecer um relacionamento mutuamente enriquecedor —, decidi usar a metáfora terapêutica com eles. Para construí-la, utilizei informações obtidas deles quanto ao seu comportamento e incorporei expressões verbais específicas usadas por Don para torná-la ainda mais eficaz.

Na metáfora desenhada para Don e Iris, apresentada em seguida, Don está representado por tio Ronnie, enquanto a terra e as alcachofras representam Iris. O relacionamento básico de um fazendeiro que cuida de sua terra e obtém uma resposta dela mantém-se constante em toda a história. Metaforicamente, essa relação é congruente com o relacionamento de Don e Iris. A história foi contada assim:

> Você diz que seu pai era fazendeiro. Meu tio Ronnie é fazendeiro. Quero dizer, é assim que eles são chamados na Califórnia, não importa o que cultivem. Mas ele não foi sempre fazendeiro. Antes era negociante, e era bom nisso também. Um sujeito realmente promissor. O pai dele — meu avô — tinha um pedaço de terra grande e bonito na costa da Califórnia. Bem, Ronnie sabia que um dia provavelmente tudo seria dele. E ficou de olho, à medida que o tempo passava.
>
> Mas sua carreira nos negócios tomava-lhe muito tempo. Sabe como é. Finalmente, um dia o pai o chamou à Califórnia e disse-lhe que o trabalho estava pesado demais para ele, e que precisava que Ronnie tomasse conta das coisas. Ronnie achou que aquela poderia ser uma grande oportunidade. Financeiramente, o lugar era promissor, e era uma terra tão bonita! Ele não pôde resistir.
>
> Durante algum tempo, ele apenas usufruiu de sua nova posição de fazendeiro. Então decidiu que estava na hora de voltar ao trabalho. O pai havia plantado principalmente flores, muito bonitas. Mas, do ponto de vista de Ronnie, não muito produtivas. Depois de examinar várias possibilidades, decidiu que cultivar alcachofras seria a melhor opção para a terra. Elas eram resistentes, perfeitas para o clima, consideradas uma iguaria sofisticada e obtinham um bom preço no mercado.
>
> Então, mandou arar os campos de flores e plantou sementes de alcachofra. Sentiu que estava tomando uma iniciativa sábia e prudente. Mas as alcachofras demoram algum tempo antes de começar realmente a produzir, e Ronnie era um homem impaciente. Seu interesse começou a se dispersar. Um dia, enquanto olhava para os cam-

pos, achou-os muito feios. Ele se dizia que aquilo era mais prático, mas ainda assim sentia falta das lindas flores. Afastou-se cada vez mais da terra, deixando-a aos cuidados de outros. Obviamente, a terra sofreu. Os empregados não se importavam tanto com a terra; afinal, não era deles. E os resultados da negligência de Ronnie logo surgiram.

Ronnie me contou que um dia foi aos campos e olhou em volta. Ficou assustado com os montículos granulados e as plantas de alcachofra sem graça, com as folhas espalhadas por toda parte. Disse a si mesmo: 'Meu Deus, o que foi que eu fiz? Isso é horrível. Não quero nem mesmo chamar isso de meu. Devia ter deixado a terra em paz. Queria nunca ter tocado nela'.

Mas ele tinha tocado. E o que ia fazer com ela agora? Certo, estava produzindo alcachofras e havia um bom mercado para elas. Mas a terra precisava de mais atenção e cuidados para se tornar realmente produtiva. Bem no fundo, ele sabia que isso era verdade.

Enquanto voltava para casa, estendeu a mão e colheu uma alcachofra, levando-a consigo. Enquanto pensava em seus problemas, sentado à mesa da cozinha, começou a estudar atentamente a alcachofra. Era meio feia. Todas aquelas folhas protuberantes, incomíveis do lado de fora. Flagrou-se pensando por que alguém se sentiria atraído por uma coisa assim.

Mas então começou a descascar suavemente a alcachofra. E, à medida que retirava as camadas, ficava cada vez mais encantado com o que descobria. Era lindo! As folhas internas, suaves e macias, o conduziam ao coração da alcachofra. Certamente, era isso o que atraía as pessoas e as levava a comprar e a plantar alcachofras. Sabiam que dentro delas havia um lindo e suculento coração.

Quando ele então olhou pela janela, começou a ver um mar de corações de alcachofras sobre os campos. E riu, porque em vez de plantas feias, granulosas e deselegantes, podia ver agora uma imensidão de plantas trabalhando duro, com todas aquelas camadas externas, para proteger o precioso coração interno, que era, afinal de contas, o que todos queriam delas. Aquelas camadas externas, grossas e espinhosas, protegiam o coração da alcachofra de todos os que não quisessem esperar para chegar ao tesouro escondido.

Alguma coisa naquilo tudo comoveu Ronnie, que era sensível à idéia de vulnerabilidade. Além disso, a alcachofra não podia descascar-se sozinha. Não podia expor seu tesouro oculto sem ele. Aqueles eram seus campos, suas plantas e subitamente ele sentiu o forte desejo de cuidar delas, zelar por elas, para garantir seu crescimento e sua produtividade. Ele se certificaria de que as plantas seriam tratadas com carinho, a fim de que o precioso coração não fosse destruído.

Hoje, é claro, meu tio Ronnie é um fazendeiro bem-sucedido e está muito orgulhoso da sua terra e do que ela produz. Quanto aos primeiros tempos, ele diz que quase perdeu de vista sua direção porque se deixou distrair quando as coisas não pareciam ir bem. E aquela distração custou-lhe tempo e problemas extras para recolocar as coisas no lugar.

Quando olhou bem para o que tinha, sentiu que preferia dar tudo o que possuía a correr o risco de perder tudo o que sempre quisera. Naturalmente, a terra respondeu-lhe tornando-o um homem rico e orgulhoso. Todo mundo podia ver que ele tinha algo de valor."

Esta metáfora funcionou muito bem, suscitando as reações desejadas. Don tornou-se mais atencioso com Iris. Começou a encorajá-la e até participou de um programa de emagrecimento com ela. Segundo suas próprias palavras, ele havia "investido no casamento" e teria que "dedicar-lhe algum tempo e energia para fazer o investimento render".

A vantagem das metáforas é que as pessoas *reagem espontaneamente*. Seus processos conscientes não interferem e, embora saibam que algo aconteceu, não têm muita certeza do que (ou como) aconteceu.

Se eu tivesse escolhido um resultado desejado diferente, a metáfora teria sido construída de modo diverso. Se a reação desejada fosse que Iris se tornasse mais segura e independente, na metáfora a terra poderia tornar-se selvagem devido à negligência, recobrindo-se de plantas lindas e estranhas, até que tio Ronnie não mais soubesse andar por sua própria terra: "E era como uma fronteira virgem a ser descoberta, e talvez domada e cultivada novamente. Mas, então, a terra não aceitaria ser domada e cultivada por ele, pois o havia superado, e, no máximo, aceitaria domá-lo e cultivá-lo para atender às suas próprias necessidades".

Uma metáfora como essa teria certamente suscitado um resultado diferente do anterior. Na minha opinião, uma reação realmente segura e independente por parte de Iris teria, naquela ocasião, sido mais destrutiva do que benéfica para o seu relacionamento. Esta opinião orientou-me a construir uma metáfora que suscitasse uma *reação útil*. Quando utilizamos a metáfora terapêutica, devemos ter sempre em mente o resultado desejado, durante toda a construção e narração da metáfora.

As histórias que narro a seguir, juntamente com trechos de transcrições de terapias, demonstram melhor o uso eficaz de metáforas terapêuticas.

Bud sofria de impotência. Nunca tivera uma ereção suficiente para o coito ou a ejaculação. Aos catorze anos, fora seduzido pela tia, que vivia com ele e a mãe. Essa tia costumava humilhá-lo pela sua falta de habilidade no desempenho sexual. O pai saíra de casa quando Bud tinha doze anos e a mãe nunca soube desses incidentes sexuais. Embora Bud estivesse casado havia seis meses, o casamento não se consumara. A descrição que fazia da esposa encaixava-se perfeitamente na de sua tia, mas Bud aparentemente não tinha a menor consciência dessa semelhança. Ele tinha fotos da esposa e da tia na carteira, e a semelhança física era impressionante. A tia morrera alguns anos antes de ele me procurar em busca de ajuda. A metáfora que utilizei foi construída usando estes componentes:

| Descrição do problema | Metáfora terapêutica |
|---|---|
| A tia é ameaçadora e agressiva. | A igreja está queimando. |
| Bud é impotente para se proteger, mesmo agora que a tia está morta. | Os bombeiros não conseguem usar a água do hidrante e a igreja é destruída. |

| Solução do problema | Solução metáforica |
|---|---|
| Bud precisa compreender, no seu inconsciente, que a impotência não é mais necessária como proteção. | Os bombeiros descobrem um modo de abrir a válvula do hidrante. |
| Bud precisa separar seus sentimentos em relação à tia do que sente pela esposa. | Os bombeiros notam que faíscas da igreja estão incendiando a casa vizinha. |
| Esta separação permitirá a Bud ser potente com sua esposa. | Os bombeiros apagam o fogo na casa sem problemas. |

Minha mãe me contou uma história que sua irmã ouvira de um vizinho em Wichita, Kansas, sobre um incêndio. Parece que a maior igreja da cidade, a mais importante, tinha pegado fogo. Ninguém sabia como o incêndio começara, mas os bombeiros foram chamados para apagá-lo. Quando chegaram, era óbvio que o fogo já tomara tudo. E que calor provinha da igreja! Os bombeiros não eram profissionais, haviam sido mal treinados e estavam apavorados. Parece que todos os bombeiros profissionais estavam ausentes, no piquenique anual dos bombeiros. Inexperientes como eram, os bombeiros amadores fizeram tudo o que podiam, mas mal sabiam por onde começar. Com muita pressa conectaram a mangueira no hidrante, desenrolaram-na e aproximaram-se da igreja em chamas. Era sua intenção entrar assim que a mangueira estivesse funcionando e salvar o que pudessem.

Mas a água não chegou à mangueira e eles não ousaram entrar sem ela. Você, sendo um bombeiro, pode imaginar como foi frustrante. Os bombeiros ficaram desesperados e furiosos, perdendo tempo nessa agitação enquanto o fogo destruía a igreja.

Foi somente quando tinham aceitado a derrota e desistido que ficou óbvio o que tinham que fazer. Aproximando-se do hidrante com curiosidade, sem agitação porque já não havia mais esperança de salvar a igreja, os bombeiros facilmente descobriram o jeito de abrir a válvula, liberando um jato d'água muito forte. Mas, que droga, era tarde demais!

Entretanto, quando se voltaram para observar a igreja, que ruía, carbonizada, notaram que a casa vizinha se incendiara com as centelhas dispersas — e havia vida dentro dela. A igreja estava destruída — esforçar-se por ela não levaria a nada. Ao ouvir os gritos dos que estavam dentro da casa, os bombeiros correram com a mangueira para apagar as chamas sedentas. Com a mangueira funcionando com sua capacidade plena, entraram e apagaram completamente o fogo, não deixando sequer uma fagulha.

Os bombeiros estavam cansados e satisfeitos quando se retiraram da casa. Todas as vidas haviam sido salvas, e o único sinal que restava do fogo era a fumaça que saía pelas janelas abertas.

A igreja ficara completamente destruída, mas mesmo os bombeiros regulares haviam concordado que ela já estava perdida desde o início, e que eles haviam agido bem ao se ocuparem da casa vizinha. Antes de ir embora, contudo, os bombeiros checaram o hidrante mais uma vez, para ter certeza de que não havia qualquer problema com as ligações... para o caso de precisarem voltar.

Em um seminário realizado alguns anos atrás, um jovem, Allen, implorou-me ajuda para um problema muito pessoal. Embora eu lhe tivesse dito que o seminário não era o local apropriado para buscar uma consulta particular, seus pedidos insistentes e perseverantes convenceram-me a dedicar-lhe alguns minutos de atenção particular.

O problema urgente que o pressionava era ejaculação precoce. Ele vinha sofrendo disso havia alguns anos sem procurar ajuda. Mas agora estava apaixonado, realmente apaixonado, e era muitíssimo importante para ele ser um bom amante para sua nova mulher. Baseada no que eu já sabia sobre o comportamento consciente e inconsciente de Allen no contexto do seminário em curso — e também porque o tema daquela noite seria a metáfora terapêutica —, decidi usá-la como intervenção oculta com ele.

No seu nível consciente, eu apenas o consolei, dizendo que não havia muito a fazer com a ejaculação precoce. Com a intenção de remodelar seu comportamento em relação à nova mulher, sugeri-lhe que dissesse a ela que era tão atraente, tão excitante, que ele simplesmente não podia se controlar, que as suas ejaculações precoces eram apenas uma reação à habilidade sexual dela. Allen ficou atordoado com a sugestão, mas educadamente aceitou-a, e começou até a planejar como iria expressar seus comentários após a relação sexual.

Durante a sessão de treinamento da noite, produzi em Allen um leve estado hipnótico e contei-lhe algumas histórias, todas elas construídas para suscitar uma reação específica. Conto a seguir uma dessas histórias, que ilustra as demais. Tenho certeza de que a reação pretendida ficará óbvia para o leitor, embora não tivesse ficado clara para os outros participantes do seminário. Na verdade, a grande maioria dos presentes achou que se tratava de uma indução hipnótica, cuja reação desejada era um profundo estado hipnótico.

Há muitas maneiras de chegar a um lugar. Um homem que trabalhou arduamente o ano todo tem férias de apenas duas semanas. Duas breves semanas, nas quais deve fartar-se de prazeres depois de um ano de trabalho. Que frustração concentrar o prazer aguardado durante um ano em duas semanas! Em geral ele escolhe um lugar onde passar seu período de férias. Uma vez escolhido o lugar, ele talvez o localize num mapa e, nesse mesmo mapa, talvez escolha o caminho mais rápido para alcançar seu destino. Talvez até mesmo encontre um atalho, tão grande é o desejo de chegar ao destino escolhido. E talvez tudo corra muito bem.

Mas é assim que ele passa *toda* a sua vida — decidindo para onde quer ir e escolhendo o caminho mais curto para chegar lá. E os outros que talvez queiram viajar com ele? E as aventuras e prazeres imprevistos, ignorados porque a atenção estava toda voltada para o ponto de chegada? E este homem, por que este homem tomaria o mesmo atalho para o mesmo destino ano após ano? Isto é, até um certo ano.

Quando uma coisa boa aconteceu. Naquele ano um amigo ia para o mesmo local. O Grande Canyon. Era para lá que ambos iam. E era lá que ambos haviam estado. Mas o amigo ia dirigindo. E não tinha pressa de chegar. Nem mesmo tinha um mapa ou uma rota, mas mesmo assim tinha absoluta certeza de que chegaria ao lugar desejado e estava feliz em demorar todo o tempo do mundo para chegar lá.

No início, o homem estava impaciente. Mas depois ficou curioso e mesmo seduzido pelo que aquele jeito tão estranho de viajar tinha a oferecer. Pois faziam qualquer coisa que tivessem vontade de fazer. Desviavam-se do caminho, surpreendendo-se e adorando o que encontravam.

E, não importa aonde fossem, aproximavam-se cada vez mais do Grande Canyon. Às vezes, quando o homem gostava especialmente de um desses desvios, não queria ir embora. O amigo o convencia a prosseguir lembrando-o de que "sempre se pode voltar a um lugar especial. E se pode deixá-lo, sabendo que será possível voltar sempre que se quiser". Só assim o homem prosseguia. Ficaram ambos surpresos quando chegaram ao Grande Canyon. Tinham estado tão absorvidos em cada fase da viagem que a chegada foi um prazer inesperado.

O amigo desenhou o caminho por que tinham vindo: 'Você pode vir por este caminho, por este ou por aquele. Há tantos caminhos para se chegar quanto são os prazeres que se pode ter. Todos podem levá-lo aonde quer ir. Alguns rapidamente, outros devagar. Não importa. O que importa é estar no lugar em que se está no momento, em vez de estar no lugar aonde se quer antes de chegar lá. Não se perde nada em estar sempre no lugar em que se está'.

E, ano após ano, ele e o amigo viajaram para lugares conhecidos e desconhecidos, confortavelmente e com muito prazer.

Esta metáfora mostrou-se eficaz na alteração do comportamento sexual de Allen. Mais tarde, ele relatou não ter tido qualquer dificuldade com a ejaculação precoce nas semanas seguintes. Seu comportamento na aprendizagem também mudou em resposta à metáfora, de maneira que, ao invés de usar métodos com os quais estava bem familiarizado, ele começou a explorar vários aspectos dos processos que estávamos trabalhando no seminário. À medida que fazia isso, seu prazer aumentava com a expressão da sua criatividade.

Allen nunca tomou consciência de que fizera terapia sexual. Quando posteriormente o encontrei ele presunçosamente comentou que não havia motivo para preocupação, pois descobrira outros modos de lidar com o problema. Respondi que acreditava piamente nele. Ele calou-se, olhou-me pelo canto do olho, começou a falar, então interrompeu-se. Deu de ombros e disse: "Estou me sentindo bem, sabe como é".

## CAPÍTULO 17

# Como reavaliar os relacionamentos

Foi necessário muito tempo para que eu e meu colega, Michael Lebeau, conseguíssemos desenvolver intervenções eficazes para pessoas que haviam ultrapassado o limiar. Não é difícil convencer uma pessoa a dar mais uma chance ao seu relacionamento, mas é uma coisa inteiramente diferente fazê-la ver o parceiro de modo despido de preconceitos. Como vimos antes, quando já ultrapassou o limiar, a pessoa tem uma firme convicção de que o parceiro é, de algum modo, alguém a quem não pode amar. O limiar pode ocorrer em qualquer tipo de relacionamento significativo. Pode ser em relação à confiança ou ao respeito, em vez do amor. As pessoas podem até ultrapassar o limiar em relação a seus empregos. Este é o padrão subjacente à maioria das experiências que contêm o fenômeno de estar farto, abandonando ou renunciando a algo. O *neutralizador do limiar* e o *avaliador do relacionamento* são eficazes nestas situações.

Michael e eu desenvolvemos estas duas intervenções para lidar com três aspectos diferentes do padrão do limiar. O neutralizador do limiar é apropriado a situações nas quais duas pessoas já se separaram. Ajuda cada uma delas a permanecer separada de um modo saudável (se permanecer separada for o resultado apropriado). Também pode servir como uma preparação para o avaliador do relacionamento, que consiste numa técnica capaz de motivar os indivíduos a se reengajarem totalmente para fazer o relacionamento dar certo, ou dar-lhes a certeza de que a decisão de separar-se é correta e está baseada numa avaliação completa, adequada e realista.

## Neutralizador do limiar

Quando uma pessoa ultrapassou o limiar, ela está associada a dolorosas lembranças passadas relativas ao parceiro e dissociada de qualquer prazer do passado. Sua dor e sua insatisfação estão ligadas e associadas ao parceiro. O neutralizador do limiar tem um duplo objetivo: primeiro, separar a dor e a insatisfação do parceiro — sem negar que existiram — e, segundo, recuperar o acesso às lembranças passadas agradáveis.

Para ilustrar a utilidade deste último resultado, gostaria de contar a história de Maria. Maria é uma mulher desembaraçada e simpática que estava se preparando para ser terapeuta quando a conheci. Durante seu treinamento, percebi que ela raramente tinha acesso a lembranças do passado. Não recorria ao passado para dar exemplos que teriam tornado sua terapia mais eficaz. Descobri que ela se divorciara um ano antes e que ter acesso a lembranças dos últimos cinco anos a angustiava, porque o ex-marido fazia parte delas. O desconforto causado pela lembrança dele era tão forte e contaminador que até as recordações do nascimento do filho ficavam estragadas pela presença dele. Ela nunca havia pensado em pedir ajuda para resolver esse problema, pois achava que as coisas são assim mesmo quando as pessoas se divorciam. Passar pelo neutralizador do limiar não a fez querer voltar para o marido, mas deu-lhe acesso a todas as experiências bonitas e importantes que haviam compartilhado enquanto estavam juntos. Sua terapia também melhorou, em parte devido ao maior acesso à sua própria história pessoal. E, o que é ainda mais importante, seu trabalho como terapeuta melhorou porque ela agora tinha uma experiência pessoal que comprovava a possibilidade e a validade de modificar situações que nunca lhe ocorrera questionar.

Todd e Ann começaram sua terapia após três meses de separação. Todd queria muito voltar. Ann sentia-se culpada por tê-lo deixado e detestava morar sozinha, mas de fato não queria voltar a morar com Todd. Eles haviam vivido juntos por quase quatro anos e, de acordo com ela, tinham sido quatro anos horríveis. Todd discordava invariavelmente disso, mas Ann tinha muitas lembranças específicas de que o relacionamento tinha sido ruim. Dei a Todd a tarefa de identificar como mudara durante aqueles anos, e como queria mudar nos próximos dois anos, e então levei-o para outra sala para ficar algum tempo sozinha com Ann. Perguntei-lhe se estava feliz de ver Todd novamente:

**Ann:** Não, na verdade não.
**LCB:** O que aconteceria se você estivesse sozinha, sem fazer nada numa tarde de folga, e batessem na porta. Você não está esperando ninguém, e atende. Abre a porta, e é Todd.
**Ann:** Ah, não! Por quê? O que ele foi fazer lá? (*Sua expressão era parecida com a de uma pessoa que tivesse acabado de pisar, descalça, em um monte de fezes de cachorro.*)
**LCB:** Não sei o que ele foi fazer lá. Vamos esquecê-lo por enquanto e prestar atenção em você. Sei que esse é um momento difícil para você. Se continuar separada de Todd, ou se vocês voltarem, nos dois casos será importante que você se sinta bem com você mesma. Se voltar para ele por causa de sentimentos de culpa, você estará se enganando, e a ele. Também não seria honesto se você voltasse por medo ou insegurança de ficar sozinha.

Tanto você quanto Todd merecem um relacionamento em que sejam amados, desejados e realmente respeitados.

**Ann:** Eu não sei se algum dia vou poder sentir isso de novo pelo Todd. Eu tentei, você não sabe como...

**LCB:** Bem, não preciso saber tudo para acreditar em você. Eu posso ver e ouvir sua sinceridade. Neste momento, seria melhor que prestássemos atenção em você e em como você se está saindo. Gostaria de que você me contasse o que mais aprecia em você mesma. Quais são as qualidades e características que você cultiva? Tire alguns momentos para se dar um presente: pensar um pouco sobre algo que você gosta em si mesma. (*Pausa.*) E você pode relaxar nessa sensação de auto-apreciação ainda mais. Talvez você se esteja vendo em uma experiência passada na qual realmente demonstrou uma qualidade muito valorizada; ou talvez vendo exatamente o que via e sentia numa lembrança querida, entrando totalmente em contato com o que é apreciar-se. Apreciar-se de um modo que vai confortá-la e garantir-lhe que suas qualidades se manifestarão sempre no futuro. Conhecer-se no passado, no presente e no futuro, sob um ponto de vista apreciativo.

Esta auto-apreciação é sua. Não depende de ninguém e ninguém pode tirá-la, a não ser você mesma. Vale a pena mantê-la. Vale a pena levá-la com você quando olha para seu passado, seu presente e seu futuro. Com a auto-apreciação você pode ver erros e sucessos sem deixar de gostar de si mesma. Com ela você pode encorajar-se e aos outros.

Sentindo esta sensação plena e rica, carregando-a com você, quero que comece a voltar no tempo, embora permanecendo aqui comigo. Quero que evoque uma imagem do Todd, como você o via no início. Uma imagem fixa. A única coisa importante, agora, é que você possa sentir aquelas sensações de auto-apreciação enquanto o vê. Continue sentindo-se bem consigo mesma, ao mesmo tempo em que o vê como ele era no começo.

Agora, você sabe tudo o que aconteceu entre você e Todd. Mas, sob este ponto de vista, o vê separado de você, uma pessoa separada, um outro indivíduo movendo-se pelo mundo. Isto é, lá, separado de você, apenas uma outra pessoa. Enquanto você continua a sentir aquelas sensações de auto-apreciação, olhe para Todd. Veja-o independente dos tempos que vocês passaram juntos — não como seu homem, ou seu ex, mas como uma outra pessoa neste planeta. Você deve tê-lo achado especial por ele ter sido tão importante em sua vida. Suas qualidades, seu estilo, seus atributos, bons ou maus, alguma vez a atraíram e foram apreciados. Pense nele como alguém que você encontrou e só conheceu superficialmente. Você pode ou não ver todos os seus talentos, as pequenas coisas que o fazem ser como ele é, separado de você.

Sinta aquelas sensações de auto-apreciação enquanto o vê como uma outra pessoa. Identifique o que a fez sentir-se atraída por ele em primeiro lugar. Não agora, mas bem no início.

Quando você tiver olhado para Todd com estes olhos, vendo-o claramente como uma outra pessoa, mantendo sua própria percepção de si, escolha uma lembrança agradável, uma experiência passada que tenha sido boa para você e que você compartilhou com Todd — uma experiência que foi melhor porque vocês estavam juntos, ao invés de cada um por si. Explore essa lembrança, talvez como se houvesse passado muito, muito tempo — tempo suficiente para haver reminiscências e para você sentir nostalgia dos bons velhos tempos com alguém com quem na época você se importava. Com quem se importava o suficiente para ter uma experiência tão agradável entre suas recordações. Esta é sua própria memória, de mais ninguém. Teria sido uma vergonha perder as preciosas recordações que lhe pertencem.

Continue sempre a sentir sua própria percepção de si enquanto recorda uma experiência passada, ou mais de uma, que compartilhou com ele. Sinta quanto desta experiência retorna a você. E sinta que ela é sua, que você pode voltar a ela a qualquer momento, por prazer, tendo todo o tempo necessário para continuar sentindo-se inteira, segura da sua percepção de si, apreciando quem você é e em quem está vindo a ser. Devagar, volte agora ao presente, a esta sala, à conversa aqui comigo, confortável e relaxada quanto ao que você está sentindo. (*Ann fica sentada quieta por algum tempo, olhando para fora, pela janela, e por toda a sala antes de falar*).

**Ann:** Eu realmente não estava esperando isso.
**LCB:** Como foi?
**Ann:** Ótimo. Não me lembro de já ter-me sentido tão à vontade ou tão bem comigo mesma. É como se eu tivesse esquecido que sou realmente uma boa pessoa. Sou responsável, e justa, e muitas outras coisas que me fazem feliz.
**LCB:** Lembre-se de que ninguém pode tirar isso de você. Afinal, você é a única pessoa com que tem que acordar toda manhã. Não é bom estar com alguém de quem você gosta?
**Ann:** É, é sim. Nunca tinha pensado nisso.
**LCB:** Como foi olhar daquele jeito para Todd?
**Ann:** Bem, foi diferente. Foi difícil no começo, mas contanto que eu pudesse me sentir bem comigo mesma, eu podia vê-lo, você sabe, como pessoa. Não alguém que era parte de mim. Isso me fez entender que eu estava pensando nele como uma espécie de doença com que eu talvez tivesse que passar o resto da vida.
**LCB:** E a lembrança que você escolheu? Onde vocês estavam?
**Ann:** Ah, foi incrível. Eu nunca mais tinha pensado nisso. Foi bem no início. Um passeio na floresta. Começou a chover, ele foi sempre tão romântico.

**LCB:** Se você estivesse em casa sozinha numa tarde e Todd aparecesse, como você se sentiria quando o visse à porta?
**Ann:** (*Pausa, tem acesso à lembrança.*) Ah, não sei, meio confusa, eu acho. Eu poderia ficar feliz em vê-lo; depende do que ele quisesse.
**LCB:** Bem, o que ele quer é sempre importante, e talvez queira mais para vocês dois do que você, às vezes. Do jeito que você o vê lá (*apontando para onde ela fez a imagem dele*), consegue ver se ele espera algo?
**Ann:** Não, acho que não espera, não mais. Ele apenas me quer.
**LCB:** Isso diz muito a favor dele, não acha?
**Ann:** (*Rindo.*) É, acho que sim, mas é duro vê-lo me querer e não ceder.
**LCB:** Bem, ele merece ser querido também. Eu gostaria de passar algum tempo com Todd agora, enquanto você refaz essa experiência. Vamos conversar mais antes de vocês irem embora.
**Ann:** Obrigada.

Este é o tipo de sucesso que o neutralizador do limiar traz. Ele abre portas previamente fechadas e trancadas, mas não coloca necessariamente as pessoas do mesmo lado da porta, para viverem felizes para sempre. Ann e Todd não voltaram a viver juntos, mas tornaram-se ótimos amigos. Desde então, cada um começou um novo relacionamento. Todd foi o primeiro a fazer isso, o que deixou Ann um pouco magoada; por isso ela veio me ver. Ela estava preocupada que isso significasse que ela na verdade o amava e o queria de volta. Juntas, descobrimos que ela apenas não queria abrir mão do seu maior fã. Certamente, a separação gerou momentos difíceis para Todd, mas ele usou-os como uma oportunidade para se tornar quem ele queria. Afinal, se ele era tudo o que queria ser, e ainda assim ela não o queria, ele podia agradecer ao fato de estar livre para encontrar alguém certo para ele.

Há seis etapas para usar o neutralizador do limiar.

**1.** Estabelecer uma linha-base. Pedir ao cliente que imagine um encontro inesperado com a pessoa com quem ele ultrapassou o limiar. Prestar muita atenção à sua reação, porque este encontro imaginado será usado mais tarde, como um teste. Quanto mais positiva for a nova reação, maior será o sucesso.

**2.** Pedir ao cliente que tenha acesso a um estado de auto-apreciação, ancorando-o em nível tonal e cinestésico. Usar a âncora cinestésica com a instrução "continue a sentir aquelas sensações". Queremos que o cliente experimente este estado de auto-apreciação durante todo o processo. Ser capaz de sentir-se bem consigo mesmo ao ver a outra pessoa (e ao recordar um acontecimento passado) permite ao cliente separar as sensações ruins de todos os aspectos da outra pessoa. Ser capaz de manter a auto-apreciação propicia uma alternativa quanto ao que vivenciar quando se está junto ao outro.

**3.** Pedir ao cliente que imagine a outra pessoa em um quadro fixo, do jeito que ela estava quando se encontraram pela primeira vez. Enquanto o cliente estiver olhando para este quadro, reforçar a âncora de auto-apreciação e, quando ele conseguir fazer ambas as coisas (ver o outro e sentir a auto-apreciação), direcioná-lo para ver o outro separadamente, como um indivíduo, aumentando a separação entre a outra pessoa e sua dor e insatisfação. Então, o cliente deve recordar o que o atraiu primeiro naquela pessoa: as qualidades, os atributos, o estilo etc.
**4.** Uma vez feito isso, o cliente deve ter acesso a uma recordação agradável que ambos tenham compartilhado. Para ajudá-lo a recuperar a totalidade da experiência, a idéia de que essa lembrança é dele, e que não deve deixar que algo a apague, deve ser reforçada. Continuar a usar as âncoras de auto-apreciação.
**5.** O cliente deve ser suavemente trazido de volta ao presente, com instruções para trazer consigo as sensações de auto-apreciação.
**6.** O cliente deve imaginar novamente um encontro casual com a outra pessoa (se eles ainda estiverem vivendo juntos, um encontro de surpresa). Isto dá ao terapeuta algo com que ajustar reações diversas daquelas que estão arraigadas em seus encontros regulares. Assim, pode-se pedir que o cliente se imagine voltando para casa mais cedo, ou esbarrando no outro no supermercado — algo que esteja fora do horário ritualizado e que dê ao terapeuta a oportunidade de ver se o cliente fica horrorizado, encantado (ou algo intermediário) com este encontro inesperado. Perguntar ao cliente qual a diferença entre a nova reação e a da primeira vez em que imaginou esse encontro.

Como em todas as técnicas, só se deve passar à etapa seguinte quando a anterior tiver sido completada com sucesso. Se algo não estiver indo bem, é melhor parar e mudar para a técnica da dissociação visual-cinestésica tríplice, fazendo com que o cliente veja o parceiro sob um ponto de vista neutro, sem paixão. Talvez desta posição dissociada, ele consiga ver melhor a dor, a frustração etc., do parceiro, separadas dos efeitos que provocam nele mesmo. Então deve-se recomeçar o neutralizador do limiar.

## Avaliador do relacionamento

O avaliador do relacionamento é um processo que ajuda um ou ambos os membros de um casal a identificar e avaliar seus critérios (padrões) e comportamentos em relação ao relacionamento. Este processo inclui a avaliação da satisfação ou não dos desejos e necessidades de cada um. Dependendo do resultado da avaliação, eles poderão chegar à conclusão de que não servem mais um para o outro (podendo assim estar certos de que a decisão de separar-se é correta) ou então sentir-se motivados a reengajar-se positivamente em dar e receber satisfação.

Esta técnica foi criada para ajudar o indivíduo a avaliar necessidades e desejos e a estabelecer diretrizes específicas de intenções e comportamentos capazes de fazê-lo alcançar e manter-se realizado no contexto das relações pessoais. Veremos que se trata de uma técnica longa, que, a cada etapa, revela muito material para explorações posteriores. Em várias ocasiões precisei de duas ou mesmo três sessões para fazer um cliente cumprir todo o percurso. O tempo gasto nunca foi inútil.

Ao apresentar o avaliador de relacionamento, estarei mostrando a seqüência de perguntas/direções que constitui cada etapa. Já que o material produzido em cada etapa é abundante, não há qualquer transcrição de sessões reais. Ao invés disso, seria mais útil que o leitor procurasse responder a cada pergunta e seguir cada direção em relação a alguém com quem no passado ultrapassou o limiar. Ofereci exemplos de respostas simples para as primeiras perguntas para tornar possível a comparação. Acompanhando estas perguntas e direções, há um resumo passo-a-passo do processo integral.

> O que é que você realmente quer agora de um relacionamento? O que você quer agora, não necessariamente do relacionamento que você tem, mas de um relacionamento ideal?
> (ex.: Companheirismo, um parceiro e um amigo, alguém em quem confie, que fique ao meu lado, não alguém a quem eu sempre tenha que entreter ou agradar, mas alguém que busque isso *comigo*).
>
> Isso é diferente do que você queria no passado? Volte alguns anos atrás e veja, através de olhos mais jovens, o que é que você queria então. O que o atraía na época, o que preenchia as necessidades que você tinha então?
> (ex.: Na época eu queria realmente que tomassem conta de mim — eu não confiava em mim o suficiente para achar que pudesse ser de outro jeito. Além disso, eu queria ser entretido e estimulado.)
>
> Volte para o presente e então vá para o futuro. Avance no tempo para descobrir o que você estará querendo e precisando no futuro e que seja diferente do que quer agora.
> (ex.: Bem, é muito difícil ter certeza, mas parece que é o mesmo que quero agora, só que aprofundado. Estou mais consciente de querer afeto. Quero ter certeza de que terei muito afeto. Engraçado, parece até mais importante do que é agora.)
>
> Quais os desejos e necessidades que seu parceiro satisfez no passado e no presente?
> (ex.: Ele era divertido e tentava cuidar de mim.)

O que ele faz hoje que o satisfaria no futuro?
(ex.: Não sei bem. Talvez, bem, ele certamente gosta das crianças).

O que ele lhe deu no passado que você nem ao menos sabia que queria ou pedia?
(ex.: Ele me desafiava — fazia-me acreditar mais em mim mesmo. Eu acho que quando ele me deixava muito sozinho eu tinha que aprender mais sobre mim, sobre como tomar conta de mim.)

Quero que você faça uma avaliação completa de como a companhia do seu parceiro o fez ser mais do que você teria sido sem ele. Não importa se todas as suas experiências foram boas ou confortáveis; de que modo você foi levado a ser mais como queria ser (ou aprecia ser) devido às experiências que tiveram juntos? De que modo o passado que tiveram juntos o aprimorará para o futuro, não importa se vocês venham a ficar juntos ou não?

Você viajou rapidamente para o futuro. Agora gostaria de que você criasse algumas possíveis situações futuras diferentes, da seguinte maneira. Usando exemplos das qualidades e do comportamento *reais* do seu parceiro — não das suas possibilidades futuras ou passadas —, avalie se ele pode dar-lhe o que você quer. Gere uma possível situação futura e verifique o que você consegue do seu parceiro. Compare-a com uma situação futura baseada nas *possíveis* qualidades e comportamentos futuros do seu parceiro. O que é mais proveitoso para você, um futuro baseado nas qualidades e comportamentos já existentes no seu parceiro, ou um futuro baseado nas qualidades e comportamentos possíveis que você projeta para o seu parceiro?

Descreva algo do comportamento do seu parceiro que o desagrade profundamente. Examinando cada traço um a um, gostaria que determinasse o que teria que estar acontecendo dentro de você para gerar o mesmo comportamento. Então, se o que você realmente detesta nele é sair do quarto enquanto vocês estão discutindo, quero que você se imagine fazendo exatamente isso — indo embora no meio de uma discussão. O que estaria acontecendo para você se sentir compelido a fazer isso? O que você sente: raiva, frustração ou intimidação? Existem possibilidades de que algo que está por trás desse comportamento o torne compreensível para você? Se existem, quais são essas possibilidades? (O comportamento não precisa necessariamente ser apreciado, ou mesmo aceitável, mas ao menos compreensível, quando você o vê dos bastidores.)

Revendo cada uma das várias situações nas quais seu parceiro se comportou desse modo, preste atenção às possibilidades que o impeliram a expressar-se desta maneira e imagine como teria sido diferente se você tivesse reagido ou se comportado de outro jeito. Experimente algumas formas diferentes de comportamento para si mesmo em cada uma daquelas situações passadas e reconheça como teria sido diferente se *você tivesse sido diferente*. O que teria mudado se você tivesse reagido ao que seu parceiro estava *sentindo*, ao invés de reagir ao que ele fazia?

Olhando para esses comportamentos reprováveis sob uma outra perspectiva, determine de que modo cada um deles é uma manifestação de um atributo que em outra situação poderia ser agradável ou benéfico. Por exemplo, num dado casal, ela estava sempre atrasada e ele ficava furioso com isso. Mas deixou de se sentir furioso quando reconheceu que os atrasos dela eram um subproduto da importância que ela dava às necessidades de quem quer que estivesse com ela. Com isso, ele pôde recordar-se de quantas vezes ela havia adiado, cancelado ou se atrasado para compromissos com outras pessoas quando ele tinha precisado de atenção total. Assim, explore a possibilidade de que essas ocasiões em que seu parceiro se comportou de modo desagradável sejam subprodutos de algum atributo apreciado e valorizado.

Enquanto você examina suas qualidades que você mesmo mais valoriza, e as maneiras pelas quais elas se manifestam no seu comportamento, volte a alguma terrível interação passada que envolva seu parceiro. Preste atenção a você mesmo e aos sentimentos ocultos atrás do comportamento do seu parceiro, e perceba como você também não estava sendo tudo o que queria ou podia ser. Veja-se naquela situação. Escolha um dos seus atributos altamente valorizados que poderia ser útil nesse contexto e veja-se a si mesmo gerando diferentes formas de comportamento que reflitam esses atributos.

Veja como toda a interação se transforma quando você vivencia seus próprios atributos.

Agora, tendo acumulado alguns exemplos de novos e mais úteis comportamentos capazes de influenciar suas interações, leve-os a um daqueles futuros possíveis e utilize-os. Que mudanças ocorrem nos acontecimentos? Quanto você consegue daquilo que quer?

Agora que sabe que poderia ter feito o passado diferente, e que pode tornar o presente e o futuro diferentes, você quer fazê-lo? Você tem vontade de fazer as mudanças necessárias para que aquelas interações ocorram de modo diferente? Acha que vale a pena?

Se acha que sim, imagine-se adotando estes novos comportamentos e influenciando o curso dos acontecimentos no seu relacionamento. Enquanto faz isso, sinta como é saber que sua atitude fez uma diferença crucial na melhoria do seu relacionamento, talvez mesmo tornando-o bom. Então, veja seu parceiro, reconheça seus atributos positivos que merecem ser apreciados, e *sinta* essa apreciação. Quando você terá a próxima oportunidade de testar suas formas diferentes de comportamento para descobrir o quanto pode influenciar os rumos da sua vida/relação?

Se acha que não, pergunte-se o que tem a perder — quais dentre seus desejos e suas necessidades permanecerão insatisfeitos se você não tiver aquela pessoa na sua vida. O que você vai perder, em comparação ao que ganhará agora? Como vai preencher essas necessidades sem essa pessoa?

Se o avaliador de relacionamento não for feito com ambos os membros de um casal, o terapeuta deve conduzir a pessoa com quem estiver trabalhando de modo a conseguir informações referentes aos desejos e necessidades do parceiro, os modos de satisfazê-lo no passado, no presente e no futuro (as três primeiras etapas da avaliação).

Recapitulando o processo, as sete etapas do uso do avaliador do relacionamento são:

**1.** Identificar o que o cliente quer agora de uma relação importante, o que queria no passado (este ponto fornece um meio através do qual ele poderá talvez descobrir que o parceiro era tudo o que queria, mas que o que queria mudou, embora não por culpa do parceiro) e o que quererá no futuro.
**2.** Identificar quaisquer diferenças e enfatizar que os desejos e necessidades mudam naturalmente à medida que uma pessoa vai passando pelos estágios da vida. Se não houver diferenças, deve-se verificar se seus desejos/necessidades interagem com os estágios da vida. (Se "fazer tudo juntos" é o que é desejado/necessitado, vai ser difícil consegui-lo enquanto as crianças são pequenas.)
**3.** O cliente deve identificar como o parceiro satisfez seus desejos/necessidades no passado e como poderia possivelmente fazê-lo no futuro. Deve também descobrir o que conseguiu além do que queria, como o parceiro contribuiu para o seu desenvolvimento como pessoa e como isto irá beneficiá-lo no futuro.
**4.** Utilizando apenas o comportamento real do parceiro, gerar possíveis futuros para testar como os futuros desejos/necessidades do cliente podem (ou não) ser satisfeitos.
**5.** Identificar os comportamentos reprováveis do parceiro. Pedir ao cliente que tenha acesso aos estados internos que o fariam gerar o mesmo comportamento. Uma vez que ele tenha tido acesso a estados internos que

tornem o comportamento do parceiro mais aceitável ou compreensível, deve-se direcioná-lo para gerar comportamentos externos diferentes em reação ao comportamento reprovável e remodelar o comportamento reprovável do parceiro como um subproduto de algum traço valorizado.

**6.** Identificar o que o cliente não fez e que teria sido útil como reação ao comportamento reprovável passado do parceiro. Identificar atributos com que o cliente se identifique e gerar possíveis reações comportamentais ao parceiro que sejam representativas desses atributos. O cliente deve perceber como toda a interação muda para melhor.

**7.** Voltando novamente à quarta etapa, o cliente deve reajustar o futuro de acordo com os novos comportamentos gerados na sexta etapa. Deve então identificar de que modo precisará ser diferente, e ver-se criando um comportamento mais desejável. Depois de decidir se quer ou não fazer essas mudanças, o cliente deve testar se elas valem a pena. Para isso, precisa ter acesso a aspectos positivos do parceiro, e identificar então qual a satisfação de desejos/necessidades que estaria perdida caso ficasse sem o parceiro.

O avaliador do relacionamento resolve problemas de casais em que um ou ambos ultrapassam o limiar, e faz isso de duas maneiras. O processo de avaliação integral dos critérios relativos a relações fundamentais pode levar o casal à conclusão de que não servem um para o outro — isto é, não há mais possibilidade de que um satisfaça as necessidades e desejos do outro, porque ambos desejam tipos diferentes de experiências (aventuras e espontaneidade *versus* segurança e tradição, por exemplo). O processo serve também para reengajar sua flexibilidade de comportamento na adaptação aos estados internos do outro.

No primeiro caso, os dois membros do casal obtêm uma compreensão objetiva, fundamental para que possam apreciar o que receberam de bom do outro. Esta compreensão é também fundamental para que eles estejam certos da decisão de separar-se, bem como para que tenham confiança em prosseguir no futuro.

No segundo caso, cada um assume a responsabilidade de tornar a vida em comum a melhor possível — através da manifestação ativa de seus melhores atributos no seu comportamento —, ao mesmo tempo em que reconhece e reage ativa e igualmente as qualidades que valoriza no outro. Assim, o conhecimento mútuo e a preocupação em satisfazer as necessidades/desejos do outro tornam-se um compromisso significativo para eles para o futuro.

Estas intervenções foram concebidas para serem ecológicas para todos os envolvidos. São contribuições substanciais, capazes de conduzir as pessoas àqueles estados profícuos, nos quais as decisões importantes são tomadas de forma mais acertada. Acredito ser essencial que as pessoas façam escolhas que as aproximem do que *realmente* querem da vida, em vez de escolhas que as façam fugir e, no futuro, venham a cair num buraco semelhante.

## CAPÍTULO 18

# Ponte ao futuro

Embora a ponte ao futuro seja um aspecto integral de todas as técnicas que apresentei nos capítulos anteriores, merece ênfase especial porque tem importância tanto prática quanto teórica. A ponte ao futuro é um processo que garante que as mudanças efetuadas durante a terapia se tornem generalizadas e disponíveis em contextos externos apropriados. Com muita freqüência, mudanças que acontecem na terapia ficam ancoradas ao terapeuta ou ao seu consultório, ao invés de estarem disponíveis em situações em que o cliente mais precisa do novo comportamento e das novas reações.

O método básico de estabelecer pontes ao futuro nas novas formas de comportamento é ancorar o novo comportamento ou a nova reação a um estímulo sensorial que aconteça naturalmente no contexto apropriado. Pedir a um lado da pessoa que assuma a responsabilidade de gerar aqueles novos comportamentos no contexto apropriado faz com que a quinta etapa da remodelagem em seis etapas estabeleça pontes ao futuro nos novos comportamentos. Na remodelagem de Tom, perguntei a ele como reconheceria a necessidade de novas escolhas. O sinal, para ele, era sentir-se pressionado; então, ancorei as novas escolhas comportamentais àquele sentimento. Na mudança de história, a ponte ao futuro é estabelecida quando se pergunta ao cliente em que circunstância futura necessitará outra vez do recurso ao qual teve acesso com a ajuda do terapeuta. Quando a circunstância futura é identificada, o cliente gera uma projeção interna daquela circunstância na qual o recurso necessário está disponível e expresso. Desta maneira, o recurso fica vinculado ao contexto no qual é necessário. A metáfora terapêutica estabelece pontes ao futuro através da inclusão de um comportamento futuro ou induzido como parte de sua construção. A melhor maneira de estabelecer pontes ao futuro nas mudanças obtidas com a dissociação visual-cinestésica é dar ao cliente o estímulo real que detonou previamente a reação fóbica. Assim, se ele tinha medo de altura, deve ser levado a um lugar alto para verificar se a mudança desejada foi obtida.

É possível estabelecer pontes ao futuro diretamente. Uma maneira é perguntar ao cliente: "Qual será a primeira coisa que você verá, ouvirá ou sentirá que indicará sua necessidade deste recurso?". Quando a experiência específica estiver identificada, deve-se pedir ao cliente que a gere internamente e, então, ancorar o recurso apropriado. Quando o estímulo acontecer na experiência externa, poderá detonar natural e inconscientemente os sentimentos/comportamentos adequados. Por exemplo, ancorar sentimentos de paixão (recurso) à sensação de lençóis frescos e macios, ou ao som do seu nome murmurado suavemente, ou à visão de uma rosa amarela, é estabelecer uma ponte ao futuro no recurso dos sentimentos apaixonados para experiências específicas ocorridas externamente. Este processo pode ser usado com casais ancorando-se as reações novas e mais úteis a fenômenos que já acontecem naturalmente: a maneira como ele coça a cabeça, a visão da porta de entrada de sua casa, o som da televisão sendo desligada. Qualquer um desses exemplos pode servir como detonador de uma opção comportamental recentemente adquirida pelo cliente. Representar também pode freqüentemente servir para estabelecer pontes ao futuro em mudanças. Mas a melhor alternativa é colocar o cliente numa situação real durante a qual as novas opções precisem ser expressas. Embora isto seja geralmente impossível quando se trata de disfunção sexual, esta ainda é a melhor maneira de testar o trabalho terapêutico e garantir a completa integração do novo comportamento.

O mais importante quanto à ponte ao futuro é que não se deve pretender simplesmente que o nível consciente do cliente transporte automaticamente as realizações de uma sessão para sua vida cotidiana. Embora o nível consciente possa tentar com afinco, ele geralmente só recorre ao novo comportamento depois de já ter falhado (através da exibição do comportamento antigo). Processos inconscientes, entretanto, funcionam automaticamente. É dever do terapeuta implantar as novas opções ao nível do inconsciente, assegurando-se de que os detonadores dessas opções comportamentais novas e mais úteis funcionarão, e que ocorrerão com certeza na ocasião adequada.

Estabelecer pontes ao futuro *não* é a cobertura deste bolo chamado terapia. Sem estabelecer pontes ao futuro, as realizações de uma sessão freqüentemente se perdem. Estabelecer pontes ao futuro é a etapa final de qualquer intervenção terapêutica efetiva.

# Conclusão

Os conceitos e informações contidos neste livro propiciam modos novos e úteis para compreender a comunicação verbal e não-verbal. São, assim, valiosos para o clínico experiente, para o terapeuta em formação, bem como para qualquer pessoa interessada em melhorar seus relacionamentos pessoais e profissionais. Ao longo de todo este trabalho, apresentei meus próprios métodos e meu estilo na prática terapêutica. A estrutura básica de meus métodos e de meu estilo consiste em três etapas: a primeira, conseguir informações e estabelecer relações de confiança; a segunda, fazer o cliente evoluir do estado atual para o estado desejado; e a terceira, estabelecer pontes ao futuro.

O passo inicial, reunir informações, inclui determinar o sistema representacional primário do cliente, seu sistema de conduta e as âncoras espontâneas que acionam a seqüência de processos internos e externos que constituem o estado atual e o estado desejado do cliente. Estas informações são obtidas sob a forma de descrições verbais, bem como através da observação do comportamento do cliente no contexto terapêutico. O terapeuta utiliza seus olhos e ouvidos bem-treinados para obter essas informações da experiência sensorial que cada cliente apresenta. O metamodelo serve como uma ferramenta lingüística capaz de obter a descrição verbal mais completa possível do estado atual e do estado desejado.

Durante todo o processo de obtenção de informações, trabalhamos para estabelecer um resultado bem-definido. Atendendo às cinco condições para uma boa definição, estaremos seguros de ter um retorno confiável para nós e nosso cliente. Também estaremos seguros quanto à organização dos recursos do cliente e das suas próprias atividades com vistas à obtenção de mudanças ecológicas e que valham a pena.

Uma vez que tenhamos conseguido todas as informações necessárias para entender como o estado atual está estruturado, é necessário escolher uma intervenção terapêutica que resulte na vivência, por parte do cliente, do estado desejado. Devemos fazer então o cliente evoluir para o estado desejado através do emprego da técnica, ou conjunto de técnicas, escolhida. Os métodos oferecidos aqui — ancoragem, mudança de história, dissociação visual-cinestésica, remodelagem, sobreposição, metáfora, ver-se através dos olhos de alguém que o ama e neutralizador de limiar e avaliador de relacionamento — são apenas uma amostra das possibilidades.

Quando o estado desejado tiver sido alcançado, a tarefa será consolidar e integrar as mudanças de modo a que possam generalizar-se no comportamento habitual do cliente. Esta ponte ao futuro garante a perpetuação do estado desejado. O processo de generalização estará garantido quando o novo comportamento ou as novas relações estiverem ligados a um estímulo sensorial cuja existência no contexto apropriado esteja fora de dúvida.

Há dois atributos que o terapeuta *deve* ter para usar eficazmente esta estrutura e este conjunto de métodos. Como afirmamos anteriormente, estes dois atributos são a flexibilidade de comportamento e a experiência sensorial. Ter flexibilidade de comportamento significa dispor de opções, tanto no estilo de comunicação quanto nos métodos de intervenção. Este livro ofereceu várias opções de técnicas e métodos de intervenção, mas o modo como eles são feitos é tão importante quanto fazê-los. Como um profissional da comunicação, é essencial que o terapeuta tenha uma variedade infinita de comportamentos disponíveis a qualquer momento. Devemos considerar a resistência de um cliente como um comentário sobre nosso próprio comportamento, e não sobre o dele. É nosso trabalho sermos capazes de nos ajustar adequadamente ao modelo de mundo do cliente, e então suscitar reações que superem a resistência. A flexibilidade da nossa parte é condição essencial para que possamos acompanhar o comportamento do cliente e usar aspectos do seu próprio comportamento, e do nosso, para suscitar reações úteis.

A importância da habilidade de um terapeuta em verbalizar de modo compreensível para o cliente, a despeito da bagagem cultural ou educacional, é incontestável. Entretanto, mesmo isto estará perdido se o terapeuta não tiver a experiência sensorial para saber, pelas reações do cliente, se de fato está ou não se fazendo entender. Nunca é demais enfatizar que se *deve* ser capaz de variar todos os aspectos da comunicação, bem como usar a experiência para saber se a maneira e o estilo empregados são apropriados para suscitar a reação desejada no cliente.

Com freqüência é necessário suscitar nos clientes uma vasta gama de reações enquanto os ajudamos a realizar mudanças. Conquistar a confiança do cliente é portanto de importância fundamental. Uma vez conquistada a confiança, talvez seja necessário induzir qualquer sentimento, da raiva manifesta à desesperança profunda, ou da compaixão intensa à alegria desvairada, para alcançar o objetivo terapêutico. Por causa disto, é essencial que sejamos capazes de variar largamente o nosso comportamento, usando o retorno sensorial para fazer os ajustes comportamentais necessários para alcançar o sucesso. Tendo em mente o efeito que nossas comunicações verbais e não-verbais têm nos outros, desejaremos construir comunicações de acordo com as reações desejadas. Quando a experiência sensorial nos mostrar que não estamos obtendo a reação desejada, devemos variar aspectos da nossa comunicação, sutil ou dramaticamente, até que a experiência sensorial indique sucesso.

Os terapeutas que são reconhecidos como gênios certamente apresentam uma ampla gama de comportamentos. Exemplos especialmente úteis da variedade do comportamento de Milton Erickson podem ser encontrados em *Terapia não convencional* (Summus) e *Advanced techniques of hypnosis and therapy*, de Haley. Menos conhecido, mas não menos eficaz, é Frank Farrelly, cujo estilo ímpar é apresentado em seu livro *Provocative therapy*. Os milagres terapêuticos que ocorrem nos seminários dirigidos por meus colegas Michael Lebeau e David Gordon certamente evidenciam sua infinita flexibilidade de comportamento e sua experiência sensorial.

É possível que algumas pessoas julguem que tais técnicas são manipulação. Bem, se usar todas as experiências conscientes e inconscientes disponíveis para ajudar as pessoas a fazerem mudanças que elas querem fazer é manipulação, então é isso mesmo. Várias vezes achei necessário arriscar os sentimentos positivos que um cliente talvez tivesse por mim para gerar uma experiência que seria benéfica para o seu processo de mudança. Mas mesmo que eu talvez pareça manipuladora, rude ou mesmo por vezes cruel, minha maior prioridade é sempre o bem-estar do meu cliente. Um comportamento indulgente e protetor da minha parte não aumenta necessariamente o seu bem-estar. Para mim é mais importante conseguir a mudança desejada pelo cliente do que vencer uma competição de popularidade. Os clientes estão em terapia não para o meu bem, mas para o deles. Sem qualquer limitação ao meu comportamento, excetuando-se a violência física, a sedução ou a fraude, sou livre para explorar o número infinito de caminhos que levam a mudanças produtivas.

Como com qualquer material novo, aprender os padrões apresentados aqui pode a princípio parecer uma tarefa monumental. Com um curto período de experiência, o leitor será capaz de usá-los de modo sistemático em um nível largamente inconsciente. Como não têm conteúdo fixo, podem ser usados em qualquer contexto e com qualquer pessoa. O leitor deve sentir-se à vontade para experimentá-los com o seu próprio estilo e sua sutileza pessoal.

A tarefa agora está diante de cada um: escolher neste texto o que puder ser útil e integrá-lo ao seu comportamento, usando-o para enriquecer tanto as próprias experiências futuras quanto as de seus clientes. Deve-se lembrar sempre que *não há erros na comunicação, há apenas resultados*. Temos *realmente* as opções necessárias para tornar real um final feliz.

A cada vez que conseguirmos conectar alguém com os recursos necessários que já existem dentro dele, nossa experiência será enriquecida. Devemos nos lembrar de que a chave do sucesso é descobrir o que mantém as pessoas presas às suas limitações, e então desfazer os nós — talvez devagar, um a um, talvez muito rapidamente. E, o que é mais importante, não deixar de reconhecer que o futuro acontece a partir do aqui e agora. Pessoas que não estiverem livres e ansiosas por mudanças não serão capazes de inventar futuros melhores para os outros.

# Apêndices

# APÊNDICE I

# O metamodelo

Em todo o livro fiz referência a este apêndice que trata do metamodelo. O metamodelo é um conjunto explícito de informações lingüísticas que reúnem instrumentos concebidos para reconectar a linguagem de uma pessoa à experiência representada por sua linguagem.

Para a aplicação eficaz deste material é fundamental o conceito de que linguagem não é experiência, mas uma *representação* da experiência, assim como um mapa é uma representação de um território. Embora eu tenha certeza de que o leitor está familiarizado com a noção de que o mapa não é o território, pergunto-me se compreendeu integralmente que, como seres humanos, sempre vivenciaremos somente o mapa, e não o território. Na verdade, enquanto pessoas que ajudam os outros a mudarem, isto é uma vantagem para nós. Alteramos mapas: isto é, mudamos a experiência subjetiva que as pessoas têm do mundo, não o próprio mundo.

Construímos nossos mapas a partir da interação entre as experiências interna e externa. Como nós, humanos, representamos (ou construímos) mapas da nossa experiência através da linguagem, um conjunto de instrumentos como os fornecidos pelo metamodelo tem valor inestimável. O metamodelo serve, essencialmente, para conectar a linguagem à experiência.

O material que se segue foi todo ele desenvolvido por Richard Bandler e John Grinder, e uma apresentação mais detalhada pode se encontrada em *A estrutura da magia*. Apresento a seguir um resumo desse material, reorganizado para facilitar sua utilização.

### Três processos universais de modelagem
Como não operamos diretamente sobre o mundo em que vivemos, criamos modelos ou mapas do mundo que usamos para guiar nosso comportamento. Para ser um bom terapeuta, é crucial entender o modelo ou mapa que nossos clientes têm do mundo. O comportamento huma-

no, não importa quão bizarro ou resistente possa parecer, faz sentido quando visto no contexto das opções geradas pelo mapa ou modelo da pessoa. Estes modelos que criamos nos guiam e nos permitem dar sentido à nossa experiência. Eles não devem ser avaliados em termos de bom, mau, saudável, doente ou louco, mas em termos de sua utilidade — já que eles nos possibilitam lidar com sucesso e reagir criativamente ao mundo à nossa volta. Não é que os nossos clientes estejam fazendo as escolhas erradas; eles apenas não têm um número suficiente de opções. Cada um de nós faz a melhor escolha disponível oferecida por nosso modelo de mundo. Entretanto, há um excesso de modelos empobrecidos, carentes de opções úteis, como fica evidente na abundância de conflitos inter e intrapessoais. "Não é o mundo que carece de opções, mas o modelo de mundo do indivíduo", dizem Grinder e Bandler.

Criamos nossos modelos através de três processos humanos universais de modelagem: generalização, omissão e distorção. Estes processos nos permitem sobreviver, crescer, aprender, compreender e vivenciar a riqueza que o mundo tem a oferecer. Mas se tomarmos nossa *realidade subjetiva* por realidade, estes mesmos processos nos limitam e destróem nossa habilidade em sermos flexíveis nas nossas reações.

Generalização é o processo através do qual componentes ou pedaços do modelo de mundo de uma pessoa deslocam-se da sua experiência original e passam a representar a categoria inteira da qual a experiência é um exemplo. Aprendemos a atuar no mundo através da generalização. Uma criança aprende a abrir uma porta girando uma maçaneta. Então, generaliza essa experiência reconhecendo as muitas variedades de fenômenos que se encaixam no conjunto de parâmetros que ela classifica como "portas", e tenta abrir todas elas girando as maçanetas. Quando um homem entra num quarto escuro, procura o interruptor de luz; ele não tem que descobrir uma nova maneira de obter luz a cada vez que entra num quarto. Entretanto, o mesmo processo pode funcionar como uma limitação. Se um homem falhar uma vez no desempenho sexual, e então generalizar sua experiência e decidir que não presta sexualmente, estará de fato se negando muitas coisas. Ou se, baseada em experiências limitadas e específicas, uma mulher decidir que todos os homens são insensíveis, também estará perdendo muito.

Cada um de nós faz generalizações que são úteis e apropriadas em algumas situações, mas não em outras. Por exemplo, uma criança pode descobrir, a partir das reações de sua família, que chorar e queixar-se é uma boa estratégia para conseguir o que quer, mas o mesmo comportamento junto a seus colegas vai provavelmente prejudicá-la. Se ela generalizar apenas a primeira situação, esquecendo a segunda, talvez não consiga gerar comportamentos mais úteis e apropriados na companhia de seus colegas. Se um rapaz generalizar apenas os comportamentos que lhe garantem o respeito de seus companheiros, talvez tenha muita dificuldade em obter respeito e interesse de mulheres.

Deve-se avaliar a utilidade de uma generalização em relação a um contexto particular.

Um segundo método que nos pode levar a lidar com as coisas com sucesso ou nos limitar é a omissão. Omissão é o processo pelo qual selecionamos os aspectos da nossa experiência que merecem atenção, excluindo os demais. Isto nos permite focalizar nossa consciência em um aspecto da nossa experiência, em detrimento de outros. Assim, é possível ler um livro com pessoas falando à nossa volta, ou com a televisão ligada, ou com um disco tocando. Este processo nos possibilita lidar com as coisas sem sermos esmagados por estímulos externos. Novamente, contudo, o mesmo processo pode ser limitador se omitirmos aspectos da nossa experiência que são necessários para um modelo rico e pleno do mundo. A adolescente que acredita que está sendo perseguida e injustamente tratada, sem perceber sua própria participação nesta situação, não desenvolveu um modelo proveitoso do mundo. Um terapeuta que omite da sua experiência a evidência de que está entediado durante uma sessão está limitando sua própria experiência, bem como a de seus clientes.

O terceiro processo de modelagem é a distorção. Distorção é o processo que nos permite fazer mudanças no modo como experimentamos dados sensoriais. Sem este processo, não poderíamos fazer planos para o futuro nem realizar sonhos. Deturpamos a realidade na ficção, na arte e mesmo na ciência. Um microcóspio, um romance e uma pintura são exemplos da nossa habilidade em distorcer e deturpar a realidade. A distorção pode nos limitar de várias maneiras. Vejamos o exemplo de uma pessoa que distorce todas as críticas com a reação "Todos me odeiam". Como resultado de tal distorção, qualquer valor que a crítica tenha estará perdido — juntamente com as oportunidades de mudança e crescimento. Outra freqüente distorção é transformar um processo numa coisa. Quando o "relacionamento" é dissociado do processo de relacionar-se, os envolvidos sofrem uma perda. Ele se torna algo exterior, sobre o que falar, fora de controle e perde o dinamismo.

Como estes três processos universais de modelagem são expressos em padrões de linguagem, podemos usar o conjunto de ferramentas lingüísticas conhecido como metamodelo para enfrentá-los quando limitarem, ao invés de expandirem, as opções comportamentais de uma pessoa.

O metamodelo foi concebido para ensinar o ouvinte a ouvir e reagir à forma da comunicação de quem fala. O conteúdo pode variar infinitamente, mas a forma da informação dada propicia ao ouvinte a oportunidade de reagir de modo a obter o significado mais completo da comunicação. Com o metamodelo é possível perceber rapidamente a riqueza e os limites da informação dada, bem como os processos humanos de modelagem usados por quem fala. Ouvir e reagir segundo as distinções propostas pelo metamodelo faz de qualquer comunicação específica a mais compreensível e profícua.

As distinções do metamodelo se dividem em três agrupamentos naturais:
- [ ] Obtenção de informação
- [ ] Limites do modelo do emissor
- [ ] Formação semântica deficiente

Obter informações significa conseguir, através de perguntas e reações apropriadas, uma descrição precisa e completa do conteúdo que está sendo apresentado. Novamente, este processo ajuda a reconectar a linguagem do emissor à sua experiência. Há quatro subdivisões desta categoria:
- [ ] Omissão
- [ ] Falta de índice referencial
- [ ] Verbos não-específicos
- [ ] Nominalizações

**Omissão.** Reconhecer que ocorreu uma omissão e ajudar a recuperar a informação omitida ajuda a restaurar uma representação mais completa da experiência. Para recuperar o material omitido, o metamodelador pergunta: SOBRE QUEM? ou SOBRE O QUÊ?

"Não entendo."
"Não entende o quê?"
(*ou*) "O que você não entende?"

"Tenho medo."
"Você tem medo do quê, ou de quem?"

"Não gosto dele."
"Do que é que você não gosta nele?"

"Ele é o melhor."
"O melhor o quê?"

"Ele é o melhor ouvinte."
"O melhor entre que pessoas?"
(*ou*) "Melhor do que quem?"

No caso de omissão, fazer a pergunta "Como, especificamente?" suscitará informações referentes ao sistema representacional que o cliente está usando.

"Não entendo."
"Como, especificamente, você sabe que não entende?"
"Não está claro para mim" (*isto é, representação visual*).

**Falta de índice referencial.** A falta de índice referencial é um tipo de generalização que limita o modelo de mundo de uma pessoa, deixando de lado os detalhes e a riqueza necessários para que ela disponha de uma variedade de opções para lidar com o mundo. Com este processo, uma pessoa pega uma experiência e a generaliza de tal modo que a deixa totalmente fora de perspectiva ou de proporção. Para enfrentar a falta de índice referencial, pergunta-se: QUEM ESPECIFICAMENTE ou O QUE ESPECIFICAMENTE?

"Ninguém me quer."
"Quem, *especificamente*, não o quer?"

"Eles são teimosos."
"Quem, *especialmente*, é teimoso?"

"Isto é difícil."
"O que, *especificamente*, é difícil para você?"

**Verbos não-específicos**. Verbos não-específicos nos deixam no escuro quanto à experiência que está sendo descrita. Todos os verbos são relativamente não-específicos. Apesar disso, "beijar" é muito mais específico do que "tocar". Se alguém diz que foi ferido, pode ter sido atingido por um olhar duro lançado por alguém importante para ele, ou por um carro. Pedir a especificação do verbo reconecta a pessoa mais integralmente à sua experiência. Para enfrentar verbos não-específicos, pergunte: COMO ESPECIFICAMENTE?

"Ele me rejeitou."
"Como, *especificamente*, ele a rejeitou?"

"Eles me ignoraram."
"Como, *especificamente*, eles o ignoraram?"

"As crianças me forçaram a puni-las."
"Como, *especificamente*, as crianças o forçaram a puni-las?"

**Nominalizações**. A nominalização é um meio pelo qual transformamos palavras processuais (verbos) em substantivos. Um processo em curso transforma-se assim numa coisa ou num evento. Quando isto ocorre, perdemos opções e surge a necessidade de sermos reconectados com os processos dinâmicos da vida. A reversão das nominalizações ajuda a pessoa a ver que aquilo que considerou um acontecimento — acima e além do seu controle — é de fato um processo contínuo que pode ser mudado. As nominalizações podem ser distinguidas dos substantivos regulares de algumas maneiras. Para aqueles que gostam de visualizar, imaginemos um quadro de um carrinho de mão. Agora vamos tentar colocar fracasso, virtude, projeções e confusão naquele carrinho. Como se pode ver, nominalizações não são pessoas, lugares ou coisas que podem ser postas num carrinho de mão. Um outro jeito de determinar as nominalizações é testar se a palavra se encaixa na construção sintática, uma _____ em curso. Caso se encaixe, é uma nominalização.

um *problema* em curso — nominalização
um *elefante* em curso
uma *cadeira* em curso
uma *relação* em curso — nominalização

Para fazer com que uma nominalização volte a ser uma palavra processual, deve-se usar um verbo na resposta:

"Eu não consigo nenhum reconhecimento."
"Como você gostaria de ser reconhecido?"

"Preste atenção."
"A que você quer que eu atente?"

"Lamento minha decisão."
"O que o impede de decidir outra coisa?"

"Preciso de ajuda."
"Como você quer ser ajudado?"

O próximo grupo de distinções é chamado de *limites do modelo do emissor*. Estas distinções identificam limites que, enfrentados apropriadamente, podem ajudar uma pessoa a enriquecer seu modelo de mundo através da sua expansão. As duas distinções desta categoria são:
☐ Quantificadores universais
☐ Operadores modais (basicamente, operadores modais de necessidade)

**Quantificadores universais.** Quantificadores universais são um conjunto de palavras, exemplificadas por "todos", "todo", "sempre", "nunca", "todo mundo", "ninguém". Enfatizar a generalização descrita pelos quantificadores universais do emissor através do exagero — tanto pela qualidade da voz quanto pela inserção de quantificadores universais adicionais — serve para enfrentá-los. Isto ajuda o cliente a encontrar a exceção à sua generalização, permitindo-lhe assim ter mais opções. Um outro modo de enfrentá-los diretamente é perguntar se o emissor já teve alguma experiência que contradiga sua própria generalização.

"Nunca faço nada certo."
"Você *nunca* faz *nada* certo *mesmo*?"

"Você está sempre mentindo para mim."
"Eu estou *sempre* mentindo para você?"

"É impossível conseguir o que eu quero."
"Você *alguma vez* já conseguiu alguma coisa que você quisesse?"

**Operadores modais de necessidade.** Operadores modais de necessidade são palavras que indicam uma ausência de opção: "tenho que", "devo", "não posso", "é necessário". Para enfrentar esses operadores modais é preciso levar a pessoa além dos limites que tenha aceito até o momento. Há duas excelentes respostas que servem para enfrentar esses limites: O QUE O IMPEDE? e O QUE ACONTECERIA SE VOCÊ FIZESSE? A resposta "O que o impede?" serve para levar a pessoa ao passado, onde ela poderá encontrar a experiência a partir da qual se formou a generalização. "O que aconteceria se você fizesse?" exige que o cliente vá ao futuro e imagine possíveis conseqüências. Estas respostas ajudam a pessoa a obter um modelo mais rico e completo do mundo.

"Não posso fazer isso."
"O que o impede?"

"Você tem que terminar na terça-feira."
"O que aconteceria se eu não terminasse?"

"Eu tenho que tomar conta de outras pessoas."
"O que vai acontecer se você não tomar?"

"Eu não posso contar a verdade a ele."
"O que acontecerá se você contar?"
(*ou*) "O que o impede de contar-lhe a verdade?"

O terceiro grupo de distinções é relativo à formação semântica deficiente. A importância de reconhecer frases de formação semântica deficiente está na possibilidade de ajudar a pessoa a identificar aspectos de seu modelo que estão de algum modo distorcidos, empobrecendo as experiências disponíveis. Através da transformação desses aspectos do seu modelo que estão deformados semanticamente, a pessoa consegue mais opções e liberdade. São esses aspectos deformados que freqüentemente impedem a pessoa de agir de maneiras que ela de outra forma escolheria. As três classes de formação semântica deficiente são:
☐ Causa e efeito
☐ Leitura da mente
☐ Índice referencial

**Causa e efeito.** A formação semântica de causa e efeito envolve a crença de que uma ação por parte de uma pessoa pode levar uma outra pessoa a agir de um modo particular ou a experimentar uma determinada emoção ou um determinado estado subjetivo. Devido a essa crença, a pessoa que está reagindo a experiências não tem escolha. Desafiar essa crença permite à pessoa examinar e questionar se a conexão causal é de fato verdadeira. Ela pode então começar a se indagar que outras alternativas de reações podem ser geradas. O desafio é: COMO X CAUSA Y?

"Você escrever na parede me incomoda."
"Como o fato de eu escrever na parede o incomoda?"
(*ou*) "...o faz sentir-se incomodado?"

"Você me frustra."
"Como eu o frustro? Como é possível que eu o frustre?"
(*ou*) "...isso o faz sentir-se aborrecido?"

"Estou triste porque você está atrasada."
"Como o meu atraso o faz sentir-se triste?"

**Leitura da mente**. A leitura da mente refere-se à crença, por parte do emissor, de que uma pessoa pode saber o que a outra está pensando ou sentindo sem uma comunicação direta. Em outras palavras, este é um modo pelo qual se pode reconhecer quando alguém está agindo com base em ilusões, ao invés de informações. Obviamente, a leitura da mente é muito eficaz na inibição da utilidade do modelo de mundo de uma pessoa. O ouvinte reage à leitura da mente perguntando COMO, ESPECIFICAMENTE, VOCÊ SABE X? Isto fornece ao emissor uma maneira de tornar-se consciente, e mesmo de questionar, aquelas idéias que ele talvez tenha previamente dado como certas.

"Todo mundo acha que eu estou levando tempo demais."
"Como, especificamente, você sabe que todo mundo está pensando isso?"

"Eu tenho certeza de que você pode ver como eu me sinto."
"Como, especificamente, você pode ter certeza de que eu vejo como você se sente?"

"Eu sei o que é melhor para ele."
"Como, especificamente, você sabe o que é melhor para ele?"

"Ele nunca pensa nas conseqüências."
"Como, especificamente, você sabe que ele nunca pensa nas conseqüências?"

**Índice referencial**. O índice referencial refere-se àquelas afirmações que têm a forma de uma generalização sobre o mundo em si mesmo, ao invés de uma afirmação reconhecida como pertencente ao modelo de mundo do emissor. Geralmente são julgamentos. O emissor está usando a representação perdida quando toma regras apropriadas para si e para o seu modelo de mundo e as aplica aos outros. É o tipo de pessoa que quer forçar as outras pessoas a enxergarem o mundo como ela o faz. Nosso objetivo ao recusarmos essa atitude é ajudar o emissor a ter suas próprias regras e opiniões (de maneira confortável), permitindo ao mesmo tempo que o resto do mundo tenha as suas. Com a representação perdida, normalmente, não há qualquer indicação de que o emissor esteja ao menos ciente de outras opções ou possibilidades. Para enfrentar a representação perdida, devemos perguntar: PARA QUEM?"

"É errado depender da Previdência Social."

"É errado para quem depender da Previdência Social?"
"Este é o jeito certo de fazer isso."
"Este é o jeito certo para quem?"
"Fazer isso é nojento."
"Nojento para quem?"

Como foi dito no início, o metamodelo é um conjunto de instrumentos com os quais se pode construir uma comunicação melhor. O metamodelo pergunta o *que, como* e *quem* em resposta à forma específica da linguagem do emissor. A habilidade do terapeuta como metamodelador depende do seu desejo e capacidade de implementar as questões e respostas fornecidas pelo metamodelo.

Quando pratica o metamodelo, o terapeuta deve prestar atenção especial aos seus processos internos. Sendo uma formalização do comportamento intuitivo, as reações do metamodelo ocorrerão naquelas ocasiões em que o terapeuta tenha tido que se referir a uma experiência internamente gerada de modo a enfrentar a comunicação do cliente. Por exemplo, quando um cliente diz "Meu pai me feriu", para entender completamente o que ele quer dizer com essa frase, é necessário perguntar: "Como?". O cliente pode ter sido espancado, repreendido aos berros ou simplesmente ignorado. Se decidirmos que sabemos o que "ferir" significa com base apenas na nossa própria experiência, então estaremos na verdade colocando o cliente no nosso modelo de mundo, e não no dele.

O metamodelo é um conjunto de instrumentos que nos permite manter-nos na *experiência sensorial externa*, obtendo informações do cliente. Isto nos impede de nos *voltarmos para dentro*, para gerar internamente experiências para a compreensão. Enquanto estamos aprendendo o metamodelo, as respostas apropriadas podem ser inseridas naqueles momentos em que anteriormente teríamos tido que nos remeter à nossa própria experiência interna para entender (ou tentar entender) o que o cliente quer dizer. O metamodelo exige que o cliente torne sua comunicação mais claramente inteligível, não que completemos para ele as peças que estão faltando a partir da nossa própria realidade subjetiva. Como um exemplo, suponhamos que um cliente diga: "Tenho medo de multidões." Se nos voltamos para dentro, decidindo "Ah, sim, medo de multidões, sei, conheço isso", então perdemos a oportunidade de reconectar o cliente com sua própria experiência. Mas as respostas fornecidas pelo metamodelo — "Como você sabe que tem medo de multidões?" ou "O que o assusta nas multidões?", ou "O que o impede de sentir-se bem na multidão?" — servem para nos manter na experiência do cliente, gerando assim respostas e novas possibilidades de crescimento a partir dos próprios recursos dele. Talvez esses recursos sejam de um tipo que ainda não desenvolvemos.

Descobrir esses pontos nos quais de fato nos voltamos para dentro, buscando a experiência interna para entender uma dada comunicação, e substituí-los pelas perguntas do metamodelo aumentará enormemente nossa capacidade como terapeuta, bem como facilitará a integração do metamodelo ao nosso comportamento inconsciente automático. Um modo de fazer isso é pedir a um amigo que crie frases que contenham alguma violação do metamodelo e então determinar como nossas intuições se expressam em cada uma delas.

Por exemplo, se um cliente afirma: "Meus sentimentos foram feridos", se imaginarmos um quadro, como saberemos como os sentimentos dele foram feridos, e por quem ou pelo quê? Se nos lembrarmos (seja visual, cinestésica ou auditivamente) de uma ocasião em que nossos próprios sentimentos foram feridos, estaremos "entendendo" a frase a partir da nossa própria experiência, não da dele. À medida que nos tornamos mais conscientes dos nossos próprios processos internos, aprendemos as dicas que nos avisam quando estamos internalizando para compreender, em vez de permanecer no presente. Uma vez que tenhamos identificado o nosso próprio sinal, podemos utilizá-lo inserindo as respostas do metamodelo, em lugar de nossa própria internalização. Assim, a cada vez que formos avisados de que algo está faltando ou não faz sentido, saberemos que uma resposta do metamodelo será útil e apropriada.

O metamodelo está baseado nas intuições humanas. Assim, aprender a utilizá-lo pode ser um processo rápido e fácil, se nos tornarmos explicitamente conscientes dessas intuições. Elas podem ser expressas em qualquer sistema representacional. Se eu digo, por exemplo, "A girafa foi perseguida", sabemos por intuição que algo ficou de fora. Talvez a imagem esteja incompleta, ou, se representarmos cinestesicamente, não saibamos a velocidade em que a girafa corria. Nenhuma dessas representações estará completa até que se saiba a resposta para "Perseguida pelo quê?". A despeito de como as intuições se expressam, é neste momento que a pergunta do metamodelo se insere para obter o significado mais completo possível da comunicação.

Para utilizar essas intuições no ensino e no aprendizado das distinções do metamodelo, deve-se começar por: (1) gerar frases para o aluno que contenham uma violação do padrão do metamodelo; (2) perguntar ao aluno qual é a sua experiência; e (3) uma vez que se tenha determinado como as intuições do aluno se expressam quanto a esse padrão, pedir-lhe que faça a pergunta apropriada do metamodelo — tornando-a um aspecto integrante da expressão dessas mesmas intuições. Assim, se ele tiver um quadro incompleto, pedirá o que está faltando. Se ele se sentir confuso, deve-se inserir a questão que colocará tudo no lugar. Se ela não soar bem ou estiver fora do tom, deve-se inserir a questão que trará a harmonia. Variando o conteúdo das afirmações que contêm violações do metamodelo, a repetição necessária para integrar a pergunta do metamodelo à intuição pode permanecer estimulante. A intuição variará dentro de uma pessoa de acordo com os vários padrões. Talvez haja uma sensação para quantificadores universais, uma imagem para nominalizações e um som para causa e efeito. Cada pessoa terá um conjunto único, mas também se enquadrará em padrões consistentes. Uma vez aprendidos os padrões, estes exercícios podem ajudar a integrá-los ainda mais ao comportamento cotidiano.

Deve-se aprender (ou ensinar) o metamodelo nas três categorias delineadas neste apêndice: obtenção de informação, limites e formação semântica deficiente. Deste modo, o terapeuta (ou o aluno) terá organizado adequadamente o metamodelo para uma fácil e total integração aos processos conscientes e inconscientes.

# APÊNDICE II

## Uma sessão terapêutica completa

Na transcrição que se segue de uma sessão terapêutica completa, emprego integralmente as técnicas da ancoragem e da remodelagem. Espero que este exemplo possibilite uma melhor compreensão de como essas técnicas podem ser efetivamente utilizadas no contexto de uma sessão terapêutica.

**Sheila:** Oi (*hesita à porta, parece levemente desorientada*).
**LCB:** Oi, você deve ser a Sheila. É um prazer conhecê-la. (*LCB estende a mão para Sheila, que a aperta. LCB então indica a Sheila uma cadeira para sentar-se, ao que ela reage primeiro olhando para a cadeira, depois sentando-se. Depois que ela se sentou, LCB puxa sua cadeira para perto de Sheila, a uma proximidade suficiente para tocá-la.*)
**LCB:** Procure ficar à vontade, e aí começaremos a descobrir juntas como posso ajudá-la a fazer as mudanças que você deseja.
**Sheila:** Bem, ahn... Eu disse para você no telefone que minha terapeuta me mandou aqui. Ela disse que você faz uma coisa diferente, chamada programação neuro-lingüística. (*O tom da voz de Sheila é alto, anasalado, monótono; ela olha para cima e para a esquerda com muita freqüência; suas mãos agarram os braços da cadeira.*) Eu acho que ela desistiu de mim. (*O tom da voz muda, mais baixo, mais suave; olhos para cima e à esquerda, então para baixo e à direita.*)
**LCB:** (*Aproximando-se, segurando gentilmente a mão de Sheila.*) Olha, eu ainda nem sei por que especificamente você veio aqui, mas tenho certeza de que há uma forte possibilidade de que você tenha interpretado mal a intenção da sua terapeuta. Agora mesmo, quando disse que tinha sido mandada aqui, você estava olhando para cima e para a esquerda. A imagem que você fez era da sua terapeuta?

**Sheila:** Ahn?
**LCB:** Olhe para lá de novo e me diga se você a vê. (*Indica a direção em que olhar, segurando ainda uma das mãos de Sheila.*)
**Sheila:** (*Olha de novo para cima e para a esquerda.*) Sim, mas como você sabia?
**LBC:** Já vou explicar, mas primeiro ouvi você dizer que acha que ela desistiu de você, e estou pensando que talvez esse não seja o caso absolutamente. Talvez na verdade seja muito difícil para ela mandar você aqui, sugerir-lhe que outra pessoa, com um conjunto diferente de instrumentos, poderia ajudá-la quando ela não pôde. Parece-me que mandar você aqui talvez seja uma expressão de carinho e preocupação da parte dela, que mostra que ela quer que você consiga realizar as mudanças que deseja mesmo sem ela. Mas é claro que você a conhece muito melhor do que eu. Então, vamos lá, olhe para ela de novo e *veja* se essa possibilidade a faz *sentir-se* um pouco melhor.
**Sheila:** (*Olha para cima e para a esquerda, então para baixo e para a direita, suspira.*) Sabe, acho que você realmente tem razão. Ela ficou frustrada comigo, mas, pensando nisso, agora, se ela não se importasse comigo não se teria preocupado em me mandar aqui.
**LCB:** (*Aperta suavemente a mão de Sheila.*) Isso pode ser uma nova descoberta para você. Aposto como já houve outras vezes em que você viu uma mensagem negativa em coisas que podem ter sido, e provavelmente eram, positivas. Estou certa? (*LCB olha para cima e à direita, o que é um espelho para Sheila olhar para cima e à esquerda.*)
**Sheila:** (*Olha para cima, à esquerda; assente.*) É, está.
**LCB:** (*Aperta sua mão gentilmente.*) E você pode começar agora a pensar em quais podem ter sido as mensagens positivas naquelas situações. (*Olha para baixo e à esquerda novamente um espelho para Sheila olhar para baixo e à direita.*) ANCORANDO E LIDANDO COM PISTAS DE ACESSO.
**Sheila:** É, eu acho que posso. (*Olha para baixo e para a direita, sorri.*)
**LCB:** Bom. Ainda hoje, mais tarde, quero que você se lembre (*olha para baixo e à direita*) ao menos de três ocasiões desse tipo, e então pense nas outras mensagens (*olha para baixo, à esquerda*), nas positivas, no que elas podem ter sido, mantendo em mente essa experiência (*aperta a mão gentilmente*), firmemente. Está bem? (*Sorri.*)
**Sheila:** (*Sorri.*) Está. Vou fazer isso.
**LCB:** (*Solta a mão, recosta-se levemente.*) Agora, conte-me o que é que fez você procurar terapia.
**Sheila:** (*Reage imediatamente, afundando na cadeira, expirando fortemente, olhos tristes.*)

**LCB:** Ei, ei. (*Aproxima-se, toca Sheila na coxa para atrair novamente sua atenção.*) Ei, volte aqui; não precisa ficar assim. (*LCB imita a postura de Sheila; então sorri e se inclina para a frente.*) Entendi. Em vez de me contar por que veio, diga-me como você vai saber quando não precisa mais vir.

**Sheila:** Bem, ahn, eu não sei (*olhos para cima, à esquerda; para baixo, à direita*). É só que, bem... (*olhos para baixo à esquerda; inquieta-se*) sou frígida (*isto é dito mais alto e de algum modo explosiva e rapidamente, com as palmas voltadas para cima*) ... e fiz cursos a respeito do assunto e li todos os livros e tentei terapia, e ainda assim nada... nada... e agora você.

**LCB:** (*Faz uma pausa; então, muito diretamente:*) Como você sabe que é frígida?

**Sheila:** (*Olhos para cima, à esquerdas.*) Ahn? O que você quer dizer com isso?

**LCB:** Olha, sei que você tem meios de determinar em quais estados você está e em quais não está. Você tem um jeito de saber se está confortável (*pausa, os olhos de Sheila estão abaixados e à direita*) ou feliz (*pausa*), ou curiosa, e por aí afora. Nós, seres humanos, só entendemos realmente a linguagem associando-a à nossa experiência. Ainda muito jovem você aprendeu a conectar uma combinação de imagens, sensações, sons, cheiros com uma palavra. Pegue a palavra "curiosa". Como você sabe quando está sendo curiosa?

**Sheila:** Bem (*olhos para cima, à esquerdas; então para baixo, à esquerda, e para cima, à direita*), não sei. É só uma sensação (*Sheila toca a barriga*).

**LCB:** (*Toca o joelho direito de Sheila.*) A sensação de estar curiosa é o que você percebe conscientemente, mas há alguma outra coisa que ajudou a acionar essa sensação. Você olhou para cima e à esquerda, depois para baixo e para cima (*LCB demonstra*). Lembrando a minha pergunta, olhe para cima de novo, depois para baixo, e me diga o que você percebe.

**Sheila:** Oh! (*surpresa*) Vejo a porta do sótão da minha casa quando eu era pequena (*ri*). Minha mãe vivia me dizendo para ficar longe dela. Era lá que ela guardava nossos presentes de natal.

**LCB:** E você ficava muito curiosa para ver os presentes, não ficava? (*Toca o joelho direito de Sheila.*)

**Sheila:** Adivinhou.

**LCB:** Você consegue ouvir a voz de sua mãe dizendo-lhe para ficar longe de lá?

**Sheila:** (*Olhos para baixo, à esquerda, sorri*). Sim.

**LCB:** Então você tem meios (através de pistas analógicas) de saber quando você está curiosa. (*Toca o joelho direito de Sheila; ela assente.*) Agora, como você sabe que é frígida?

**Sheila:** Bem... (*Olhos para cima, à esquerda; depois para baixo, à esquerda.*) Por que não tenho orgasmos.
**LCB:** O que é que você viu lá em cima?
**Sheila:** Ah, hummm (*olhos para cima, à esquerda*), vejo só o grupo de mulheres do grupo feminino do qual eu participava. Foi como tudo começou. Eu sabia que sexo não era muito importante para mim, mas isso não me incomodava muito até freqüentar aquele grupo. Desde essa época não consigo tirar isso da cabeça. É como se eu fosse um fracasso como mulher, a não ser que eu tenha orgasmos. Trabalhei muito nisso na terapia e, sei que não é bem assim, mas ainda assim quero ter orgasmos.
**LCB:** Se entendi corretamente, você sabe que é frígida porque não tem orgasmos, e como não tem orgasmos, você sabe que é frígida?
**Sheila:** É isso.
**LCB:** Certo. Como você sabe que não tem orgasmos?
**Sheila:** (*Olhos para cima, à esquerda; então para baixo, à direita; então para cima, à direita.*) Porque nunca tive nada como o que as mulheres no meu grupo descreveram, ou como o que eles dizem nos livros.
**LCB:** (*Olhos para cima, à esquerda, para espelhar acima e à direita para Sheila.*) Conte-me como você acha que é um orgasmo.
**Sheila:** Elas — as mulheres e também li isso em alguns livros — disseram que havia planos e cumes, e explosões de sensações (*enquanto fala, Sheila continua a referir-se às suas imagens construídas — olhos para cima e à direita — e a desenhar as imagens com as mãos.*) Eles disseram que era diferente para cada pessoa, mas comigo nunca aconteceu nada parecido com isso.
**LCB:** Entendi. Voltando à nossa conversa sobre como entendemos as palavras — como a sua maneira de saber que está curiosa —, a experiência que você relaciona com a palavra "orgasmo" é feita de imagens; imagens que você construiu a partir de descrições dadas por livros e por outras mulheres. Meu palpite é que, já que você não vivencia essas imagens quando faz sexo, você resolveu que não está tendo orgasmos.
**Sheila:** Você está dizendo que eu tenho?
**LCB:** Não. O que estou dizendo, com base no que você me contou, é que a palavra "orgasmo" está sendo entendida num único sistema: o visual. É mais ou menos como descrever a experiência de nadar apenas com cheiros.
**Sheila:** Não entendo (*olhos para baixo, à direita*).
**LCB:** Você me deu descrições em palavras, que traduziu em imagens. Um orgasmo é uma experiência integral, cujo aspecto mais valorizado é geralmente o das sensações.
**Sheila:** Mas era disso que eu estava falando — sensações.
**LCB:** Você consegue sentir um plano ou um cume? E seu corpo provavelmente não quereria sentir uma explosão. Deixe-me expli-

car. Posso descrever um orgasmo como uma torrente de sensações cálidas, intensamente prazerosas, que emanam em ondas dos genitais para todas as outras partes do corpo, trazendo consigo uma satisfação calma, relaxada. Agora, se você não teve uma experiência cinestésica à qual relacionar o que eu disse, pode traduzi-lo numa imagem — por exemplo, a visão de uma pedra sendo jogada num lago calmo e escuro, e gerando ondas que se movem em círculos concêntricos em direção às margens do lago, até que ele se acalme novamente. Esta seria uma excelente compreensão pictórica da minha descrição, mas não o que você poderia esperar sentir ao ter um orgasmo.

**Sheila:** Então sei menos ainda sobre a coisa toda do que eu achava que sabia?

**LCB:** Ah, tenho certeza de que você sabe muito mais sobre isso do que se dá conta. (*Toca Sheila no joelho direito.*) E aquela parte sua que está curiosa sobre orgasmos está provavelmente tão impaciente quanto você ficava para descobrir algo sobre aqueles presentes de natal no sótão. Concorda?

**Sheila:** (*Olhos para cima, à esquerda.*) É, estou curiosa e impaciente, não gosto de ficar de fora. É como se outras pessoas estivessem se divertindo e eu estivesse de fora.

**LCB:** Ótimo. Você tem um lado que é curioso e explora o mundo em busca de novas experiências, e quer ter certeza de que terá todas aquelas experiências agradáveis que esse seu lado vê outras pessoas tendo. Pergunte a esse lado seu se ele vê alguma coisa que a impeça de ter orgasmos.

**Sheila:** O quê? Perguntar o quê?

**LCB:** Pergunte dentro de você se o seu lado curioso vê algo que o impede de ter orgasmos. Depois, já que ele se expressa quase sempre em imagens, olhe para cima e para a esquerda para ver a resposta.

**Sheila:** (*Olhos para baixo, à esquerda; depois para cima, à esquerda; faz que não.*) Não há nada lá.

**LCB:** Bom.

**Sheila:** Espere um pouco, que história é essa de lado?

**LCB:** Um lado é uma maneira de falar sobre aspectos seus que se expressam em habilidades em fazer ou ser algo. Sua habilidade em ser curiosa e impaciente por ter uma experiência desejada pode ser considerada o seu lado curioso. Esses aspectos que chamamos de lados se desenvolvem originalmente a partir de descobertas derivadas da experiência. Desenvolvemos um lado cauteloso a partir de experiências tais como tocar um fogão quente, cair da escada ou de uma bicicleta. Essas experiências produzem dor, e por isso desenvolvemos um lado cauteloso — geralmente de natureza visual, em busca do perigo — para nos protegermos.

Todos esses lados nossos existem para o nosso bem, e, se soubermos utilizá-los, passam a ser recursos de que dispomos. A remodelagem existe para isso. É um processo através do qual você aprende a entrar em contato com esses seus lados, tomando consciência dos seus próprios processos internos: diálogos internos, visualizações, sensações etc. Já que é assim que eles se expressam, você pode descobrir para que servem e como utilizá-los para obter mudanças desejadas, bem como para levar uma vida agradável e satisfatória. É freqüente que os lados, ao cuidarem de seus assuntos, entrem em conflito uns com os outros. Você já teve alguma vez um conflito entre, digamos, seu lado aventureiro e seu lado cauteloso?

**Sheila:** Ah, claro. Geralmente eu acabo não fazendo nada, e depois me sinto como se tivesse perdido algo.

**LCB:** Com a remodelagem você entraria em contato com o seu lado cauteloso e descobriria que garantias ou precauções ele precisa que você lhe dê para deixá-la ter uma aventura sem interferir. Afinal, ele obedece ao propósito vital de protegê-la do perigo. Você pode expressar sua admiração por esse seu lado fazer seu trabalho atendendo às suas necessidades, e então seguir em mente e satisfazer seu lado aventureiro. Com isso em mente, podemos começar a explorar a possibilidade de haver algum lado, desconhecido para você, que a impeça de ter orgasmos.

**Sheila:** Bem, se há algum, quero me livrar dele.

**LCB:** Ele iria esperar e depois voltaria, talvez sob uma forma diferente. Os nossos lados nascem a partir de descobertas baseadas em experiências. Nascem para atender a um objetivo, e quando ocorre uma experiência que parece aplicar-se àquela descoberta, eles se expressam. Lembre-se, eles servem a um propósito; cada um tem uma função e está fazendo o melhor possível. O que você pode fazer é mudar um lado seu, educá-lo para fazer seu trabalho de modo mais adequado aos seus desejos e necessidades atuais. Mas chega disso. Quero que você faça uma declaração geral, dentro de você, para todos os seus lados: que você agora está empreendendo um novo processo de mudança, e que fará o máximo para levá-los todos em conta, e que deseja a cooperação deles para esta aventura. Está bem.

**Sheila:** Está. (*Inclina a cabeça, fecha os olhos por alguns momentos; ri*).

**LCB:** O que aconteceu? Houve alguma resposta?

**Sheila:** Bem, fiz como você mandou e ouvi uma salva de palmas.

**LCB:** Ótimo. Agora anuncie a todos os seus lados que, como uma demonstração deste novo processo de mudança, você vai reorganizar-se de modo a poder, nas ocasiões adequadas, alcançar o orgasmo. Vamos lá — diga a eles.

**Sheila:** (*Fecha os olhos, vira a cabeça para cima, à esquerda; faz então*

>           *um ar de dúvida e move a cabeça para baixo e para a direita;
>           sorri e abre os olhos, parecendo satisfeita consigo mesma.)*
> **LCB:**  *(Enquanto Sheila olha para baixo e à direita, LCB toca seu joelho direito.)* Parece que aconteceu um bocado de coisa aí dentro.
> **Sheila:** É, eu disse a eles o que você disse e aí veio primeiro uma voz que disse: "Só acredito vendo". E eu tive uma sensação de enjôo bem aqui *(indica a área do estômago/tórax)*, e outra voz disse: "Você vai acreditar quando sentir, não quando ver".
> **LCB:**  Maravilha. Sabemos que há alguns lados aí dentro que já estão aprendendo e querendo manter você na direção certa *(para baixo e à direita).*
> **Sheila** Ahn?
> **LCB:**  Agora, quero que você comece a passar para você mesma, por todas as experiências que você tem normalmente durante o intercurso sexual. Há uma série, uma seqüência de experiências que conduzem e se seguem a um orgasmo. Em algum ponto, sua seqüência é interrompida ou a conduz a uma experiência diferente do orgasmo. Precisamos saber mais sobre o que acontece com você. Então, peça a todos os seus lados, especialmente ao lado curioso, para entrar e, usando todo o tempo de que você precisar, relembre vividamente, com todos os detalhes, uma ocasião em que você ficou realmente excitada — você estava ansiosamente antecipando a experiência física que teria — e, começando daí *(aproxima-se, aperta o joelho esquerdo de Sheila quando surge uma expressão inconfundível)*, recorde profundamente como uma sensação sucede a outra.
> **Sheila:** *(Recosta-se, respira profundamente, músculos faciais relaxados, fecha os olhos; enquanto passa por esse processo interno, há um movimento ocular rápido. Seu rosto fica afogueado, o ritmo da respiração se acelera durante algum tempo, os pés e as mãos se movem ritmicamente, os lábios se intumescem levemente; então, num dado momento, a respiração pára; Sheila franze as sobrancelhas levemente, seu corpo fica rígido; tudo isso é sutil.)* Tudo bem, já fiz. E agora?
> **LCB:**  O que é que você percebeu conscientemente sobre o que acabou de fazer?
> **Sheila:** *(Olhos para baixo, à direita.)* Que tive a mesma sensação, um desapontamento ruim, que tenho depois de fazer sexo.
> **LCB:**  Quero explicar uma coisa sobre essa consciência que você está experimentando agora. O que você percebe conscientemente é essa sensação particular. Você talvez não esteja consciente das suas costas no encosto da cadeira, ou do zumbido do ar-condicionado ou do cheiro da fumaça de cigarros que fumaram aqui hoje. Ou, pelo menos, você não estava provavelmente consciente disso tudo antes de eu mencionar essas coisas e trazê-las

à sua consciência. Há um limite para o que podemos perceber conscientemente. Se não fosse assim, seríamos esmagados. Nós selecionamos os aspectos da experiência de que nos conscientizamos. Sei que sexualmente você reage aos cheiros do corpo, aos ritmos da respiração, às mudanças de temperatura, aos sons — todos os tipos de estímulos de que você provavelmente não tem consciência. Além disso, enquanto você está reagindo a todos os estímulos que vêm do mundo externo, particularmente do seu parceiro...

**Sheila:** Meu marido.

**LCB:** ... seu marido, você também está reagindo aos aspectos da experiência que você está gerando internamente: sons internos, diálogos, imagens, sensações etc. Então, vou pedir a você para fazer a mesma coisa de novo, mas desta vez um pouco diferente. Você pode levar com você o seu lado curioso (*LCB aperta o joelho direito de Sheila enquanto a expressão surge*) e o seu lado excitado (*aperta o joelho esquerdo; surge a expressão*), e eles vão prestar muita atenção para descobrir o que a impede de ter um orgasmo. Além disso, até descobrir isso, você pode continuar a rever os fatos de sua experiência sexual, percebendo conscientemente todos aqueles aspectos que você não notava antes. Os cheiros, sons, toques especiais, olhares — todos eles —, talvez prestando atenção num, depois no outro, aí então juntando mais um.

**Sheila:** Parece maravilhoso!

**LCB:** Concordo. Então, enquanto você faz isso, seus lados vão fazer uma pequena pesquisa. Pergunte-lhes se querem participar.

**Sheila:** (*Fecha os olhos, olha para cima; assente.*) Sim.

**LCB:** Bom. Diga-lhes que podem levantar uma das mãos, ou ambas, quando tiverem descoberto algo.

**Sheila:** (*Fecha os olhos.*) Tudo bem. (*Sheila passa por uma seqüência de mudanças corporais semelhante à anterior; então, refaz todo o processo uma segunda vez; um pouquinho antes de a expressão franzida ser total, a mão direita começa a se levantar.*)

**LCB:** (*Aproxima-se, toca a mão direita.*) Entendo. E quando você estiver satisfeita com o resultado, quero que volte para cá.

**Sheila:** (*Mantém os olhos fechados durante mais algum tempo, depois abre-os, piscando.*)

**LCB:** Antes de me contar o que descobriu, respire fundo duas vezes e agradeça aos seus dois lados pelo que fizeram.

**Sheila:** (*Sorri, respira profundamente.*) Bem, o que descobri foi que há duas coisas que me impedem de ter orgasmos. Uma eu sabia que estava lá, mas não sabia que ela me impedia de ter orgasmos.

**LCB:** Está bem. Fale-me delas na seqüência natural em que aconteceram.

**Sheila:** (*Assume uma expressão vista anteriormente no meio da série já exibida; enquanto ela fala, a seqüência da expressão se completa.*) Bem, no momento exato em que estou realmente conseguindo, realmente começando a gostar... quero dizer, quando começo realmente a sentir as sensações de gozo (*pausa; olhos para baixo e para a esquerda*), essa voz vem e diz: "Menina levada. Isso é indecente e você é uma menina malvada".
**LCB:** De quem é essa voz?
**Sheila:** (*Olhos para baixo, à esquerda.*) É a voz da minha mãe — ela está estragando tudo.
**LCB:** Ei, vamos devagar. Você disse que eram duas. Continue a me contar. O que acontece depois da voz da sua mãe?
**Sheila:** Bem, nunca tinha realmente ouvido isso antes, mas depois dela surge a minha voz dizendo: "Você fez de novo. Agora você nunca vai conseguir. Não importa o que aconteça, você não consegue".
**LCB:** Muito bem. Há dois lados que se expressam em diálogo interno. Pergunte internamente se há mais alguma coisa, além desses dois lados, impedindo você de ter orgasmos.
**Sheila:** (*Fecha os olhos.*) Não, é só isso.
**LCB:** Agora, esse lado seu maternal ... ele lhe diz que o que você está fazendo é malvado e indecente, certo?
**Sheila:** Sim.
**LCB:** Você consegue ouvi-lo dizendo isso agora?
**Sheila:** Sim.
**LCB:** Bom. Pergunte a esse seu lado, pode chamá-lo de lado maternal, se você quiser, o que ele está tentando fazer por você.
**Sheila:** (*Fecha os olhos.*) Ele diz... Sabe, é engraçado, é realmente a voz da minha mãe (*dá de ombros*)... ele diz que está me ensinando que sexo é errado e indecente.
**LCB:** Pertunte a esse lado se ele está tentando proteger você de alguma coisa que ele acha errada e indecente.
**Sheila:** (*Fecha os olhos.*) É, é isso. Mas isso é loucura. Eu não acho que sexo seja ruim ou sujo. Não sou nehuma boba.
**LCB:** Sei que não é, mas nós estamos falando sobre um lado que se desenvolveu aprendendo aparentemente com sua mãe. Vamos verificar isso. Você se lembra de sua mãe lhe dizendo algo sobre sexo?
**Sheila:** Lembro, ela me pegou brincando de médico com o garoto vizinho e teve um ataque.
**LCB:** Ela disse alguma coisa sobre aquilo ser indecente e sujo?
**Sheila:** Disse.
**LCB:** Pelo que você sabe, sua mãe acha sexo indecente e sujo?
**Sheila:** Certamente acha.
**LCB:** Entretanto, você aprendeu muito mais coisas nesta área do que ela. Certo?

**Sheila:** É, acho que sim.
**LCB:** Às vezes, o que as mães dizem sobre sexo às filhas adolescentes é muito diferente do que elas dizem quando as filhas se tornam mulheres. Ou seja, elas ensinam o que acham que é adequado ao estágio de desenvolvimento da filha naquele momento.
**Sheila:** Minha mãe, não. No que dizia respeito a ela, sexo ficava mais sujo à medida que eu crescia.
**LCB:** Isso é muito ruim. Agora, sei que a sua mãe estava tentando proteger você de experiências que para ela eram indecentes e sujas. Um lado seu aceitou esses ensinamentos, talvez acreditando que sua mãe se preocupava sempre com o seu bem; e quando você era criança você provavelmente ouviu o conselho dela. Assim, um lado seu — o seu lado maternal — aparece com seu aviso a cada vez que você está sexualmente excitada.
**Sheila:** Parece que é isso mesmo.
**LCB:** Esse lado não cresceu no que diz respeito a sexo. Isto é compreensível, considerando-se que ele aprendeu com sua mãe, cujo conhecimento sobre a realização sexual também é limitado.
**Sheila:** Quero a minha mãe fora da minha vida sexual.
**LCB:** Ótimo. Mas meu palpite é que, enquanto esse seu lado estiver preocupado com o seu bem-estar... você aprecia isso, não aprecia?
**Sheila:** Sim.
**LCB:** Enquanto ele pensar que sexo é ruim para você, vai continuar a interferir de modo desagradável, impedindo-a de alcançar a realização sexual. Pergunte internamente se isso é verdade.
**Sheila:** (*Fecha os olhos.*) Sim. E agora?
**LCB:** Pergunte a esse seu lado o que é necessário para que ele fique fora deste aspecto da sua vida, sem sentir-se insatisfeito.
**Sheila:** (*Fecha os olhos.*) Ele diz que precisa saber que eu estarei bem.
**LCB:** Ótimo. Pergunte-lhe se ele ficaria fora desta área da sua vida se nós lhe garantíssemos que a realização sexual é boa, e mesmo necessária, para que você alcance o pleno desenvolvimento do seu potencial como pessoa e como mulher.
**Sheila:** Minha mãe nunca acreditaria nisso.
**LCB:** Mas estamos falando com um lado seu — não com a sua mãe. É um lado que se baseia no que *aprendeu* com sua mãe, mas ainda assim é um lado seu e tem acesso a todas aquelas descobertas que você fez desde que era uma garotinha. Pergunte a ele.
**Sheila:** Está bem. (*Fecha os olhos.*) Ele diz que sim, mas como?
**LCB:** Você tem filhos?
**Sheila:** Não, mas espero ter.
**LCB:** Agora, mesmo que esse lado tenha a voz da sua mãe, ele foi criado quando você era pequena; e não cresceu com você. Mesmo que você não tenha filhos agora, se você tivesse — se você tives-

se uma filha a quem quisesse ensinar as maravilhas da sexualidade e da feminilidade, para fazê-la capaz de tirar ainda mais proveito do que você das suas experiências sexuais —, haveria muitas coisas para dizer a ela. Certo?

**Sheila:** Sim, eu certamente agiria diferente da minha mãe.

**LCB:** Ótimo. E agora, mentalmente, pegue esse seu lado pela mão. Ande por toda a estrada da vida com ele e lhe ensine de modo gentil e tranqüilizador o que significa ser uma mulher. Surpreenda-o e encante-o com tudo o que você sabe, dando-lhe o que ele precisa para ser um lado maternal adequado — incluindo encontrar um lugar na sua vida onde ele seja útil.

**Sheila:** Está bem.

**LCB:** Bom. Feche os olhos, leve o tempo de que precisar, e divirta-se com esse processo de ensinar seu lado maternal a ser mulher. E quando você estiver satisfeita com a viagem, pode voltar, mas não antes de todos os seus outros lados estarem satisfeitos com o aprendizado da sexualidade humana.

**Sheila:** (*Recosta-se, passa cerca de doze minutos quieta, olhos fechados, respiração regular, às vezes profunda; pisca, abre os olhos, senta-se ereta.*) Terminei. (*Sorri, parece satisfeita, relaxada.*)

**LCB:** Bem, você parece satisfeita.

**Sheila:** Ah, eu estou, sim.

**LCB:** E em qual área da sua vida você encontrou um lugar para sua mãe?

**Sheila:** Na cozinha. Ela cozinha de verdade e vai me ajudar. Vamos fazer coisas ótimas.

**LCB:** E ela concorda em ficar fora do quarto?

**Sheila:** Ah, sim, concorda. Sabe, eu não sabia que eu sabia todas aquelas coisas que ensinei a ela.

**LCB:** Acredito. Às vezes ensinar é a melhor maneira de aprender.

**Sheila:** É.

**LCB:** Agora, pelo que eu me lembro, havia uma outra voz interferindo na ordem natural das coisas. Certo?

**Sheila:** Ah, é. Esqueci disso. Uau! Estou me sentindo tão bem com isso que você acabou de fazer.

**LCB:** Ei, foi você quem fez, não eu. Lembre-se disso. (*Copia o comportamento de Sheila analógico ao anterior.*) Aquela outra voz... ela disse: "Uh-oh, você estragou tudo, agora você nunca vai conseguir." Certo?

**Sheila:** É, posso ouvi-la agora. É a minha voz.

**LCB:** Pergunte a esse lado seu se ele quer que você tenha um orgasmo.

**Sheila:** (*Fecha os olhos.*) Sim. (*Hesita um pouco.*)

**LCB:** Mas não sabe bem ao certo como.

**Sheila:** Huh-uh. (*Faz que não com a cabeça.*)

**LCB:** Peça-lhe para ouvir com atenção enquanto eu sugiro a ele uma estratégia especial para intensificar sua experiência sexual. Se ele gostar da estratégia e concordar em usá-la, poderá dizê-lo a você dando-lhe uma sensação cálida, boa, gostosa, aqui (*indicando as áreas inferior do abdômem e pélvica.*) Tudo bem?

**Sheila:** Sim.

**LCB:** Fico feliz por você concordar, mas pergunte internamente só para ter certeza de que ele concorda.

**Sheila:** (*Fecha os olhos.*) Sim (*assente*). Já estou me sentindo meio excitada.

**LCB:** De algum modo esse seu lado está prestando muita atenção à sua experiência sexual, e lhe diz quando acha que você não vai alcançar o orgasmo. Nesse momento, ele desvia sua atenção do próprio estímulo que vai aumentar o seu prazer. Sugiro a esse seu lado que use sua habilidade para aumentar sua experiência e mesmo para fazê-la chegar ao orgasmo.

**Sheila:** Como?

**LCB:** Usando aquele diálogo interno para descrever para você todos os aspectos da sua experiência. Para regular você. Para descrever onde seu corpo está tocando o dele, para descrever sensualmente para você os cheiros, os ritmos da respiração, do movimento, sempre usando termos positivos, guiando você, garantindo que você permaneça imersa na experiência em que está envolvida. Sempre intensificando sua experiência. Descobrindo o que lhe dá mais prazer e levando-a até lá. Resumindo: utilizando esse seu lado como um recurso primário, assegurando-se de que ele esteja intimamente associado à sua capacidade de ser excitada.

**Sheila:** Está acontecendo. Eu mal posso acreditar, mas ele está dizendo que sim exatamente como você disse.

**LCB:** Ótimo. Agora, só para ter certeza, volte, tudo outra vez, e permita que esse seu lado a escolte através de uma experiência sexual imaginária usando a estratégia que sugeri.

**Sheila:** (*Fecha os olhos.*)

**LCB:** Deixe-o conduzi-la por todo o caminho.

**Sheila:** (*Expressão analógica apropriada à tarefa descrita.*) Nossa, isso é incrível! Estou pronta!

**LCB:** Para quê?

**Sheila:** Para minha nova vida sexual. Meu marido vai ter uma grande surpresa.

**LCB:** Não se esqueça de dar a ele algum crédito pelas suas novas experiências. Afinal, ele vai ter um papel importante.

**Sheila:** Claro (*sorrindo*).

**LCB:** Pergunte internamente se ainda há algo a fazer sobre este assunto.

**Sheila:** (*Fecha os olhos.*) Não, está tudo ótimo. Eu me sinto incrível!

**LCB:** Pense um pouco, lembre-se de como foi descobrir os seus diversos lados, para que você possa encontrá-los sempre que pre-

cisar. Muitas vezes é necessário entrar em contato com eles, para aumentar o número de opções.
**Sheila:** Acho que posso fazer isso.
**LCB:** Agora, quero compartilhar com você algumas maneiras de tornar possível a comunicação com os seus diferentes lados. Nós chamamos essas maneiras de âncoras. Você talvez tenha notado que eu a toquei várias vezes.
**Sheila:** Sim, achei um pouco estranho no começo, mas foi bom.
**LCB:** Obrigada, gosto de entrar em contato com a pessoa. Mas, além disso, era uma forma de me comunicar com os seus lados. Preste atenção à sua experiência enquanto eu demonstro. (*Aciona as âncoras, uma de cada vez.*)
**Sheila:** Isso parece inacreditável. Eu realmente me senti mudando.
**LCB:** Agora faça você mesma e veja como pode funcionar com você.
**Sheila:** Funciona, mas não tanto quanto quando você faz.
**LCB:** Mas vai funcionar. Você só tem que aprender o que está buscando. Sempre que você quiser entrar em contato com o seu lado curioso, que está impaciente para que você tenha a vida mais rica e plena possível, basta apertar levemente seu joelho direito e recordar a imagem da porta do sótão. Aquela sensação de curiosidade fará saber que esse lado está disponível para você. Vamos lá, experimente.
**Sheila:** Você tem razão.
**LCB:** Claro. Além disso, se você quiser, pode contar um segredo ao seu marido. Se ele quiser excitar você de uma maneira sutil e agradável, basta apertar gentilmente seu joelho esquerdo. Assim (*aperta o joelho esquerdo*).
**Sheila:** (*Seu rosto fica afogueado, sorri.*) O que você fez comigo?
**LCB:** Para você, este toque em particular ficou associado à experiência de excitar-se — de ficar na expectativa de um maior contato físico. Esses toques são chamados de âncoras. Elas ficam ligadas a experiências particulares. Além do mais, agora que você sabe disso, pode reagir ainda mais, deixando sua consciência acompanhar sua reação inconsciente. Você quer perguntar alguma coisa?
**Sheila:** Provavelmente, mas não agora.
**LCB:** Bem, reveja por alguns momentos o processo por que passamos para que você possa fazê-lo sozinha. Recorde-se de como você fez contato com os seus diversos lados, como aprendeu com eles e sobre eles, de uma maneira que vai lhe permitir alcançar as mudanças desejadas.
**Sheila:** (*Fecha os olhos, fica quieta por alguns minutos.*) Terminei.
**LCB:** Bom. Eu gostaria de que você voltasse daqui a duas semanas, para revermos as mudanças que tiverem ocorrido e para que você possa escolher alguma outra mudança que queira fazer. Então você po-

derá usar este processo, tendo-me à sua disposição para eliminar os problemas, para garantir que você poderá fazer mudanças e conseguir novas opções por sua conta. Estamos combinadas?

**Sheila:** Claro, e obrigada. Muito obrigada.

# Notas

### Parte I

1. Richard Bandler e John Grinder, *The structure of magic*, p. 24.
2. William H. Masters e Virginia E. Johnson, *Human sexual inadequacy*, p. 369.
3. Edward T. Hall, *The silent langage*, pp. 87-89.
4. William H. Masters e Virginia E. Johnson, *The pleasure bond*, p. 32.
5. *Ibid*, p. 72.
6. Já que construir com solidez deve ser feito com freqüência durante todo o processo terapêutico, costuma ser parte integrante de cada intervenção terapêutica específica, e não uma intervenção em separado. Entretanto, dedicarei um capítulo ao conceito de "ponte-para-o-futuro", para enfatizar sua importância na produção de mudanças duradouras.

### Parte II

1. Edward T. Hall, *The dance of life*, pp. 56-57.
2. *Ibid.*, pp. 161-162.
3. *Ibid.*, pp. 143-144.
4. George A. Miller, "The magical number seven, Plus or minus two: some limits on our capacity for processing information", *The Psychological review*, vol. 63, n? 2 (março, 1956), pp. 81-97.
5. Sistemas representacionais: Cada um de nós, enquanto ser humano, tem à sua disposição inúmeros modos diferentes de representar sua experiência do mundo. Seguem-se alguns exemplos dos... sistemas que cada um pode usar para representar sua experiências.

Temos cinco sentidos reconhecidos para entrar em contato com o mundo — *vemos, ouvimos, sentimos, provamos e cheiramos*. Além destes sistemas sensoriais, temos um sistema de linguagem que usamos para representar nossa experiência. Podemos armazenar nossa experiência diretamente no sistema representacional mais diretamente associado ao canal sensorial. Podemos optar por fechar os olhos e criar uma imagem visual de um quadrado vermelho passando a verde e então a azul, ou uma espiral em prata e preto girando lentamente no sentido contrário ao do relógio, ou a imagem de alguém que conhecemos bem. Ou podemos optar por fechar os olhos (ou não) e criar uma representação cinestésica (uma sensação corporal ou um sentimento), colocando as mãos numa parede e empurrando o mais forte possível, sentindo o enrijecimento dos músculos nos braços e ombros, conscientizando-nos da textura do chão sobre nossos pés. Ou podemos escolher tomar consciência da sensação crepitante do calor das chamas em uma lareira, ou da sensação de pressão de algumas cobertas leves sobre nossos corpos que suspiram ao afundarmos suavemente na cama. Ou podemos optar por fechar os olhos (ou não) e criar uma representação auditiva (sonora) — o tamborilar das gotas de chuva, o rugido distante do trovão que ribomba através das antes silenciosas montanhas, o rangido estridente de pneus numa tranqüila estrada campestre, ou o barulho de uma buzina de táxi em meio aos ensurdecedores ruídos de uma cidade barulhenta. Ou, podemos fechar os olhos (ou não) e criar uma representação gustativa (paladar) do sabor azedo de um limão, ou da doçura do mel, ou do sabor salgado das batatas fritas. Ou podemos fechar os olhos (ou não) e criar uma representação olfativa (cheiro) de uma rosa perfumada, ou do leite rançoso, ou do aroma penetrante de perfume barato.

Alguns talvez tenham notado que, enquanto liam as descrições do parágrafo acima, de fato experimentaram a visão de uma cor ou de um movimento em particular; a sensação de rigidez, calor ou aspereza; a audição de um som específico; a sensação de certos cheiros ou gostos. Talvez tenham experimentado todas ou algumas dessas sensações. Algumas delas eram mais detalhadas e imediatas do que outras. Em algumas das descrições, talvez não tenham tido qualquer experiência. Estas diferenças nas experiências são exatamente o que estamos descrevendo. Aqueles que tiveram uma *imagem* clara e nítida de alguma experiência têm um sistema representacional visual rico, altamente desenvolvido. Aqueles que puderam desenvolver uma forte *sensação* de peso, temperatura ou textura têm um sistema representacional cinestésico refinado, altamente desenvolvido. E por aí afora, com os outros modos possíveis associados com nosso cinco sentidos de que nós, como seres humanos, dispomos para representar nossas experiências. John Grinder e Richard Blander, *The structure of magic II*, pp. 6-7.

6. John Grinder, Judith DeLozier e Richard Bandler, *Patterns of the hypnotic techniques of Milton H. Erickson, M.D.*, volume II, pp. 34-35.
7. William H. Masters e Virginia E. Johnson, *Human sexual inadequacy*, pp. 65-66.
8. Robert Dilts, John Grinder, Richard Bandler, Leslie Cameron-Bandler, Judith DeLozier, *Neutro-linquistic programming: volume I*, (Cupertino, California; Meta Publications, 1980).
9. O princípio da paridade: O que temos notado repetidamente é que a distribuição de sistemas representacionais e de categorias de Satir em sistemas de família e em polaridades é a mesma... a classificação mais freqüente e eficaz de incongruência-em-polaridade resultava em duas possibilidades: a primeira, visual e da categoria 2 de Satir; e a segunda, cinestésica e da categoria 1 de Satir. Paralelamente, no contexto de trabalho com casais e sistemas de família, a distribuição mais freqüente de sistemas representacionais e de categorias de Satir é aquela na qual um dos pais da família é visual e da categoria 2 de Satir, e o outro, cinestésico e da categoria 1 de Satir. Grinder e Bandler, *The structure of magic II*, p. 133.
10. *Ibid.*, p. 56.
11. Richard Bander e John Grinder, *The structure of magic*, pp. 69-73.
12. Para outras opções de respostas à incongruência, ver *Magic II*. Não mencionei o *metacomentário*. Não o recomendo como uma resposta. Ele geralmente

suscita desconforto, e às vezes uma reação defensiva, por confrontar a pessoa com os aspectos inconscientes das suas comunicações. Se o leitor não concorda comigo sugiro-lhe que instrua um amigo a metacomentar o seu comportamento durante algum tempo. Torna-se rapidamente pesado e pretensioso.

**13.** Theodore Lidz, *The origin and treatment of schizophrenic disorders* (Nova York, Basic Books, Inc., 1973).

**14.** Richard Bandler e John Grinder, *The structure of magic,* pp. 95-96.

**15.** Milton H. Erickson, "Self exploration in trance following a surprise Handshake induction", *Innovative Hyponotherapy*, The Collected Papers of Milton H. Erickson, volume IV, Ernest L. Rossi, ed. (Nova York: Scranton Publishers, Inc.), pp. 437-438.

**16.** Ver Frank Farrelly e Jeff Brandsma, *Provocative therapy*.

**17.** Brander e Grinder, *The structure of magic*, pp. 13-14.

**18.** William H. Marsters e Virginia E. Johnson, *Human sexual inadequacy,* p. 126, p. 144.

**19.** *Ibid.*, p. 142, pp. 256-257.

**20.** Os cientistas sociais sabem que o processo de manutenção e melhoria do *rapport* depende da linguagem corporal: todos os sinais não-verbais que os seres humanos enviam uns aos outros expressam as reações de um indivíduo, esteja ele consciente disso ou não. Algumas constelações de posturas corporais, gestos e expressões também foram reconhecidas como tendo significados culturais (e mesmo, em alguns casos, significados transculturais). Os exemplos incluem a comunicação não-verbal entendida por outros como felicidade, tristeza, surpresa, raiva, agressividade etc. Se o leitor estiver interessado em saber mais sobre equivalências comportamentais complexas culturais (o termo que utilizo para isso), sugiro que comece lendo os trabalhos de Edward T. Hall e Desmond Morris.

# Bibliografia

ARD, B., e ARD, C. *Handbook of Marriage Counseling*. Palo Alto, CA: Science and Behavior Books, 1973.
BANDLER, R., e GRINDER, J. *The Structure of Magic*. Palo Alto, CA: Science and Behavior Books, Inc. 1975.
_____. *Patterns of the Hypnotic Techniques of Milton Erickson*, M.D., Volume 1. Cupertino, CA: Meta Publications, 1975.
BANDLER, R., GRINDER, J., SATIR, V. *Changing with Families*. Palo Alto, CA: Science and Behavior Books, Inc. 1976.
BELLIVEAU, F.,e RICHTER, L. *Understanding Human Sexual Inadequacy*. Nova York: Little, Brown and Co., 1970.
BERNE, E. *Sex in Human Loving*. Nova York: Simon & Schuster, 1970.
CAMERON-BANDLER, L., GORDON, D., LEBEAU, M. *Know How: Guided Programs for Inventing Your Own Best Future*. San Rafael, CA: Future Pace, Inc., 1985.
ELLIS, A. *Sex Without Guilt*. Nova York: Lyle Stewart, 1958.
_____. *The Art and Science of Love*. Nova York: Lyle Stewart, 1960.
_____. *The Sensuous Person*. New York: The New American Library, 1974.
FARRELLY, F., BRANDSMA, J. *Provocative Therapy*. Cupertino, CA: Meta Publications, 1974.
FRIED, E. *On Love and Sexuality*. Nova York: Grune & Stratton, 1960.
GORDON, D.*Therapeutic Metaphors*. Cupertino, CA: Meta Publications, 1978.
HALEY, J, *Advanced Techniques of Hypnosis and Therapy: Selected Papers of Milton H. Erickson. M.D.* Nova York: Grune and Stratton, 1967.
_____. *Uncommon Therapy*. Nova York: Grune and Stratton, 1968.
HALL, EDWARD T. *The Silent Language*. Garden City, Nova York: Doubleday and Co., Inc., 1959.
_____. *Beyond Culture*. Garden City, Nova York: Anchor Books, 1977.
_____. *The Dance of Life*. Garden City, Nova York: Anchor Press/Doubleday, 1983.
JAYNES, J. *The origin of Consciousness in the Breakdown of the Bicameral Mind*. Nova York: Houghton Mifflin, 1976.
LAING, R.D. *The Politics of the Family*. Nova York: Random House (Vintage Press), 1969.

MARSHALL, D., e SUGGS, R. *Human Sexual Behavior*. The Institute for Sex Research, 1972.
MASTERS, W., e Johnson, V. *Human Sexual Response*. Nova York: Little Brown and Co., 1966.
_____. *Human Sexual Inadequacy*. Nova York: Little, Brown and Co., 1970.
_____. *The Pleasure Bond*. Nova York: Little, Brown and Co., 1975.
NEWELL, A.,e SIMON, H. A. *Human Problem Solving*. Englewood Cliffs, NJ: Prentice-Hall, 1972.
PERLS, F. *The Gestalt Approach and Eye Witness to Therapy*. Palo Alto, CA: Science and Behavior Books, Inc. 1973.
PRIBRAM, K. *Languages of the Brain*. Englewood Cliffs, NJ: Prentice-Hall, 1971.
SLATER, P. *Footholds*. Canadá: Clark Irwin Co., 1968.
WATZLAWICK, WEAKLAND e FISCH. *Change*. Nova York: W. W. Norton Co., 1974.

**Querido leitor,**

A habilidade individual para estabelecer e manter um relacionamento amoroso e gratificante é influenciada pela força e riqueza da auto-imagem. A auto-imagem de uma pessoa, de fato, influencia em larga medida o grau de sucesso que ela terá em alcançar e usufruir qualquer um dos prazeres potenciais da vida.

Desenvolvi um procedimento simples, rápido e eficaz para assegurar uma auto-imagem sólida e positiva. É um teste que você, leitor, pode aplicar em si mesmo — para seu próprio benefício —, além de utilizá-lo para ajudar outras pessoas.

Se desejar receber uma cópia escrita deste procedimento referente à auto-imagem, eu ficaria encantada em remetê-la. É uma maneira de agradecer seu interesse por este livro.

Envie-me seu nome e endereço e eu o remeterei gratuitamente para você.

Leslie Cameron-Bandler
c/o FuturePace, Inc.
P.O. Box 1173
San Rafael, CA 94915

# Outros livros de Progamação Neurolinguística

## Know-How
### Como programar melhor o seu futuro
### Leslie Cameron-Bandler, David Gordon, Michael Lebeau

Você sabe como transformar seus desejos em realidade? Você gostaria de estabelecer e manter hábitos saudáveis de alimentação e exercício, parar de fumar, ter um ótima vida sexual ou ser um pai melhor?
Tudo isto é possível se você deixar-se guiar pelos autores de *Know How*, que o levarão ao domínio de dez habilidades que você poderá usar para modelar o seu futuro.

## ATRAVESSANDO
### Passagens em psicoterapia
### Richard Bandler e John Grinder

A Programação Neurolingüística é a técnica que ensina a entender os processos internos das pessoas através da identificação dos padrões de linguagem verbal e extraverbal. Neste livro os autores enfatizam, principalmente, a formação dos estados de transe revalorizando a hipnose como recurso psicoterapêutico.

## SAPOS EM PRÍNCIPES
### Programação neurolingüística
### Richard Bandler e John Grinder

Os autores expõem e desenvolvem um novo modelo de comunicação humana e comportamento iniciado por Virginia Satir e outros, há poucos anos. É uma técnica que torna possíveis mudanças muito rápidas e suaves de comportamento e sentimentos, em diferentes contextos.

## RESIGNIFICANDO
### Programação neurolingüística e a transformação do significado
### Richard Bandler e John Grinder

O significado de qualquer evento depende da "moldura" em que o percebemos. Se mudamos a "moldura", mudamos o significado. Mudando o significado, mudam também as respostas e o comportamento da pessoa. Este livro completa a proposta dos autores da Programação Neurolingüística iniciada com **Sapos em Príncipes** e **Atravessando**.

## USANDO SUA MENTE
### As coisas que você não sabe que não sabe
### Richard Bandler

Num texto claro, Richard Bandler vai demonstrando as diversas maneiras que usamos para pensar sobre nossos problemas cotidianos e resolvê-los. Dependendo do tamanho, luminosidade, distância das nossas imagens internas, reagimos de maneira bastante diferente aos mesmos pensamentos. À medida que compreendemos esses princípios podemos mudar nossas experiências para reagirmos de um modo mais adequado.

### TRANSFORMANDO-SE
**Mais coisas que você não sabe que não sabe**
Steve Andreas e Conirae Andreas

Neste livro, cotinuação de **Usando sua Mente**, de Richard Bandler, os autores aprofundam e ampliam a compreensão de como, através da linguagem, podemos ter acesso às experiências passadas e apresentam novas combinações, seqüências e caminhos para utilizá-las. São explorados os padões mentais que nos fazem ser como somos e oferecidos os meios para rapidamente mudarmos nosso comportamento.

### O REFÉM EMOCIONAL
**Resgate sua vida afetiva**
Leslie Cameron-Bandler
Michael Lebeau

Uma análise detalhada e provocativa das emoções humanas que indica como e porque ocorrem as emoções, como controlá-las e até como usá-las em seu benefício. Através de uma seqüência de exercícios práticos de Programação Neurolingüística os autores nos oferecem a oportunidade de aprender a utilizar nosso emocional de forma satisfatória e produtiva.

### INTRODUÇÃO À PNL
**Como entender e influenciar as pessoas**
Joseph O'Connor e John Seymour

Um manual completo sobre essa nova modalidade em Psicologia Aplicada que tanto tem atraído os profissionais e o público em geral.
Por que algumas pessoas são mais bem-sucedidas do que as outras? A PNL descreve e analisa as razões e as formas que poderão conduzi-lo até o sucesso.

Impresso na
**press grafic
editora e gráfica ltda.**
Rua Barra do Tibagi, 444 - Bom Retiro
Cep 01128 - Telefone: 221-8317